°C °N

K

°De °R

°Rø

°Ré °F

K

°De

°Rø

°F

°Ré

°R

°

C

°N

クズ異能
温度を変える者《サーモオペレーター》の
俺が無双するまで

contents

クズ異能　温度を変える者《サーモオペレーター》の俺が無双するまで

プロローグ　あたためますか？

それは俺、芹澤《せりざわ》アツシが中学3年生の冬のことだった。俺は家族と鍋を囲んで、アツアツの鍋物を貪るように啜っていた。

「いつも思うんだけど。お兄ちゃん、それ……熱くないの？」

「いや、ちょうどいい食べ頃の温度だろ？」

沸騰した鍋から取り皿に移し、湯気がもうもうと立ってるのをすかさずかっ込むのが俺の流儀だ。豆腐は一口で口の中に放り込む。これで今まで火傷したことなんてない。

「でもそれ、今さっきまでグツグツ煮えてたやつじゃん！　おかしいよ！」

中学1年生の妹、ユカは思春期まっさかりだ。最近何事につけても自己主張が強くてうるさい。まあ、お年頃ってやつだ。

親父は口元のレンゲをハフハフやりながら、

「はは、ユカは猫舌だからなあ……」

と呑気に流している。

「それにしても、こんな熱いのにアツシはよく火傷しないで食べられるわねぇ」

それは一家団欒、ありふれた夕食の風景だった。しかし不意にその時、突如として巨大な地震が起こった。

「うわっ!?　何だこの揺れは!?」

「きゃあああああ!!」

突き上げるように床が垂直に跳ね上がり、食卓が宙に浮いた。ついでに煮えたぎっていた熱々の土鍋が中身ごと、俺の頭に降りかかってきた。

「むわああああああ!!?」

俺の頭から鍋物の飛沫と大量の湯気がたちのぼり、ユカと両親が悲鳴を上げた。

「きゃああああ!!!」

「アツシ!!」

「い、今すぐ救急車を!!」

パニックになる家族。しかし、そんな中……俺はとても冷静だった。

「いや、大丈夫……かな？　ていうか……全然熱くない？」

「そんなわけあるか！　あんな熱湯を被ったら大ヤケドだぞ！」

親父は急いで俺が頭に被っている土鍋に手をやって摑み上げ……不思議そうな顔をした。

「あれ……？　ほんとに熱くない？」

土鍋だけでなく、俺にかかった鍋の具や床にぶちまけられたスープまで……何故か人肌程度の「ぬるま湯のような温度」になっていたのだ。

しばらく呆然と突っ立っていた俺はある可能性に思い当たった。そんなまさか、という気持ちもあるが……でもそうとしか思えない。

「これって……も、もしかして……」

「……」

両親は顔を見合わせて呆然としている。

「それ……もしかしなくても異能だよ」

誰もが思っていたことを、ユカが最初に口にした。俺に「異能」があることがわかった瞬間だった。

◆◆◆

「はい、次の方どうぞ」

そして俺は今、国立の異能研究センターにいる。異能鑑定を受けて、担当の美人鑑定官からその結果を聞いているところだ。

そう、いつからかはわからないが俺はすでに異能を授かっていた。考えてみれば、俺はどこかおかしかったのだ。思いつく例を挙げると、

「冷めたお風呂が適温まで温まる」

「夏場でも手に持ったアイスがずっと溶けない」

「蒸し暑い部屋でも俺の周りだけ何となくひんやりする」

両親はそういう異変に全然気がつかなかったらしいが、妹は前々から感づいていたらしい。

そして、俺の授かった異能は、国の専門施設が鑑定したところによると『温度を変える程度の異能　レベル１』。触れたモノの温度を変えることのできる力だ。

異能といえば異能大戦時代の英雄たちが持つような特殊能力。「世界の脅威」と恐れられる一方で、国を護る「第一級の戦力」ともされるのが異能力者だ。

ふふふ、これで俺も彼らの仲間入りってことだよなあ？　俺は内心ちょっとワクワクしながら、鑑定官の人に聞いてみた。

「あのっ！　俺の異能の【温度を変える者《サーモオペレーター》】って、どうやったら国を守るような『戦力』として使えるんでしょうか？」

せっかく異能を授かったんだし、戦場で無双とかしてみたいじゃん？　胸いっぱいに夢が広がりまくった俺に対して……金髪碧眼の美人鑑定官は深いため息と、とても可哀想なものを見るような目で答えてくれた。

「はあ……キミ、それ本気で言ってるの？」

銀縁の眼鏡の奥で細められた目が、恐ろしく冷たい。

「え？　あ、はい……一応」

予想していたよりもはるかに冷たい対応にビビりつつ、俺は諦めずに言葉を続けた。

「俺、大戦で活躍した異能者の英雄の一人に憧れてて！　自分もそんな風になれたらなぁって……」

俺は自分でも気恥ずかしいぐらいに夢を語った。返ってきたのは……

「……英雄？　あなた頭は大丈夫？」

とんでもなく冷たい言葉でした。

「あんなのは山を粉砕したり、飛んでくる核ミサイルを殴りとばしたり、洪水で島を沈めちゃったり……世界の地形図をめちゃくちゃに書き換えた、バケモノの群れでしかないわ。そんなのが英雄？　笑わせるわ」

「……えっ？」

あれ？　この人、国家公務員の人間じゃないの？　口悪くね？　ていうか、国の人がそこまで言っていいもんなの？

「逆に聞きたいんだけどね。飲み物の温度を変えられるぐらいの力で……キミは誰と戦うつもりなの？」

「…………」

うん。まあ、言われてみればその通りだった。俺の能力の強さを示す数字は5段階評価でいうところの「超常レベル1」。国のガイドラインによると異能の強さは大まかに5段階に分けられる。

〈異能能力評価指標〉（S－LEVEL＝超常レベル）
S－LEVEL1　潜在級〈無能〉
超常の異能が発現はしているが現状では特に秀でた有用性が認められない者
S－LEVEL2　汎用級〈有能〉
何らかの形で国家にとって有用な異能と能力を有すると認められる者
S－LEVEL3　前線級〈戦力〉
個人単位で戦場前線で活動可能な強力な異能と能力を有する者、又は同等の有用性が認められる者

――絶対境界（ボーダーライン）――

S－LEVEL4　戦術級〈災害級の脅威〉

影響を広範の地理的範囲に及ぼすことのできる、戦術兵器級の価値が認められる異能と能力を有する者

（脅威度：核ミサイル単発級～100発未満程度）

S－LEVEL5　戦略級〈国家崩壊級の脅威〉

戦略兵器級の価値が認められる異能と能力を有する者　国家の最高機密級の存在で具体的には公にされていない

（脅威度：核ミサイル100発以上）

俺は5段階評価中最低の「レベル1〈無能〉」。つまり最弱でほとんど使い道のない、無能力に毛が生えた程度の能力ってことらしい。

うん、それは最初に聞いたから知ってた。戦闘に向かないどころか、特に有用性も見受けられないって。

まあ人類が超えてはいけない限界「絶対境界《ボーダーライン》」を超えたレベル4とかレベル5の人間かどうか疑わしいぐらいのヤバい人たちと比べればそうなのかもしれないけど……でも……でもさ!!　も

しかするとってこともあるじゃん？

　せっかく異能に目覚めたんだし、俺にもワンチャンぐらいあるかもって思っちゃっても仕方ないじゃん？　聞くぐらいはタダなんだしさ！

「ち、ちなみに異能力の進化とかは？　あるんですよね？」

　そんな俺の疑問に対して、このかなりキツい感じの美人鑑定官が丁寧に教えてくれたところによると、

「一度発現した異能は『使用者の多少の成長』はあっても異能の特性自体は一生変化することはない」

「また今後、複数目覚めるということも絶対にない」

　そして……

「キミのは珍しい能力には違いないんだけどね、なんていうか……使い道が電子レンジにも劣るのよね」

　という聞きたくもない追加評価を頂戴した。

「そ、そうですかあ。いやぁ、あまり役に立ちそうな能力じゃなくて残念だなあ！」

　俺は涙をこらえながら女性鑑定官に精一杯の虚勢を張ったのだが。

「うん。全く役に立ちそうもないわ」

　……。うっわ……。

　この人、本当に心を抉《えぐ》ってくるな。素なの？　鬼なの？　この人絶対恋人どころかお友達もいなくない？　などということを考えていると、今までで一番鋭い目つきで睨まれた。怖ぃ。

ちくしょう！　昨日までの俺の野望に燃えた夢とかワクワク感を返せ！　期待して損したよ!!

……いや。いやいやいや。待てよ。そうだ、逆に考えるんだ。

考えようによっては、中途半端に強力な能力を授かって戦争の最前線に送り込まれちゃったり、人体実験のモルモットみたく扱われるよりはマシだとも言える。凹みまくった俺は無理やり自分をそう納得させた。

そうだ！　下手に力を持って逆に自由を奪われるとかそんな展開じゃなかったのを喜ぶべきなのだ！

いやあ！　自由最高！　無能万歳！　一般人でよかったあああ!!

「じゃ、じゃあ俺はまたこれで元の普通の生活に戻っていいわけですね？」

「いいえ、そんなわけないじゃない？」

「えっ」

俺の思考が一瞬が止まる。

「そんなのでも異能は異能。今後、君の人生……もとい能力は国家の管理下に置かれることになるの。春から君は帝都の異能者養成学校へ通うことになるわ」

「……えっ？」

そんな。予想外の展開に目を見開く俺。俺、地元の高校に進む気満々だったんだけど？　俺の初恋の美少女エリちゃんとのハイスクールラブロマンス（予定）は？

「異能鑑定の結果、入学先はＦランクの帝変《ていへん》高校で決まりね。ちなみに法律で決まってて拒否権とかないから」

「……」

鑑定官は俺の異能鑑定書に何かデカいハンコをポンと押して、

「はい、じゃあもう帰っていいわよ」

「……はい」

無情にも俺は部屋から追い出されたのであった。

センターからの帰り道、俺は小腹が空いたのでコンビニに寄った。梅おにぎりをレジまで持っていくと、綺麗なお姉さんが笑顔でこう問いかけてきた。

「おにぎり、あたためますか？」

俺は毅然とした態度でこう答えた。

「いえ、自分であったためますから」

そして俺はコンビニを出ると自然と目からあふれる涙をぬぐい、空を見上げながら決意した。

「絶対に……絶対に強くなってやるっ……！」

第1章 ◆ 国立帝変高校

01 入学式の日

「え〜、であるからしてぇ〜、みなさんの学校生活はぁ〜」

今日は入学式だ。俺は校長先生の「お話」を聞きながら、少し涙ぐんでいた。

国立帝変高等学校。それが俺が今日から通う学校の名前だ。国立というと結構優秀な奴らが集まるイメージがあるが、実際は違う。

この日本國が異能者の武力を礎とした軍事国家となってから、若い異能者を養成するための専門の学校が設立された。最初は国の予算によっていくつか大きな学校が造られただけだったが、次第に軍産複合体をはじめとした大企業が金を出した私立学校ができ始めると、優秀な教員は皆そちらに流れ始めた。

そう、今のご時世、資金に恵まれた異能者は格段に良い教育環境を求めて「私立」に通う。それに「特に優秀な異能を持つ」と国から評価された者たちも、ほとんど全員が良好な環境である私立学校を選ぶようになった。国から「良好な教育環境を優先的に選択する権利」が与えられ、学費は全額免除されるからだ。

そうして、そこからあぶれた者……つまり、「あまり有用でない異能者」や「金銭に余裕がない」、あるいは「人格や能力に問題がある」生徒が国立に集まるようになった。その中でも、この帝変高校は国の学校格付けランクの「F」ランク。数ある異能者養成学校の中で、ぶっちぎりの最低辺である。

つまり、「掃き溜め」。学校内では他に行き場のない荒くれ者、腐っても異能力者が暴れまわり、すこぶる治安が悪いらしい。

ネットの掲示板にそう書かれているのを読んだときは涙が止まらなかった。……さよなら、俺の初恋の人、さよなら、俺の楽しい高校生活。

あ、だめだ。入学式なのに泣きそう。……にしてもいつまで続くんだこの話？　体感でもう1時間ぐらい経ってるんだが。時計の針ほとんど動いてないぞ？

⁂

未来永劫続くかと思われる校長先生のお話が終わり、俺たち新入生たちはやっと解放された。体感で4時間ぐらいだったが、時計の針は5分しか進んでいなかった。なにこれ、怖い。

まあとにかく、理解できないことは忘れて、俺は自分の教室に行くことにする。今日は担任の先生と顔合わせしたら帰っていいらしいし、さっさと終わらせて帰ろう。

そう思って廊下を急いでいたところだった。

「ギャハハハァ！　留年だってなァ、黄泉比良《よもひら》ちゃんよォ‼」

下品な笑い声が廊下に響き、俺の前の方でとても小柄な黒髪ロングの少女がいかにもな不良に絡まれている。……あの子、ここにいるってことは高校生だよな？　にしては小さいな？　中学生？　下手したら小学生ぐらいか？　なんか洋人形らしきものを大事そうに抱えている。

それはさておき、その少女は見るからに世紀末なモヒカンの学生を前にして硬直しているようだった。

「……っ！」

「ギャハハハァ‼　勉強がわからなけりゃ教えてやったのによォ！　全国偏差値75のこの俺がなぁ！」

マジで⁉　このモヒカンそんなに頭いいの⁉　ていうかあんな小さい子に迫ってるの？　マジか……ロリコンなのコイツ？

……じゃなくて。絡まれている少女は明らかに怯《おび》えているように見える。助けに入るべきだろうか？

そう思っていると俺の隣にいた新入生が驚いたような顔を浮かべた。

「あの特徴的な笑い声……！　ア、アイツはもしかして……」

「知ってるのか？」

隣の新入生があのモヒカンのことを知っているようなので、一応聞いてみることにした。

「ああ、ネットの掲示板でな。話題になってるヤバい上級生がいるんだよ……」

「ヤバいって……どれくらいだよ？」

「奴は……2年生の風紀委員、桐崎ノボル。異能評価は【万物を切断する者《ディバイダー》】だ。それも、レベル2。人間なんて簡単に八つ裂きにできるぜ……」

風紀委員⁉ あの頭で⁉

いやそれよりも……物を切断する能力⁉ ヤバい。あの性格と能力が噛み合わさってヤバい。

……駄目だな。俺に何とかできる相手じゃない。ここは、様子を見よう……。

「ギャハハァ！ いいから俺の彼女になれよォ、な？ 悪いようにはしねェから」

「……っ！」

モヒカンが少女の腕を摑む。うろたえた彼女は手に持っていた人形を地面に落としてしまった。

「うーん？ 汚ねえ人形だなァ？ 高校生にもなってお人形遊びかぁ？ ギャハッ！」

そう言いながら、その男、桐崎ノボルは床に落ちた人形を思い切り蹴りつけた。

「……っ‼」

少女は、明らかに狼狽した。前髪で顔が隠れてよくは見えないが、目にいっぱいの涙をためて、体を震わせているのがわかる。人形を足蹴にしながら、桐崎は言った。

「相変わらずくだらねえ趣味だなぁ。だから友達もできねえんだよ。俺がもっといい趣味を教えてやるぜぇ？」

……くだらない趣味？ ああそうか、あいつは彼女の人形のことをくだらない趣味と言ったのか。ほうほうほう……なるほど。

かくいう俺も、石仏めぐりという趣味があってだな……あのご尊顔、見ているだけでもほっこりする。各地域に独特の特色があって……どれも温かみがあるものだ。

あの女の子の人形も、なかなか造形的に興味深いものである。きっとセンスのある職人が魂を込めて作ったものなのであろう。どこかしら、石仏にも似た侘びた風情を感じさせる。

それが今、足蹴にされて踏みつけられている？

誰に？　なんで？『くだらない趣味』？

（……プツン）

頭の中で、何かが切れた音がした。俺はゆっくりとモヒカン上級生、桐崎ノボルの前に歩み出た。

「……おい」

「なンだぁ？　お前。俺の邪魔すんの？　死にたいのか？」

「……人の趣味を」

「あん？　何だあ、聞こえねえよ」

俺は拳を握り、思い切り息を吸い込み、叫んでいた。

「人の趣味をッ！　馬鹿にすんじゃねえええええ!!」

温度を変える異能【温度を変える者《サーモオペレーター》】を持つ異能者、芹澤アツシ。沸点はとても低い模様。

02　モヤシ男、登場

気づけば、俺は思い切り叫んでいた。

「……お前……誰にケンカ売ってるのかわかってんの？」

ギャハハ、とバカ笑いしていた先ほどとは打って変わって、声のトーンが2オクターブぐらい落ちたモヒカン上級生、桐崎ノボルが俺を睨みつけてくる。ああ間違いない、怒っているな。それもかなり。

「ああ……そう。お前、刻まれたいんだな？　死にたいんだな？」

そこで俺は少しばかり冷静になった。言うべきことは言った。さて、これからどうしよう？

相手は【万物を切断する者《ディバイダー》】レベル2の異能力者。俺が戦っても絶対に勝てないのは明白だ。

ケンカなんか無理無理。俺は元来、平和主義者なのだ。こういうときは、そうだ。土下座だ！

とにかく、さっきはちょっとカッとなってしまっただけなのだ。そういうことは誰にでもあるだろう。きっと今からでも誠心誠意、謝れば許してくれる。きっとそうだ！　そうしよう!!

「違うんです、先輩。俺が言いたかったのは、つまり……」

そして俺が鮮やかに土下座フォームへ移行しようとした時、奴の足元の人形が目に入った。

……ああそうか。言い忘れていたことが一つあったな。

「その汚い足を人形から退《ど》かせッ!!　このロリコントサカ野郎ッ!!!」

考えるよりも前に、口が動いた。そして一気にモヒカンの顔が赤くなった。

「てめええ!!　殺してやるッ!!」

ああ、これヤバい奴だ。完全に怒らせたなこれ。よし、言うべきことは言ったから。あとは誠心誠意謝るだけだ!!

俺が速やかに土下座フォームへ移行しようとしたその時、

「よく言ったッ!!　カッコいいぜえ、お前ッ!!」

突然、火に油を注ぐ何者《バカ》かが登場した。

「俺は、植木フトシ！　助太刀するぜッ!!」

颯爽と飛び出してきたのは、黒髪をツンツン立たせたツンツン頭の男だった。

「てめえら……！　俺の異能《怖さ》を知らねえようだなぁ……？」

今、モヒカン野郎……もとい、モヒカン先輩は非常に怒っている。顔面が紅潮し目が血走っていて、とても怖い。こんな奴に堂々とケンカを売るなんて……コイツ、どうかしているぞ？

あと複数形にしないでください、先輩。俺はこうして、誠心誠意謝罪しようとしているのに。この変な奴と一緒にしないでください。

「ふふ、アンタこそ……俺たちの能力を知っているのかよ？」

火に油を注ぐ男はさらに油を注ぎ続けた。お前もさらりと「俺たち」とか言うな!!　俺までケンカ売ってるように聞こえるじゃないか!!　第一、俺はお前のこと全く知らないし!!

「俺は植木フトシ。【植物を成長させる者《プラントグロワー》】の能力者だ」

そう言うとその植木フトシはポケットから山盛りの小さな黒い粒のようなものを取り出した。

「そして……これが何かわかるか？　とある植物の種だ。俺はこれを一瞬のうちに成長させることができる。つまり……」

そしてその男は、その種をモヒカン先輩に向かって思いきり投げつけた。

「これが俺の武器だっ!!　食らえッ！　『成長促進《グロウアップ》』!!」

植木フトシが叫ぶと、
パパパパパン!!　と何かがハジけるような音が辺りに響き渡り……

「ッ!?」

気づけば、辺り一面にモヤシの山が出来上がっていた。

「どうだ!?」

どうだ、じゃねえよ。

モヒカン先輩はモヤシまみれになりながらも、一切ダメージは受けていない。当たり前だ。しかもかなり不愉快そうだ。

「ああん……？　これだけか？　ふざけてんのかよ」

モヒカン先輩は大変ご立腹であられる。顔面から「ピキピキピキ」と擬音が聞こえそうなぐらいご尊顔を歪めている。正直俺もコイツが何をしたかったかサッパリわからない。

「ちなみに、俺が使えるのはモヤシとカイワレ大根……この2種類だ。他は何故か無理なんだよな！」

誰も聞いてねえよ。というか想像以上に使えねえなその能力！　俺の能力とどっこいどっこい……いやいや、俺の方が上だな!!　根拠はないがアイツと同格とは思いたくない。

「さあ、これで俺の自己紹介は終わりだぜ！　今度はお前の番だ」

植木フトシが俺の方を向いて何か言ってきた。ああ、さてはお前、目立ちたかっただけだな？

「……あとは任せたぜ！　どうせお前の異能なら余裕なんだろ？」

でも、正直ホッとした。アイツは「モヒカン先輩にさえ確実に勝てる」と思えるような知り合いがいるからこんなに強気だったんだな。よかった、悪いがあとはそいつに任せてしまおう……そう思って俺は奴の目線の先へと振り返った。

「あれ？」

しかし、そこには誰もいなかった。

「いや、お前だよお前」

「え？」

コイツが一体何を言っているのかわからない。困惑する俺に、植木フトシが狼狽《うろた》えた様子で聞いてきた。

「いや……お前、芹澤だっけ？　勝算があるからあんな強気だったんじゃないの？」

「はあ？　お前は何を言っているんだ？」

お前の目は節穴か？　強気もなにも、俺は今まさに華麗な土下座でひたすらに赦《ゆる》しを乞おうとしていたのだよ？

「俺の異能は【温度を変える者《サーモオペレーター》】で、レベル1だぜ？　あのモヒカン野郎に勝てるわけないじゃん」

「なっ!?」

植木フトシはさらに狼狽している。そこで俺も気になっていることを聞いてみる。

「なあお前……植木だっけ？　お前こそ、勝算があるんじゃなかったのか？」

「……あるわけないだろ？　俺はただ、お前がきっと勝算あるんだろうと思って……勝ち馬に乗って目立つつもりで出てきただけだ！」

ああ、そういうことか。コイツ爽やかなまでにダメ思考な人間なんだな。つまり、今、俺たちができることといえば、土下座……はもう遅いか。

「………ッ……」

モヒカン先輩は先ほどから無言だ。でも、目は血走り、顔はさっきより赤いというか赤黒い。何というかもはや人間じゃなくて節分の時の赤鬼みたいだな。ああ、人って本気で怒るとこんな風になるんだ。興味深い。

「なあ芹澤。確認しとくけど。本当の本当に奥の手とかないんだよな」

「ああ、そんなものねえよ」

最終奥義『土下座エクストリーム』はさっきお前に封じられたばかりだからな！

「…………」

モヒカン先輩は既に赤黒さを通り越して紫色だ。憤怒と憎しみの権化。ああ、お寺の魔除けとかにこういうのありそうだな！

「……なあ、芹澤」

「……何だ、植木」

「…………」

「…………」

俺たちは目を互いに見合わせた。その瞬間、無言のまま同じ結論に達した。

「逃　げ　る　ぞ　!!」

そして同時にモヒカン先輩に背を向けて猛ダッシュした。

「てめえらああ!!　待ちやがれええ!!」

当然、モヒカン先輩は悪鬼のような形相で追っかけてくる。追いつかれたら間違いなく殺される。ていうかもう、斬撃が飛んできてる。異能による斬撃はコンクリの壁をバターのように切り裂

いている。ああ、本当に殺す気ですね、そうですか。このまま順調にいけば、明日の新聞の一面を飾るのは俺たちだ！

「てめえ芹澤ァ!!　変な期待させんなやあああ!!　巻き込まれちまったじゃねえかああ!!」

「ふざけんなこの馬鹿!!　火に油そそぎやがってえええ!!」

俺と、状況悪化の元凶・植木フトシは必死に逃げながらもお互いをディスり合う。

「うっせええ!!　お前はヤカンでお湯でもあっためてやがれえ!!」

「使えねえええ!!　このモヤシ野郎使えねええ!!」

しばらく廊下を逃げ続けるが、どうやらモヒカン先輩の足の方が速いらしい。だんだん距離が縮まってきた。ヤバいぞ、これは。

「もう1回豆まいてみろモヤシ野郎!!　俺はその隙に逃げるから!!」

「ふざけんな!!　さらに加速して追っかけてきてるぞ!!」

「くそッ!!」

苦し紛れに俺は廊下脇にあった消化器を手に取った。

「『温まれ《ウォームアップ》』!!!」

そして思いきり「温め」た消火器をモヒカン先輩に投げつけた。モヒカン先輩は飛んできた消火器《それ》を切り裂き……

ボバァン!!　結果、大爆発した。

消火剤が飛び散り、辺りが白いモヤに包まれる。

「よし、今だ！」

俺たちはとっさに理科準備室と書かれた部屋に飛び込んだ。モヒカン先輩は俺たちを見失ったはずだ。これで少しは時間を稼げるはず……。

「……ぜえ、ぜえ」

「……はぁ、はぁ」

俺は息を整え、必死に思考をめぐらした。どうする？　部屋に逃げ込んだはいいが打つ手はない。

やっぱり謝るか？　俺の土下座《しゃざい》スキルを持ってすれば……駄目だ。土下座した体勢のまま、ブチ切れた赤鬼に介錯《かいしゃく》される未来しか見えない。一体どうすれば……。

そう考えたところで理科準備室の棚の中にある薬品に目が留まった。見れば、「成長促進剤」と書かれた植物用の栄養剤アンプルが棚に大量に並んでいた。ラベルをよく見ると「取り扱い注意！　劇薬！」の文字が。どうやらヤバそうな成分が入ってるらしい。

てかそういう危ない薬があるなら部屋の鍵閉めとけよ!!　助かったけど!!

「……ん？　成長促進剤？」

その時、俺の頭に電流のようなひらめきが起こった。

「おい、モヤシ野郎」

「植木フトシだ！　名前で呼べ、芹澤」

「これ、お前の持ってるタネに染み込ませたら、どうなる？」

俺は棚にあった栄養剤アンプルを植木フトシに投げた。

「これは……!?」

そして数秒もしないうちに、廊下をバタバタと誰かが乱雑に走る音がして……部屋の前でピタリと止まった。

「……やべえっ!!　来たぞ!!　鍵は閉めたのか!?」

「閉めたけど、時間稼ぎにもならねえよ!?」

ガタンガタン、と乱暴に扉が開けられようとしている。そして……直後、モヒカン先輩が扉を蹴破ってのご登場である。

「……こんなところにいやがったかッ……!」

先ほどまで怒りで赤黒かった先輩の顔が、消化剤を全身に浴びて中和されることでサーモンピンク色になっている。あ、コレお笑い番組とかでよく見るヤツだ。思わず俺はちょっと楽しくなった。

「プフゥッ。先輩、さっきはマジすみませんでした(笑)!　お詫びとして、コイツをどうぞッ!」

俺は心からの謝罪の言葉とともに、先輩の体についた消化剤を洗い流して差し上げようと、ビーカーの中にたっぷり注いだ熱湯を先輩に向かって豪快に振りまいた。

「熱っ!!　アチィッ!!　何すんだてめぇ!!」

モヒカン先輩はアチチ!　アチチ!　という芸人みたいなリアクションで応えてくれるが、ほとんどお湯を被っていない。残念ながら、あまり汚れは落ちなかったようだ。チッ。

「……さて。時間を稼げるのはここまでだぜ、モヒカン野郎!!」

「ああ、十分だッ!」

そうして、理科準備室の奥の方からモヤシ野郎が……遠いッ!?

あの野郎、いつの間にあんなに遠くに逃げやがったッ!?

「これでも、食らえッ!!」

ピンッ！

モヤシ野郎——植木フトシは絶妙なコントロールで一粒の種を指で弾き、遠く離れたモヒカン先輩の足元に着弾させた。

「ああん？　なんだこりゃ？　またモヤシのタネかよ……」

これにはさすがのモヒカン先輩も、怒りよりも呆れの色をにじませる。だが……

「『成長促進《グロウアップ》』!!」

バァン!!

耳をつんざく破裂音とともに先輩の足元から生えてきたのは人の腕の2倍ほどの太さのモヤシ。

先ほどのヤバそうな成長促進剤に漬けた、特別製のドーピングモヤシだ。それは異様な速さで弾け、その真上にあったもの……つまりモヒカン先輩の股間を打ち据えた。

「あ゛う゛んッ!?」

モヒカン先輩は発情期のオットセイのような声を上げて浮き上がり、そのまま動かなくなった。

ああこれは、いくら何でも……酷い。

「て……てめえら……!!　もう、絶対に許さねえから……なッ……」

股間を押さえながら、内股でなおも悪態をついてくる先輩。ご子息が潰れていないか心配したけど大丈夫なようだ。タフだなあ。

「俺を敵に回したらどうなるか思い知らせて……って何してやがる!?」

「えっ？」

俺はモヒカン先輩の目線の先を振り返った。だがそこには誰もいない。

「後ろじゃねえ！　テメエだよ‼」

「はっ⁉」

俺は、気がついたらモヤシ野郎からドーピングモヤシの種を奪い取り、パラパラと豆まきのようにモヒカン先輩にふりかけていた。無意識に体が動いていた。なんて恐ろしい。……だが、チャンスだ。

「今だ、植木‼　やっちまえっ‼」

「うおおお‼　『成長促進《グロウアップ》』！　『成長促進《グロウアップ》』‼　『成長促進《グロウアップ》』!!!」

ボゴゴゴゴゴゴゴゴゴゴゴゴゴ‼

鈍い打撃音とともに極太のモヤシの群れがモヒカン先輩を打ち据え、宙に舞い上げる。それでも奴は追撃の手を緩めない。

「ぬおおお!!!　『成長促進《グロウアップ》』！　『成長促進《グロウアップ》』‼　『成長促進《グロウアップ》』!!!」

ボゴゴゴゴゴゴゴゴゴゴ、ベゴ、ゴキ‼

……あれ？　今変な音しなかった？

「むおおお‼　『成長促進《グロウアップ》』！　『成長促進《グロウアップ》』‼　『成長促進《グロウアップ》』!!!」

ボゴゴゴバキ、ゴキ、ボゴゴゴゴゴボキゴゴ、ベゴ!!!

「ちょ⁉　ちょっとストップ‼　もういい、もういいから‼」

俺は慌てて植木のモヤシ栽培を止めた。もう、とっくにモヒカン先輩は意識を手放していた。

……魂まで逝《い》ってないよな？

さっきまで部屋の隅っこにいた植木フトシは、倒れて泡を吹いているモヒカン先輩のところまで近づく。

「モヒカン先輩。アンタは強敵だったが過ちを犯した。それはたった一つの単純な過ちッ……すなわち……！」

植木フトシは指を下に向けて、言い放つ。

「アンタはモヤシを舐めすぎたッ！」

03　クラスメイト

騒動のあった入学日の翌日。俺は普通に登校していた。

あの後、さすがに放置はまずいだろうと思ってモヒカン先輩を保健室に運び込んだのだが、色々な箇所を複雑骨折していたらしく、すぐに救急車で病院まで運ばれていった。

驚いたことに、そこにいた保健室の先生は俺が異能研究センターで会ったキンパツ美人鑑定官だった。

あの時のような冷たい目で「これ、あなたたちがやったの？」と問いかけられた時にはなんだか生きた心地がしなかったが、必死に正当防衛であることを説明した。その努力の甲斐あってか「そう、正当防衛でここまでのことをするのね」としっかり理解（？）してくれたようだった。

入学式の後、本当ならその日のうちにホームルームで担任と生徒たちが顔合わせするはずだったのだが、モヒカン先輩とあのモヤシ野郎がひと騒動起こしてくれたおかげでお流れになり、今日にずれ込んでしまった。

まったく、いい迷惑だぜ！

と、そんなわけで今日が新しいクラスメイトと顔合わせする初日である。

昨日は色々あったが、色々と自信が持てた日でもあった。俺はこの高校生活、ドブ色の未来が約束されていると思い込んでいた。否、決めつけていたのだ。

しかし不慮の事故ではあったが、あの世紀末の化身のようなモヒカン先輩を撃退したことによって、未来は自分の力でも切り開けるような、こんな俺でもやっていけるような実感が湧いてきたのだ。

そう、少しだけ希望というやつが見えてきた。

そんなわけで、俺は今朝はかなり早く登校してきた。ちょっと早すぎたかもしれない。ホームルームまでまだまだ時間がある。何して時間を潰そうかと考えていると……。

「……あの」

なんか見覚えのある黒髪ロングの少女に声をかけられた。この子は確か……

「ああ、昨日の……えーと、確か、よも……？」

「黄泉比良……ミリヤ」

そう、黄泉比良さんだ。昨日モヒカン先輩に絡まれていた人だな。ものすごく背が小さいけど、なんか留年したとか言ってたから年上なのだろうか。

彼女は俺の目の前で大事そうに人形を抱え、俯《うつむ》いてモジモジしている。

「……あ、あの……昨日は……」

「うん」

「……あの……」

「……うん」

「………………ありがとう……」

ちょっとした奇妙な間《ま》のあと、彼女は小さくお礼を言ってきた。

「いや、別に俺は大したことしてないよ。ちょっとした騒ぎになっちゃったけど」

「……でも、おかげで人形が壊されずに済んだ」

「あれ、大事な人形だったんだろ？　あれはなかなか良い造形だ」

「……うん。大事なコレクションの一つ」

「……コレクション？」

彼女の手元を見ると昨日の洋人形ではなく、なんかえらく精緻な造りの日本人形を抱えていた。これもまたなかなか手の込んだ人形だが、はっきり言って高そうだ。こんなのいくつも持ってるってことか？

「……でも、次からは自分でやるから。手出し無用」

「……え？」

「……それじゃ……」

唐突な彼女の言葉を呑み込めず、俺があっけにとられていると、彼女はふっと振り向き、人形を大事そうに抱えながらパタパタと走っていった。

* * *

「やっぱり早く登校しすぎたな。暇だ」

そうして黄泉比良さんが去ったあと、俺が自分の席で暇を持て余していると。

「やあ、芹澤くん。奇遇だね」

背後から俺がどこかで聞いたような……でも是が非でも思い出したくないような声が聞こえてきた。俺の直感が振り向かなくてもよい、いや、絶対に反応するなと警鐘を鳴らす。

「いやあ、ここで君に会えるとは！　親友として嬉しいよ」

「誰が親友じゃああ!?」

俺は思わずその声のする方に振り向いてしまった。そして、すぐさま後悔した。そこには俺の予想通り、見た目だけは麗しい、清潔で貴族然としたイケメンが立っていたのだ。

「やあ」

こいつは……ああ、思い出すのも悍《おぞ》ましい。俺と同じ中学校で3年間ずっと同じクラス。そしてその間、ずっと「変態紳士」の名を欲しいままにした男、御堂《みどう》スグル。なんでこの変態がこんなところに……あれ？　ちょっと待てよ!?

「お、お前、ここにいるってことはまさか!?」

「そうだよ、芹澤くん。僕にも芽生えたんだよ。異能の力がね」

「…………」

…………うはー。

俺は全力で頭を抱えた。誰だ、こいつに異能なんてものを与えてしまったのは。神か⁉　神なのか⁉

神‼　仕事しろよ！　今すぐにでも再検討しろ‼　こいつは世界で最も異能の力を持ったりしちゃいけない奴なんだよ‼

……いや、待て。落ち着け俺。まだこのクラスが変態色に染まる未来が決まったわけじゃない。異能というのは、かなりのバリエーションがあるらしい。むしろ、こいつの変態性を押さえ込むような何か……まったく全然思いつかないけど、何かそれ的なやつが芽生えている可能性もなくはないのではないか？

まずは、そう。事実確認だ。俺は呼吸を整え、平静を装い奴に聞いてみた。

「……へーえ。ちなみに、どんな能力なんだ？」

「ああ、それはね……」

俺はこの時、生まれて初めて神に真剣に祈っていた。この変態に裁きを下すような「裁定者《正義》」がこの世に存在すると信じて。神様、俺はあなたのこと、信じてるからね？　だから……

そうして、奴、御堂スグルは俺の問いに対する答えを口にした。

「鑑定の結果、【姿を隠す者《サイトアヴォイダー》】だったよ。僕が一番欲しかったものかもね？」

はいッ‼　駄目でしたッ‼

ていうか、一番あげちゃ駄目な奴にピンポイントで一番駄目な能力が発現しちゃってるよ‼

神様‼　お願い‼　仕事ッ‼　仕事してッ‼

俺は再び机に突っ伏して、頭を抱えた。

「どうした芹澤？　頭でもヤっちまったのか？」

今度は別の方向から、とても頭の悪そうな声が聞こえる。

「うるせえ、モヤシ野郎。俺は今、人生最大の苦悩に直面しているんだ」

俺はどうすればいい？　どうすればこの巨悪を打ち倒すことができるのだ？　どうやったらこの力を得た悪魔から俺の大事な妹を……

……殺《ヤ》ルカ？　殺ルシカナイノカ？

俺が真理と結論にたどり着きかけていたところで、バカ《植木》と変態《御堂》が会話をし始めた。

「やあ。君は昨日、芹澤くんと一緒にあの可憐な少女を助けた人だね。確か、植木くん？」

「ああ。お前、芹澤の親友なんだってな？　俺のことはフトシでいいぜ！」

「誰が親友じゃあああああ!!?」

「うわッ!?　なんだお前!?」

気づけば俺は、絶叫を上げながら奴らの間に物理的に割り込んでいた。

「……断じて、俺はこの変態と親友ではないのだ」

「ひどいじゃないか、芹澤くん。重要な作戦《ミッション》の時は、いつも一緒だったろう？　僕は君を間違いなく同等の紳士、無二の親友……いや、戦友だと思っているよ」

「はッ！　俺がこの変態と行動を共にしていただって？　ひどい濡れ衣だ！　風評被害も甚だしい！　俺がやったのなんて、修学旅行でみんなで女湯を覗きに行ったり……クラスで一番の美少女エリちゃんのリコーダーを共有《シェア》したり……それぐらいだぜ！」

まあ声に出すと俺も大概だが、目の前のこいつはそんなの可愛く見えるほどの変態行為を堂々とやってのける。お前と一緒だなんて断じて……ん？　なんか背後から複数の視線が刺さるのを感じる。

俺が振り返ると、遠巻きにクラスの女子……人数的にこのクラスのほぼ全員が、こちらを軽蔑の眼差しで見ていた。ああそうか……もうそろそろ、ホームルームが始まる時間だものな。だものな。だもの……。

クラスの女子たちの間から、ヒソヒソという話し声が聞こえ、ちらほら「変態」「サイテー」「リコーダー？」「うわキッモ……」という単語が聞こえる。

なんで、彼女たちはこちらを見ながら話しているんだろう？　それになんで、彼女たちは僕らからあんなに後ずさっていくのだろう？　なんでかなー？

……………。

俺はだんだんと、目に涙が浮かぶのを感じた。

「ふふ、入学早々にMプレイとは、上級者だね。それでこそ、僕の親友《とも》たるに相応しい」

「…………」

ああ、終わったな。

さようなら、俺の高校生活。こんにちは、ドブ色の未来。

04　ホームルーム

「芹澤アツシです、異能評価は手に触れたものの温度を変える能力【温度を変える者《サーモオペレーター》】です、よろしくどうぞ」

ホームルームの自己紹介をきっちり3秒で終えた俺は辺りを見回した。同年代の異能者って思ったよりたくさんいるんだな、というのが第一印象だ。

俺のクラスは「1-A」、生徒の人数は30人だ。1年生は2クラスで全員で60名、これは全国からここ帝変高校に「集められてきた」奴らだ。そのちょうど半数がうちのクラスにいることになる。

男女比はだいたい半々ぐらいだが、ちょっと女子の方が多いようだ。意外と美人さんが多く、なかなかグッとくる容姿の女子もちらほら。熱い視線を送ってみてもなぜか誰も決して目を合わせてくれようとしないが。……なぜかなー。

問題がある生徒も集まる学校ということで、ホームルームでも何かひと騒動あるかと思っていたが意外と普通で拍子抜けした。

ネットで某匿名掲示板を読んだ限りでは、帝変高校は修羅の国であるかのような書かれ方をしていて内心ビビっていたのだが、あくまでもそれは噂に過ぎなかったらしい。

ただ……一つだけ、俺はどうしても納得いかないことがある。納得いかないというより、強い不満がある。

男女比率は半々だ。むしろ女子の方がちょっと多い。なのに。なのに……

「なんで俺の隣の席がこの変態なんでしょうかねェ!?」

「フッ、いいじゃないか。中学時代からのよしみだろ」

「納得いかねえええ!!」

パヒュン。

突然、空気を切り裂く音が俺の耳元を通り過ぎ、背後に突き抜けていった。振り向くと、コンクリートの壁には小さな丸い穴があいている。

「おいそこ、うるさい！　静かにしなさい。死にたいの？」

「はい、すみません」

あとちょっと、担任の先生が怖いことぐらいかな。

もの投げた後で警告しないでください、先生。今の当たったらシャレになりませんから。


「はい、今日はこれでおしまいねー！　各自解散。寄り道しないで帰るのよ？」

担任の先生の言葉で、ホームルームは何事もなく終了した。

特段ハプニングもなかったのだが、強いて言えば、異能評価【意思を疎通する者《コミュニケーター》】の女の子が自己紹介で「ひゃわっ!?　あわっえわっ!?」とかなりテンパった挙げ句、『クラスの皆さん……今、貴方たちの心に直接語りかけています』といきなり頭の中に語りかけてきたことぐらいだろうか。てかテレパシー使うとキャラ変わるのな。というか、もしかしてこの人には常時頭の中覗かれたりしてるんだろうか……篠崎ユリアとか言ってたか。ちなみに彼女は小柄な割に、かなり胸が大きかった。ここ、要チェックである。

それと、ホームルームで明らかになったことなのだが、「赤井ツバサ」という男子生徒のことを俺は覚えておかねばならない。

俺は男の名前は必要に迫られない限りあまり覚えないのだが、こいつは別だ。

ネットの掲示板でとある噂があった。数年前、全国ニュースになり大騒ぎになった横浜の「コンクリ校舎全焼事件」、その中心人物の少年Aこと「赤井ツバサ」がこの学校に入学するという噂だ。その時点では、単なる噂でしかなかったのだが……。

それは先生の口ぶりからすると、事実らしい。しかも俺と同じクラスとのことだった。今日は欠席しているということらしいが。なんということだ。問題児が集まるとは聞いていたが、こいうレベルなのね……。

ネット情報では赤井ツバサの異能評価はなんと中学生時点で【炎を発する者《ファイアスターター》】S－LEVEL3」。そう、異能レベル3〈一線級〉である。

それって戦場の最前線に行っても武装した兵士相手に無双できるってことだよね？　戦車や戦闘機とガチンコして勝てるレベルなんだよね？

赤井君……恐ろしい子。こいつにだけは絶対に逆らわないようにしようと固く心に決めた。絶対服従。これ大事。

ああ、それともう一人。忘れてはならないと心に刻んだ人物。俺が「絶対に逆らってはいけないリスト」に入れた人物がいる。他ならぬ俺のクラスの担任、チハヤ先生のことだ。

立ち姿がとても絵になる清楚系の美人さんなのだが、今、俺の危機感知センサーはビンビンに反応している。なぜなら、自己紹介の時にご丁寧にレベル付きで自分の異能を紹介してくれたからだ。

【万物を投げる者《ジェネラルスロワー》】S‐LEVEL3」。それが彼女……チハヤ先生の異能だという。

手に触れたものを超高速で飛ばすことのできる能力で、大小様々、小石程度のものから大型トラックぐらいのものまでなら簡単に飛ばせるらしい。トラックを飛ばせる？　異世界転移者でも大量生産するの？

レベル3という戦場で〈一線級〉の人材がなぜここに？　という疑問はさておき、それを開示するというのは問題児の多いと聞くこの高校で、「逆らうな」という警告の意味もあるのだろう。生徒に対しても、先に武力をチラつかせて威圧しておいた方が得策、というわけだ。

……あれ？　やっぱこの学校、修羅の国では？

05　玄野メリアの鑑定書

私、メリア・ヴェンツェルは一人だった。

気がついた時にはもう両親はいなかった。祖母と二人で暮らしていたが、ある日友達の家に遊びに行き、帰ろうと家に向かう途中、私は空に流星群を見つけた。

私がぼんやりと流れる星を眺めているとそれはだんだんと明るくなり、あっという間に空全体を覆い……直後、街に轟音が響き渡り、激しい地震が辺りを襲った。

揺れと光が収まった後、私は家へと走ったがそこはすでに瓦礫《がれき》の山。祖母の姿はどこにも見当たらなかった。そして、その翌日には私の国籍があった国さえもう存在しなかった。

それからは薄暗い橋の下で寝泊まりし、路上でゴミ箱を漁る生活をする日々。

戦争に巻き込まれ何もかもを失った。戦災孤児というやつだ。

人買いに誘拐され袋詰めにされそうになったのは、9歳の時だった。濃い髭を生やした男が、「良いところに連れていってやる」と私の手を引いた。私がそれを拒否すると、男は無理やり手にした麻袋に私を詰めようとした。でも、その人買いは私を袋に詰めることはできなかった。

彼は突然血を吐いて地面に倒れたからだ。それは私の「能力」によるものだった。私は知らず知らずのうちに、それが何かも分からず、異能の力を身につけていたのだ。

その力は『病を発する』という異能だった。そのことを知った戦争屋にすぐ目をつけられて捕獲され、私は【病を発する者《モーバスクリエイター》】と名づけられた。そして、10歳の時に兵士として前線に送り込まれることになる。

そこで、私は異能を使って沢山の人間を殺した。私はいつも戦地で辛うじて生き残ったが、同僚たちは次々に死んでいき、だんだんそれにも慣れていった。

そうして2年もの間、私は戦地を転々とし……最終的に「南極」で戦うことになった。結局、私たち使い捨ての弾丸《コマ》が送り込まれたのは極地の戦争だった。補給などなく、兵士はただ死ぬまで戦うことを求められる、そんな絶望的な戦場。

敵は極低温の吹雪の中でうごめく異能者たち。彼らは正真正銘の「バケモノ」といってもいい。

息をするように半径1キロほどを消し飛ばすような「爆音」使い。氷の槍を文字通り雨のように降らせ、人に刺さるのを見て喜ぶ狂った女。まるで綿菓子のように人間を溶かし、一緒に南極の氷を3分の2程度に削ってしまった頬のこけた痩せ男。

あいつらは強いが、すぐには相手を殺さない。殺戮《さつりく》を、戦場での拷問を楽しんでいるようにも見える。

すでに味方のほとんどは無残な散り方で息絶えた。まだ私が五体満足で生きているのは幸運と言えばいいのか不運と言えばいいのか。かえって「弱かった」から生かされているに過ぎないのかもしれない。いつになっても攻撃は止まず、敵は休息の暇など与えてはくれない。

限界をとうに超えた疲労で視界がぼやけ、足がもういうことを聞かない。遠くで爆撃音が響き、近くで銃声と悲鳴が聞こえる。悲鳴の音はだんだんと、私の方に近づいてくる。

ああ、ここで私は死ぬのだ。たった12年の短い人生を終えるのだ。そう思うと、今まで流すのも忘れていた涙が出てくるのが不思議だったが、その涙も極地の低温で即座に凍りついていく。

死を意識した私の体は力を失い、凍てついた地面に倒れていく……。

「おい、大丈夫か」

だが、私は突然現れた太い腕に抱きとめられ、地に伏すことはなかった。そこにいたのは見知らぬ、東洋人の男。

「まったく、顔まで傷だらけじゃねえか。子供《ガキ》にこんなことやらせやがって……」

その見知らぬ黒髪の男は、私をゆっくりと地面に横たえる。

「ちょっとここで待ってろ。止めさせてくる」

男がそう言うと、突如として吹雪が止んだ。すると視界が開け、私たちが戦っていた脅威がその姿を現した。そこには視界を埋め尽くすような数の人影が蠢《うごめ》いていた。

……その数は数えるのも馬鹿らしい。

私はすでに数百の異能者《バケモノ》たちに囲まれていたのだ。この戦場で生き残るなどという可能性はとっくにゼロだったのだ。一体、こんな状況で男はどうしようというのだ？

止めてくる？　何を言っているのだ？

あんなバケモノの群れに飛び込むのは自殺しに行くようなものだ。絶対にダメだ。行ってはいけない。体が動くのなら、一刻も早く逃げるべきだ！

そんな私の視線を受けながら、男は僅かに笑い……

「じゃあ行ってくる」

そう言って私に背中を向けた。その途端、ふっと幻が掻き消えるように男の姿が見えなくなった。

「…………消えた？」

……ああ、そうか。あの男は私が見た夢だったのだ。私の叶うはずのない、非現実的な願望が幻となって出てきたのだ。

「……やっぱり夢、か……」

私は、これからあの遠くに見えるバケモノの群れに八つ裂きにされる。それが現実だ。動かない未来。絶望的に確定した将来。

この戦争が終わる？　誰かが助けに来てくれる？　そんなことなど、あるはずがない。

そう思った瞬間、あたりから同時に爆音が響き渡り、視界に映っていた全ての異能者が「殴られたように吹き飛んだ」。

後で知ったのだが、彼の名は玄野《クロノ》カゲノブ。『【時を操る者《クロノオペレーター》】S-LEVEL5』。それが、その極地の戦争を終わらせた男の名前だった。

そしてその2年後……同じ男の尽力によって、世界の悪夢でしかなかった『異能大戦』も終結することになる。


「はい、次の方どうぞ」

異能大戦の終結から10年の月日が流れた。

私、玄野メリアは現在、国立帝変高校の保健室担当医と、国立異能研究センターの鑑定官を兼任している。どちらも、私の強い要望によるものだ。

通常、絶対に無理なのだが、帝変高校校長《あのひと》の口利きもあり、適性的にも能力的にも問題ないということで、特例として兼任を許可されている。今の私は、以前からすればとても考えられない立場にいる。

12年前、南極の戦地で玄野カゲノブに拾われ、見知らぬ東洋の国に連れてこられた私はこの国の人たちをとても困らせた。

私の異能評価は『【病を発する者《モーバスクリエイター》】S－LEVEL3』。「病を発生」させるだけの能力だ。治すことはできない。害となるだけの異能。私の存在はそのまま大量破壊をもたらす生物兵器のようなものだ。おまけに身寄りのない、国籍不明、素性不明の外国人。

当然、政府からも軍部からも危険視され、治安の維持と国民の安全のために「殺処分」という意見が大多数だったらしい。そうして、軍部は私の殺処分を正式に決定した。私もそれが当然のことだろうと思い、受け入れた。

でも、そこに玄野《あのひと》が割り込んだ。大多数の説得にも拘わらず、玄野は一人、「納得いかない」と私の処分に反対し続けた。軍部が処刑を強行しようとした時も、力ずくで阻止したそうだ。

最終的には「あいつは俺の娘にした。それで俺の親戚だ、文句あっか」の一言でケリをつけたという。当時、私が監禁されている独房に彼が入ってきて突然、「お前、俺の子供になったから」と言われても何のことだか分からなかったけれど……。

「……何でこんなことを思い出してるのかしら。今はこんなことを考えてる時じゃないわね」

そうだ。昔のことを思い出すのはこれくらいにしておこう。今日は異能研究センターの鑑定官として、先日の地震後に異能を自覚したという中学生3人を鑑定することになっている。

その子たちの中でも特に気になっているのが、これから部屋に入ってくる「芹澤アツシ」という男子生徒だ。

事前の担当者によるヒアリングによると、彼が今まで自覚した異能の力は
（冷めたお風呂が適温まで温まる）

（冷めたおでんをアツアツに温めることができる）

（蒸し暑い部屋を快適な程度にひんやりさせることができる）

（夏場でも手に持ったアイスがずっと溶けない）

という現象だという。そして自分の意思でものを自由に「温める」、「冷やす」ということが可能だという。どこまで温められるか、冷やせるかは本人も試したことがないためにわからないらしいが、今まで一度も限界というものは感じたことがないという。

その報告を聞いて私は一つの結論を出した。そして、自分が出したその結論に背筋が寒くなった。

彼はおそらく、養父と同じ「原理を操る」タイプの非常に特殊な異能……『【特種】根源系《プリンシプル》』の異能保持者だ。本人がその異能の本質に気がつけば、確実にレベル5に届き得る。それどころか、下手をすればレベル6の〈厄災級〉……『世界に対する脅威』に成長する危険性も十分にあるのだ。

今はまだいい。せいぜい、彼ができるのは、飲み物や食べ物を「温めたり」「冷やしたり」する程度だという。それは「そういう能力」だと本人が勘違いをしているからだ。

でも、もし彼が自分の本質に気がついたら？　彼の異能が、物質を「どこまでも」温め、「どこまでも」冷やせる異常な能力であると気がついてしまったら？　もう、誰にも彼を止めることはできないだろう。彼がそれを望むなら、この星を壊すのも凍らせるのも自由にできるだけの力があるのだから。全ては本人の人格や資質に委ねられているのだ。

それにもし、彼の異能の特異性がこの国の政府や軍部に認知されたら？　当然、核や既存の能

力者を遥かに凌ぐ、決戦兵器として軍事利用がなされるはずだ。未熟な彼はいいように利用されるだろう。訳の分からぬまま駒として戦場に送り込まれ、ただ殺戮するための機械となるなんて最低だ。あんなことはもう、誰にも体験させたいとは思わない。

でも、命があるだけまだマシな最低なのかもしれない。脅威を重く見られれば、「潜在的な脅威」として秘密裏に殺処分されることになるかもしれないのだから。あの時の私のように……。そう、その可能性もあるような気がする。

そんなことをグルグルと考えている時だった。

突然、勢いよく鑑定室の扉が開いた。

「よろしく、お願いしまぁッす!!!」

その例の異能者本人が鑑定室に入ってきたのだ。私は動揺を隠しながら彼に異能の鑑定結果を口頭で伝え、彼を観察することにした。

目の前にいるこの子、「芹澤アツシ」はどこからどう見ても平凡な少年だ。彼の意思次第で世界が危機に瀕する？　彼を前に話していると、それはとても馬鹿げた妄想のようにも思えてくるのだ。

それは彼の目はどこかあの人《クロノ》に似ている。同じ『根源系』の能力者だからだろうか？　不思議な生きる力に溢れ、妙に楽しそうで……。

「あの！　俺の異能の【温度を変える者《サーモオペレーター》】って、どうやったら国を守るような『戦力』として使えるんでしょうか？」

しかし、彼の言葉で途端に私の背筋は凍った。彼は言った。自分は「戦力」になれるのか、と。もし彼が戦場などに送り込まれ、自身の能力を自覚などしてしまったら……？　いえ、気づくだけならまだマシな方だ。もし戦場で心を壊し、もしその敵意の矛先が広範囲の人間に向いてしまったら？

それは、それだけは絶対に防がなくてはならない。戦場に興味を持つような芽は摘んでおくべきだ。私はとっさにそう判断した。

「はあ……キミ、それ本気で言ってるの？」

だから私は、必死だった。彼の願望を否定することに。体の震えを押さえ込みながら、精一杯の演技をして。今、この時が分岐点なのかもしれないのだから。

「え？　……あ、はい……一応。俺、大戦で活躍した異能者の英雄の一人に憧れてて！　自分もそんな風になれたらなぁって」

彼は英雄、という言葉を口にした。英雄願望。それは彼を戦場に駆り立てるものだ。だから、私は意図して突き崩すように否定する。

「英雄？　あなた頭は大丈夫？　あんなのは山を粉砕したり、飛んでくる核ミサイルを殴りとばしたり、洪水で島を沈めちゃったり……世界の地形図をめちゃくちゃに書き換えた、バケモノの群れでしかないわ。そんなのが英雄？　笑わせるわ」

声が震えているかもしれない。でも、ここでやめるわけにはいかない。戦場なんかに希望を持たせないために、注意深く言葉を選んで彼の願望を刈り取ろうとする。

あなたは、戦場《あんなところ》になんか行く必要はないのだから。そんな危険を冒さずとも、この時代では、この国では平穏に生きられる。あなたがその力を使いさえしなければ。

「逆に聞きたいんだけどね。飲み物の温度を変えられるぐらいの力で……キミは誰と戦うつもりなの？」

「…………」

この年頃の子供に、言い過ぎたかもしれない。でも彼にはまず、「自分の能力がその程度の異能である」と誤認してもらわなければならない。

「キミのは珍しい能力には違いないんだけどね……使い道が電子レンジにも劣るのよね」

私はさらに、できる限り精一杯の否定をした。

「そ、そうですかあ。いやぁ、あまり役に立ちそうな能力じゃなくて残念だなあ！」

私の辛辣《しんらつ》な言葉になおも、立ち上がってくる少年。

「うん。全く役に立ちそうもないわ」

でも、私は言葉を緩めない。しばらくの、沈黙。少年は何かを考えていたようだったがこう切り出した。

「じゃ、じゃあ俺はまたこれで元の普通の生活に戻っていいわけですね？」

しかし私はそれも否定する。

「そんなわけないじゃない？　そんなのでも異能は異能。今後、君の人生……もとい能力は国家の管理下に置かれることになるの。春から君は帝都の異能者養成学校へ通うことになるわ」

あなたは今後、多くの人間に狙われることになる。その強大な能力が周囲に知れたら、確実に他者から……国家からも軍部からも利用される。あなたにその気がなくとも、脅威と考え命を狙う者だっているだろう。

（誰かが、守らなければいけない）

私がそうしてもらったように。そして私は彼に言った。

「異能鑑定の結果、入学先はFランクの帝変高校《うち》で決まりね。ちなみに法律で決まってて拒否権とかないから」

そして私は彼の鑑定書に「レベル1」と書き込み、「特定保護対象」のスタンプを押した。

ここから、私は彼に嘘をつき続けることになる。そして、国にも嘘をつき続けることになる。その結果、もし彼が自分の力で生きていけないようであったら、私が責任を取ろう。

彼に恨まれることがあっても、それでもいい。それが私の決断。私の覚悟。

彼の生きる道につながるなら、彼が成長するまでの間、体を張って守ってあげよう。

……それが、私がお父さん《クロノ》に教わった生き方なのだから。

06　満開の桜

入学して最初のクラスルームが終わり、俺は帰ってから何をしようかと考えながら帰宅準備をしているところだった。

ふと気がつくと、前の席の方から長い黒髪のとてつもない美少女が、だんだんと俺の方に近づいてくるのが見えた。

彼女は中学時代の俺の理想の女子エリちゃんにも並ぶぐらいの美少女。すらりとして、スポーツができそうな優等生ルックス、いい匂いのしそうなさらりとした整った長い髪。これはもしかしたらエリちゃんより……

いや、いやいやいや。

エリちゃんに並ぶ美少女などこの世にいるはずがないな。ないない、ありえない。俺はずっとエリちゃん一筋なのだ。もっと言えば、俺はエリちゃんとイチャラブするためにこの世に生を受けたのだ。そうに違いない。

本当なら高校生活でそのロマンスが花開くのが決定的に確定的な予定だったのに。あの保健室の金髪鑑定官め、こんな修羅の掃き溜めに送り込みやがって……マジ、許さん。ちょっと色っぽい金髪眼鏡美人さんだからって何もかもが許されるわけじゃねえんだぞ……。

と、そんなことを考えていたその時だった。

バァン!!　と俺の机が勢いよく叩かれた。

「……は?」

何事かと思って前を見ると、先ほどの黒髪の美少女が俺の目の前、それも目と鼻の先にいた。

さらに驚くことに……その美少女はこんなことを言ったのだった。

「芹澤くん……今日の放課後、体育館裏で会えない?」

……放課後?　体育館裏!?　バ、ババババカな!　これは、これはまさか!?

俺はもちろん即答した。

「よ、喜んでッ!!」

心の中で、ガッツポーズを決めながら。

◆　◆　◆

そうして今、俺は学校の体育館裏の倉庫前にいる。

体育館裏にはたくさんの桜の木が植えられていて、時期ということもあって大量の花びらが舞っている。

「ああ、桜が綺麗だなぁ。我が記念すべき日に相応しい……」

そう、待ち合わせのあの子の名前は「霧島カナメ」。ホームルーム中、暇を持て余した俺が作成した「クラス美少女番付」で最上位にランクインした、クラス屈指の美少女だ。

俺としたことがさっきはあまりに突然な目と鼻の先の邂逅《かいこう》だったので、テンパってとっさに名前が出てこなかったのだ。やはり美人というのは間近で見ると全然、いい。

そんな彼女に、いきなり体育館裏に呼び出された。他の誰も見ていないところで「二人きりで会いたい」と言う。

これはつまり、アレしかないだろう。修羅の国にもこんな春があったとは……俺はちょっとだけ、あの美人鑑定官に感謝の念を送りながら彼女が現れるのを待った。そうして、しばらくして彼女がやってきた。

「待たせたわね、ちょっと取りに行くものがあったから」

彼女は腰のあたりに手をやり、曲がった長い筒のように見えるものを摑んでいる。なんか、刀みたいな形をしてるなあ。気のせいだと思うけど。

「ううん、俺も今きたところだから」

ああ、こういうの、っぽい！　ぽいシチュエーションだ！

女の子と待ち合わせって感じで、いいなあ！

「早速だけど……始めたいわ。覚悟はいいかしら？」

そう言って、彼女は腰に差した刀を抜き放った。

「ああ、いつでもいいとも」

俺はとっくに彼女の心を受け止める準備はできている。彼女の何もかもを余すところなく、受け止める所存である。つい先ほど俺は心の中の恋人、エリちゃんにキッパリ別れを告げてきたのだ。これで、なにも思い残すことはない。

「では……行くわ」

彼女は地を蹴り、こちらに向かって急加速する。

「帝変高校生徒会、第六位。霧島カナメ、参るッ!!」

そして抜いた刀で斬りかかってきた。

あれ？　ちょっと思ってたのと違うかなあ？

……いや、うん、知ってたよ。本当は。刀を抜いた時点でなんか違うかなぁって思ってたよ？ほんとだよ？　でも、告白とかそういう可能性もなくはないじゃん??　男はそういう可能性にかけてみるのって大事だと思うんだ……。

俺が思考を巡らせる間に距離が詰まり、彼女の斬撃が俺を襲う。しかし……俺は、彼女の太刀

筋を見切ってギリギリのところで躱《かわ》した。

「えっ？」

彼女はそんな風に躱されるとは思っていなかったのか、少し呼吸が乱れ、体勢が崩れた。

「まあ、そう思うよな」

何を隠そう、俺は小学校から近所の剣道教室に通っていたのだ。生徒が俺と俺の妹含めて３人だけの、今にも潰れそうな剣道教室だったが、先生《ししょう》は丁寧に、本当に……死ぬほど懇切丁寧にご指導してくださり、時には稽古が真夜中まで及ぶこともあった。そして日々、なぜか俺だけの特別メニューが増えていった。何度も辛い、辞めたい、殺されると両親に泣きついたが、全く聞き入れてくれなかった。

あの、稽古と称する地獄の拷問の日々。何度も児童相談所に駆け込もうかと思ったあの小学生の苦悶の日々。

あの剣道教室の鬼《ししょう》の動きに比べれば……彼女はなんというか、太刀筋が単純すぎる。

「このッ!!」

霧島さんは次々に斬撃を繰り出してくる。スピードも中々、踏み込みも的確で体重を乗せた気合のこもった一閃。でもそれじゃあ、当たってはあげられないな。斬ろうとしているところを馬鹿正直に目線と筋肉の動きで教えてくれている。いや、本身だから当たったらヤバイけどな!!

(まあ余裕あるし、ちょっとこっちからも仕掛けてみるかな)

俺は姿勢を低くして彼女の懐に飛び込み、霧島さんに軽く足払いを仕掛ける。

「!?」

スパァン!!

という意外なほど小気味よい音とともに俺の足払いは見事に決まり、彼女は縦に一回転しながら綺麗に宙を舞い、そして俺の目の前に着地した。

「……あっ……」

いや、言い直そう。こんな表現では不適当だ。不敬に当たる。……大変お見事な大開脚でお着地あそばされたと。そこには、綺麗なピンク色の花柄のおパンツ様が鎮座されていた。でもね、これだけはわかってほしい。これは故意ではないんだ。事故なんです。俺は心の中で合掌しながら、心の中のシャッターを押した。

「くっ、まだよッ!!」

すぐに立ち上がり、なおも執拗に斬りかかってくる霧島さん。体が温まったのか、先ほどよりも剣筋が良くなってきている。でも……。

「……なんでよっ!!」

全然当たらない。基本的に、さっきの彼女の欠点は変わっていないからだ。それに、一振り一振りが大振りすぎる。

「なんで」

彼女はなおも刀を振り回す。あっ、足を滑らせて転んでしまった。また見えました、花柄様。本当にありがとうございます。もう腕にあまり力がこもっていないな。

「なんで……」

霧島さんはまだ刀を振るっているが、もう剣技とは呼べない、ただの素振りだ。

「なんで当たってくれないのよ！」

そして、次に来るのは見え見えの大振り。そろそろ俺は終わりにすることにした。斬撃を躱す際に、すれ違いざま彼女の手を手刀で強めに打つ。

「あっ⁉」

俺は彼女が手放した刀を奪い取り、距離を取った。彼女は一瞬にして自分の刀が俺の手に渡ったことに唖然としている。そこで俺はこう切り出した。

「もうこの辺で止めにしとかないか、霧島さん？　そろそろ暗くなるしさ」

君の制服も泥だらけだし、俺も拝むものは拝めたしさ……。

「……う……」

あれ、どうした？

「……う…え……」

……え？　どうした⁉　な、なんか泣き始めたぞ？　そんなに今の手刀痛かった⁉

いや、あれか？　もしや見られた方⁉　違う！　あ、あれは不慮の事故で…！　霧島さんは声と体を震わせながら、顔を覆い……。

「私は……」

今にも消え入りそうな声で、

「私は……そんなに無能なの……？」

そう言って、涙を流していた。俺もどうしていいか分からず立ち尽くしていると……騒ぎを聞きつけたのか、周囲から野次馬が集まってきた。彼らの視線の中心には、泥だらけの制服ですすり泣く女の子と、抜き身の刀を持って彼女の前に佇む俺。

……あれ？　これってなんか、俺が悪いみたいになってない……？？　絵的に、俺が一方的に苛《いじ》めてた感じになってない？

「……まずい……！」

社会的な危機を察知した俺は彼女の手を引き、「いやあ、彼女、目に砂が入ったみたいで……！」と最大限の俺悪くないんですよアピールをしながら野次馬を通り抜け、人気《ひとけ》のない校舎裏の非常階段のところまで走った。

◆　◆　◆

俺はどうしていいか分からず、とりあえず階段に二人で腰掛けていた。

彼女はしばらく泣きじゃくっていたが、しばらくすると落ち着いたようで「ごめんなさい」と小さく謝ってきた。

俺はなんで彼女が自分に斬りかかってきたのか、本当に理由がわからなかったので、とりあえずそれを聞いてみた。すると彼女は、

「あなたがあの桐崎ノボルを倒したって聞いて、どうしても手合わせしたいって思ったの」

そう言った。……桐崎ノボル？　誰だそれ？

……ああ、あれか。モヒカン先輩か。ちょっと誤解があるようだから解いておこう。

「いや、それは誤解だよ。あれをやったのは全部、あのモヤシ野郎……植木フトシって奴なんだ。

俺は、その場に居合わせただけだし。第一、俺の能力なんて【温度を変える者《サーモオペレーター》】でレベル1だぜ？ケンカになんて使えないって」

そう、俺はあのバカに巻き込まれただけの被害者なのだ。まあちょっとはアシストしたけれど。

「あなたもレベル1……そう……そうだったのね。勘違いで迷惑かけてしまって本当に、ごめんなさい……」

彼女は消え入りそうな声で謝ってくる。

「……『あなたも』ってことは霧島さんも？」

「ええ、私は桐崎ノボルと同じ【万物を切断する者《ディバイダー》】の能力者よ。でもレベル1……小石すら満足に切れない程度の、最弱のレベル1よ」

ああ、そういえばホームルームの時に自己紹介でそんなこと言ってたな。レベルは言わなかったけど。

「でもなんでさっきは異能を使わなかったんだ？　やっぱり手加減はしてたんでしょ？」

「言ったでしょう？　小石も切れないって。小指の爪ぐらい、ちょうど桜の花びらぐらいの大きさの刃、それが私の扱えるサイズの限界よ」

そういえば、あのモヒカン先輩はコンクリートの壁をバターのように切り裂いてたな。それに比べれば、確かに貧弱と言えるのかもしれない。

「そして、あの剣も本気よ。私の、全力全霊だった……あなたには全く歯が立たなかったけどね」

彼女は悲しそうに俯《うつむ》いて言った。

「私って……なんでこんなに無能なのかしら」

「……無能、かぁ……」

彼女が無能かと言われれば俺は「違う」と断言できる。さっきの剣術といい、あの地獄のような幼少期を過ごした俺には一歩譲ったが、この年頃の女の子としてはかなりのものだったからだ。

でも、気になることがあった。

「霧島さんがさっき使ってたのは、大振りで強引に相手を断つ感じの、剛の剣だろ？　やっててさ、違和感ない？」

「……どういうこと？」

多分、女性には向かないタイプの力押しの剣術。何でかはわからないけれど、彼女は彼女の素質と致命的に噛み合っていないものを使っていた。

「腕力マッチョな鍛え上げた武人は別として……非力な人の剣はとにかく『当てる』べきなんだ。与えるダメージは小さくても、細かく当てて引くこと」

これは俺が師匠《せんせい》から教わってきたことでもあった。

「霧島さんには、そっちの方が向いてると思うよ？　力が弱くても、相手を見極めながら多く打つ。そうすりゃ、いつかは岩だって削れるもんさ」

師匠《せんせい》からの受け売りをドヤ顔で言い放つ俺。

「………………」

そして、しばらくの沈黙。……気まずい。説教じみて聞こえたかな……？　やりきれなくなった俺は、もう一つ気になった話題を切り出した。

「そ、それにさ、霧島さんの異能だって……一緒に出せるのは『一つだけ』とは限らないんだろ？

重ね打ちとか多重打ちとかできないの？」

「…………えっ」

「…………………えっ？」

この反応……まさかもしかして、試したことなかったとか？

「や、やってみたら？」

「え、ええ……」

彼女が胸の前に手をかざすと、手の先から、一つの小さな花びらのようなものが飛び出す。続けてもう一つ。

「……もう1回……」

そして、次は…同時に2つ飛んで行った。

「……できた」

「何だ、できるんじゃん」

彼女は、肩を震わせて……

「で、できた！　できたよ！　芹澤くんっ！」

一つしかできないと思っていたのが、二つできた。それだけのことで、彼女はすごく喜んだ。すごく喜んで、俺に抱きついてきた。俺の腕にも何かすごく柔らかいものが当たっている。俺も、すごく、嬉しい。

「あっ……ご、ごめんなさい！　つい……嬉しくって……」

そんな、謝ることなんてない。お礼を言わなければならないのはこちらの方だからだ。もうちょっと抱きついていてくれたら、こちらが謝礼を支払わなければならないところだった。

「……ごめんなさい……いえ、芹澤くん。本当に、ありがとう……！」

また涙を流しながら……泣き上戸なのかなこの子？　不意に風が吹き、彼女の涙が伝った頬のあたりに桜の花びらが張りつく。

ちょっと間抜けな姿だが、桜の花びらに包まれた彼女の笑顔は、本当に綺麗だった。

第2章　俺の理想の高校生活

07　死相が出てます

翌日の学校には、霧島さんは来なかった。なんでも「急用ができた」とかで、1日欠席だそうだ。

……き、昨日の出来事が影響してるとかじゃないよね？　俺に負けた鬱憤をサンドバッグに解き放ってるとかじゃないよね？

休み時間、やることもなかったので俺がボケーッとしていると、なんだか「ぽわー」っとした女の子が俺の席まで来て、話しかけてきた。

「あのっ……芹澤くんっ？」

ああ、この子のことは覚えてる。この子は「春原《はるばら》ユメカ」さん。確か――。

「ちょっと言いにくいんだけどっ……あなた、ものすごい凶相……いえ、死相が出てますっ！」

彼女の異能評価は『【未来を予見する者《プロフェット》】S-LEVEL0』。未来予知？　何それ最強じゃん、と思うかもしれないが、彼女の評価は『レベル0』。〈無能〉のレベル1よりも下……つまりほぼ能力がないということらしい。逆に言えば、異能がある可能性がある、というぐらいの状態。

そんな状態でなんで【未来を予見する者《プロフェット》】だとわかって国立帝変高校《ここ》にいるかと言えば、過去一度だけ、かなり明確に「地震を予知」したことがあるんだそうだ。予知なんてできたらかなりスゴイ異能なので、この学校で保護されている、ということらしい。ちなみに趣味は各種「占い」とのこと。これ、ホームルームでの自己紹介情報な。

っていうか、いきなり何を言うんだこの子は。死相？　いきなりそんなこと言われたら怖いじゃん！

「え⁇　どういうこと？」

「今日は、もしかしたら、外出することを控えた方がいいかもしれないですっ！」

いや、もう学校に来てるんだけど。

「伝えることはそれだけですっ！　ではっ！」

シュタッ！　という感じで敬礼？　をすると、春原ユメカさんはピューッと去っていった。

「ホント、なんだったんだ……？」

ちょっと気分を変えようと教室から出ようとすると、入り口のところで男子生徒にドンッ！とぶつかってしまった。

「おっと……悪い。考え事してて……」

「ああ、ワリィな……こっちもよく見てなかった」

ん？　知らない顔だな？　昨日のホームルームにはこんな奴、いなかったような？

まあ、野郎の顔なんていちいち覚えていないが。俺はあの時、クラスの女生徒の鑑定にとても忙しかったのだ。

その時、廊下からヒソヒソと話をする声が聞こえた。

「あ、あいつが……例の芹澤アツシか」

「あれが……入学式の日に2年の風紀委員、桐崎ノボル先輩を病院送りにし……」

「次の日にはあの霧島重工の令嬢……霧島カナメをボコボコに叩きのめしたっていう、問題児……！」

「ああ、そのショックで霧島さん、今日寝込んでるらしいぞ……？」

……待て待て。ちょっと待て。なんか色々違うぞ。話が滅茶苦茶ねじ曲がってるぞ！

俺が丁寧に訂正をしてやろうとそいつらのところに向かおうとすると……突然、強い力で肩を摑まれた。

「おい。お前、女に手をあげたのか？」

そう聞いてきたのはさっき俺がぶつかった男子生徒だった。

「いや……」

そんなことはない、と言おうとして、思い切り足払いをかけて転ばせてしまったのを思い出した。

「……ちょっと経緯があってな、止むを得ずに……」

「そうか」

俺が言い終わるのを待たず、目の前の男は俺を思い切りぶん殴った。不意打ちすぎて吹っ飛ばされ、地面に派手に倒れる俺。

「いっ、いきなり何しやがるッ!?」

こいつ、いきなりグーで殴りやがった。お、親父にもぶたれたことないのに！　……師匠には気ィ失うほど棒で殴られたけど。

「ちょっと！　やめなさいよ、赤井！」

「チッ…神楽《かぐら》か」

そこへ俺をかばってくれる天使が現れた。栗色のショートカットの可憐な美少女だ。まあ、俺もこんな奴に喧嘩で負けたりしないけどな。ご厚意はありがたく受け取っておこう。……ん？

……赤井？　どこかで聞いたことがあるような……

「女に、手をあげるなんざァ、最低だ……！」

そう言い捨てると、その俺に言われなき暴力を振るった男はそのまま廊下に出て行った。

「……ごめんね。アイツも本当は悪い奴じゃないんだ……」

「いや、君が謝ることなんてないよ」

そう言うと彼女は俺の頬のあたりを触り始めた。え、何？　ちょっとくすぐったいんだけど……。

「動かないで。このままだとアザになるから」

彼女がそう言うと、彼女の手がほんのり輝きだした。すると、俺の殴られた痛みもスーッと引いていった。これは!?　美少女に手当てされるとこんなにも治りが早いのか!?

いや違うか。異能か。良い機会なので、俺は彼女の顔をじーっと見る。

彼女の名前は神楽マイ。ショートカットの似合う、ボーイッシュな美少女だ。その能力は『【傷を癒す者《ヒーラー》】Ｓ－ＬＥＶＥＬ１』。とある神社の娘さんらしい。これもホームルームでの自己紹介情報な。

「はい、とりあえず終わったよ。これでアザになることはないと思う」

「ああ、ありがとう。ところでさっきの奴は知り合い？」

「赤井のこと？　うん……小学校から、ちょっとね」

そうか、赤井くん、こんな美少女と小学校から一緒だなんて、なんと羨ましい。さぞかしいい

思いを……んん⁉　赤井⁉　……はっ⁉

お、思い出した。赤井くん………赤井ツバサ。俺の「絶対服従！　これ絶対！」リストのナンバー1。

決して逆らってはいけない男、『【炎を発する者《ファイアスターター》】S‐LEVEL3』。コンクリ校舎全焼事件の赤井ツバサだ。

「……そうか、あいつが……」

ああ、やっちまったな。死んだかも、俺。


そして俺は放課後、なぜか神楽さんと一緒に下校していた。帰る方向が大体一緒なのと、

「アイツがまた殴りにきたら悪いから」

ということで、俺を奴の魔手から守ってくれるらしい。なんて良い娘《こ》……ッ！

神楽さんには、霧島さんとのことは彼女のちょっとした誤解から対立してしまっただけであって、今は和解したこと、結局のところあのモヤシ野郎が全部悪いことを説明し、納得してもらった。

「アイツはそういうところ、そそっかしいから……でも、悪い奴じゃないんだよ？」

「まあ、それはわかるよ」

最初、俺がぶつかった時はちゃんと謝ってくれたし、俺が殴られた理由も「女に手をあげた」だからな。基本的に良い奴なのは理解できる。

「でもさ、いつも怖がられちゃうんだよ、アイツ。普段の態度も悪いし、有名になっちゃったあの事件のこともあるしさ」

「まあ、それもわかるかな」

かく言う俺もめっちゃビビってるし。

「でもあれは、本当は私のせいなんだ。私をかばったせいでアイツは……」

その時だった。

背後から黒いバンがやってきて静かにドアが開き、黒いマスクをつけた数人の男が飛び出してきた。そして何かのスプレーを俺たちに向かって噴射した。

途端、神楽さんは路上に倒れ……。

俺もそのまま意識を失った。

08　『癒す力』の市場価値

薬で眠らせて、車に詰め込むだけ。本当に簡単な仕事だった。

子供《ガキ》一人攫《さら》うだけで、大金が転がり込むという話を聞いた時は、何か危ないことをやらされるのかと当然警戒した。しかし、本当に攫ってきて依頼者《クライアント》に引き渡すだけで、仕事は完了扱いになるらしい。

こんなうまい話、飛びつかなきゃ馬鹿ってもんだ。捕獲対象《ターゲット》は帝変高校という異能学校の1年、

「神楽マイ」。なんでも、傷を癒せるとかいう【傷を癒す者《ヒーラー》】の評価を持つ異能者だと言う。

そいつは世の金持ちにとっては喉から手が出るほど「欲しい」存在なんだそうで、何が何でも手に入れようということらしい。

まあ正攻法で大っぴらに交渉しない辺り、人に言えないような使い方をするのは目に見えている。大方、何かの実験材料か、ある種の奴隷として死ぬまで酷使されるのだろう。

それはまあ、いい。俺の仕事は対象を攫い、依頼主に届けるだけだ。こんな小娘一人攫うだけで、俺の元に10億の金が入ってくる。これはまたとない、ビジネスチャンスだ。

そして、俺はやり遂げた。変なオマケがついてきてしまったが、海なり山なり、人目につかない場所で処分すればいい話だ。

依頼者との待ち合わせ場所までもう少し。引き渡しが終わったら俺は共犯で目撃者となった部下たちを始末し、この仕事を引退して、南国の島国でゆったりと過ごすのだ。

◆　◆　◆

「……うぅ……？」

目を覚ますと、俺はどうやら車の中にいるようだった。

頭が、痛い。ガンガンする。なんだこれは？　俺は一体……何してるんだ？　確か、神楽さんと家に帰る途中、覆面の男たちが車から出てきて……。

俺は体を動かそうとしたが、腕と足が拘束されている。これは手錠かなんかか？　金属製の硬いものが腕に当たる感触がある。目隠しされていて、見ることもできない。これは……。

「ちっ、もう起きやがったか」

図太い男の声がする。そう思った瞬間、

ゴキィッ‼　誰かに頭を思い切り殴られた。危うく意識が飛びかける。

「兄貴、こいつどうします？　先にバラしますか？」

「やめろ、車が臭くなるだろうが。仕事が終わった後、お前らで山にでも埋めてこい」

そうだ、あの時車から出てきたのは3人。後もう1人……運転席にいる奴で、4人か。ここから逃げて助けを求めるには、どうすればいいか……。

いや、ちょっと待て。その前に神楽さんはどうした⁉　彼女はどこにいる⁉

「ヒヒ、じゃあ兄貴、こっちの女は？　やっちゃってもいいんですかね？」

今度は若干高い、別の男の声がする。すぐさま、硬い拳で人を殴る音が聞こえる。

「バカかお前は。そのガキは大事な商品だ！　傷の一つでもつけてみろ！　俺が殺してやる‼」

「ヒ、す、すいやせん。ただの冗談ですって」

どうやら、神楽さんも同じ車内にいるらしい。でも、この状況、非常にヤバい。俺は殺されることが確定していて、神楽さんも何かしらの目的で「売られる」ことが確定している。

これは誘拐だ。それも相当にタチが悪い奴らによる犯罪だ。奴ら、この手のことに慣れている。

そんな雰囲気がひしひしと伝わる。

どうやったら……逃げられる？　せめて、せめて神楽さんだけでも逃がすには……？

そんなことを必死に考えている時だった。

『……芹澤くん、芹澤くん……聞こえますか……』

どこかから、「声」が響いてきた。俺はこれには聞き覚えがある。

『……今、あなたの心に直接語りかけています……』

耳から聞こえるのではない。頭の中に響いてくる声。これは……

『し、篠崎さん!?』

俺も、心の中で篠崎さんに声を送る。どういうわけか、「やり方」がわかる。

『よかった……二人とも、しばらく呼びかけても反応がなかったので……』

『いったいどうして？　いや、そんなことより、今とてもヤバい状況なんだ……』

『知っています。私はあなたたちがさらわれるところを見ていましたから。すぐに助けに行けずすみません……』

『見ていた？』

『はい。あなたたちのずっと後ろを、私も歩いていたのです……下校途中で芹澤くんと神楽さんが二人で歩いているのを見かけて……「あの二人、もうデキてんのかいな？　さっそく赤井くんとの三角関係？　ぐふふ」とか思いながら……面白そうだから、追跡していたのです……』

動機それかよ。別にそんなこと、今言わなくてもいいのに……。いや、テレパシーって嘘はつけないんだったか？

とはいえ、これは願ってもない幸運だ。今は、彼女が頼みの綱だ。この幸運《チャンス》を逃せば、俺たちに未来はない。

『篠崎さん、学校の先生たちにはこのこと、連絡した？』

『はい、最初、携帯でチハヤ先生に伝えようとして、うまく喋れなかったので、テレパシーで伝えました』

わざわざ異能を使って……まあ、でも彼女の場合、その方が早いだろうな。

『あのさ、篠崎さん、お願いがあるんだけど』

現在位置を少しでも把握しなければ、そう念じてメッセージを送ろうと思っていた矢先だった。

「おい、まだこのガキ意識があるぞ。面倒だから薬で眠らせておけ」

「……へい」

プシュー。またスプレーの音が聞こえ、少し甘い香りがして……俺は再び意識を手放した。


『……赤井くん……私の声が聞こえますか……？』

それは、赤井ツバサが神楽家の飼い犬、タロウといつものように散歩に出ている時だった。

『……神楽さんが今、危機に瀕しています……』

「ッ!?　誰だッ!?」

突然、頭の中に声が響き、赤井は慌てて周囲を見渡した。しかし、そこには誰もいない。

『……私は『【意思を疎通する者《コミュニケーター》】』、篠崎ユリア。あなたのクラスメイトです……今、あなたに伝えなければならないと思って、心に直接語りかけています……神楽さんが……』

「神楽が……どうかしたのか？」

赤井は色々な疑問は置いておき、知っている名前にだけ反応した。

『攫われました。黒い車に乗せられて、どこかへ運ばれています……』

「……くそッ……こんな日に限って……！」

前々から、彼女の能力を利用する輩が必ずいるはずだと、赤井は警戒していた。していたつもりだった。

まさか、学校でちょっと気まずいことがあってたまたま神楽と一緒でなかった、今日に限ってこんなことになるとは……赤井は唇を噛んだ。

「神楽はどこにいるッ!?　その車はどこに向かってるッ!?」

苛立《いらだ》ちを隠せず、大声で空に問いかける。

『……ごめんなさい、わかりません……攫われた時、車が向かったのは北の方向としか……』

「チッ……！」

赤井は拳を強く握りしめる。こんな時に何の役にも立たないなんて……自分の異能は、何のための能力なのだ？

「ワォーン？」

何があったの？　と不思議そうに赤井の顔を見つめる神楽家の飼い犬、タロウ。

「……悪ィな。つい、大声出しちまった」

その視線に、少し冷静さを取り戻し……何か思いついたように若い秋田犬、タロウの顔を見る。

「なあ、お前……神楽の匂い、辿《たど》れたりしないよな……？　そんなわけないか」

自分でもバカな考えだと思う。警察犬が匂いを辿って犯人を見つける、なんてドラマかなんかでよくあるが、犯行現場からたどっていくならまだしもこんな全く関係のない場所から「たどる」なんて日本語自体が成立しない。しかし……

「ワォーン！」

タロウがそう人鳴きすると、あたりに風が巻き起こり……タロウの元に吹きつけた。しばらく、タロウはその風を受けて鼻をヒクヒクさせていたが、ひとしきり嗅ぐと――。

「ワォン！」

ついてこい、という風に赤井の持っている手綱を引っ張り、走り始めた。

赤井は戸惑いつつも、タロウに引かれるまま、走っていく。これが、自分の幼馴染、神楽マイのところにたどり着く方法だと祈って……この時、赤井は知らなかったし、神楽も知らなかったのだが――

後にタロウは鑑定の結果、『【風を操る者《ウインドメイカー》】S-LEVEL2』の能力者……いや、能力犬であることが明らかになる。これは、まだそのことが知られていなかった頃の話である。

09 第三派閥《ダークサイド》

その時、私、玄野メリアは篠崎ユリアさんと一緒に保健室にいた。非常時には教師たち全員への連絡は私がすることになっているため、チハヤ先生からの連絡を受け、急遽篠崎さんに私の元に来てもらったのだ。

「篠崎さん、その情報は確かなのね？」

「はわっ⁉　ひゃわっ⁉　ええっと……あの⁉　ひゃいっ⁉」

「落ち着いて。返事は異能を使ってもいいから」

『……はい……でも私が彼と対話できたのはほんの数分だけでしたから……』

「それにしても、まずいわね。保護者、失格ね……」

この子、篠崎ユリアさんの話によると神楽さんと芹澤くんは二人とも生きている。しかし芹澤くんにはテレパシーで一時的に連絡が取れたものの、すぐに音信不通となってしまったという。

帝変高校に入学してきた「特定保護対象者」が二人も拉致された。これは、大きな失態だ。あの二人は、その利用法を知る者には特に価値がある。目的は……どちらか一方か……それとも、両方？　誰が？

いや、欲しがる者たちなどいくらでもいる。今の問題は、彼らが、今、どこにいるのか。

「居場所も向かう先もわからないとは……」

頼みの綱は、この子、篠崎さんの覚束ない能力と、拉致された当人たち。あまりにも頼りない。まさか、入学早々、こんなことになるなんて……もっと早くに彼に自らの異能の特性を一部でも伝えていれば、彼なら自分で身を守ることもできただろう。

いや、今さら悔やんでも仕方がない。もし、彼が無事に帰ってきたら可能な部分は打ち明けよう。そのために……できる限りのことはやらなければならない。

気がつくと俺は冷たいコンクリートの床に寝かされていた。どうやら車からは降ろされたらしい。

……しまった……神楽さんはどうなった⁉　まさかもう、俺が寝ている間に……！　俺がそう考えて焦っていると、頭の上で声がした。

「なあ……今のうちに、やっちまおうぜ」

「ああ、兄貴が来るまでに終わらせれば、バレやしねぇって。痛くしねえから、な？」

「いやっ！　やめてよ！」

「おとなしくしろ！　このガキがッ！」

目隠しされていて詳しい状況はわからない。でも、これだけはわかる。俺がここで動かなければ、何かしなければ取り返しのつかないことになる。

「……くッ……」

とっさに俺は手と足にはまっていた手錠を思い切り「あたため」はじめた。これまで、金属をこんなに「温め」たことはない。今、自分が想像しているようなことができるかどうかもわからない。

しかし、温め続けると俺の思った通り手錠は熱を持ち、あたりに陽炎《かげろう》が立ち込める。赤く熱した手錠がコンクリートの地面を焦がし、煙を立ち上らせる。不思議と、俺の手には熱さは全く感じない。

（このままなら、いけるか？）

だが、俺の近くにいた男がそれに気がつき、騒ぎ始めた。

「おいっ⁉　あのガキ、何かやりやがったぞ⁉」

そして、さらに温めると手錠だったモノは溶け、ドロリと地面に落ち……。

ジュウウウウッ‼　音を立ててコンクリートを焼いた。

「外れた……！」

俺は手錠が溶けて外れたのを確認して立ち上がり、目隠しを引き剥がして叫んだ。

「おい！　俺が相手だ、クソ野郎どもッ‼」

見たところ、相手は３人。中肉中背の髪の長い男、筋肉質のタンクトップ男、そして、ナイフを持った入墨スキンヘッドの男。その前には手錠で動きを拘束された神楽さんがいる。

「せ、芹澤くんッ……！」

勝てるかどうかじゃない。どうせ、おとなしくしていても殺されるだけ。なら……死ぬ気で抵抗してやる。

「うおおおおお‼　『熱化《ヒートアップ》』ッ‼」

俺は先ほどまで手錠だった溶けた金属を持ち、さらに「温める」。そして小規模の溶鉱炉のようにグツグツと煮え立ったそれを、一人の男に思い切り投げつけた。

「ぎゃあああああ⁉　熱い⁉　熱いいいいい⁉」

ナイフを持つスキンヘッドの男から悲鳴が上がり、皮膚の焼ける音がする。スキンヘッドは地面に倒れ込み、転がって悶え苦しんでいる。そのタイミングで、筋肉質のタンプトップの男が距離を詰めてきた。

（……速い！）

見た目からは想像もつかないような速度で俺に接近し、組みつこうとしてきた。でも俺はその組みついてきた男をそのままにし、男そのものを「温めた」。

それは今まで誰に対してもやったことはなかったが……きっとできるということは確信していたこと。俺は奴の、「血」を温めたのだ。途端に、筋骨隆々とした男は痙攣し、地面に崩れて動かなくなった。耳と鼻から湯気が上がっている。

「ヒィイッ！　く、来るなァ‼　バ、バケモノめ‼」

先ほどまでの様子を見ていた髪の長い男は、俺たちがいる部屋……倉庫と思われる部屋の出口に向かって逃げ出した。だが、男がドアを開けようと手を伸ばしたその時、先にドアが開いた。

部屋に入ってきたのは、迷彩の軍用ジャケットを着た大男だった。

「オイオイ。使えねェなあ、お前ら。ろくにお留守番もできねえのかよ？」

そう言うと、部屋に入ってきた迷彩ジャケットの男は右手を広げ……

ボンッ、という音と一緒に長髪の男の背中から何かが生えた。

「……かはっ……？　あ、兄貴……なんで……」

そして長髪の男の口から血が吹き出て、男はそのまま地面に倒れた。

「何で、じゃねえよ。感謝しろ。本当に使えねェお前らを、ここまで使ってやったんだ。逆に金払って欲しいぐらいだぜ」

迷彩ジャケットの男は倒れて動かなくなった長髪の男を足蹴にしながら言う。

「それで、だ。お前……こんなことしてくれちゃって、どう責任取ってくれんの？　大事な商品に傷でもついたら……弁償でもしてくれんのか？」

「……ッ……」

俺はその言葉には答えない。話など通じるはずがない。こいつは……間違いない、異能者だ。

それもこいつが属するのは……誘拐、強盗、殺人といった非合法行為にためらいなく異能を使うと言われる人間たちの集団。

「……第三派閥《ダークサイド》……」

それが、俺が初めて出会った「敵」という脅威だった。

10 ヒーローは遅れてやってくる

神楽マイが誘拐されたことを聞かされたその後……赤井ツバサは秋田犬のタロウと郊外の廃工場前にいた。

「ハァッ……ハァッ……！」

赤井はここまで犬のタロウのリードに引っ張られ、ずっと走ってきた。ほぼ全力ダッシュに近い状態で丸々2時間半。赤井の体力の限界がきて頭の中が白くなりかけたところで、やっとタロウが足を止めた。

「ワォンッ!!」

タロウは大きくひと鳴きすると、あっちだというようにクイクイと鼻で赤井の視線を誘導する。

その先には使われなくなって放置されている製粉工場跡。タロウは「第3倉庫」と書かれた建物をまっすぐ見つめている。

「……あ、あそこ、なのかッ……!!?」

息も絶え絶えに、自分の体が欲してやまない酸素を可能な限り肺に取り込みながら、赤井は神楽家の愛犬タロウに確認する。だが、犬に言葉がわかるわけもない。でも、赤井は必死だった。藁にもすがる思いだった。

「ワォーンッ！」

そしてタロウはまたひと声鳴きすると、工場に向かって勢いよく走り始めた。

「あっ……まッ、待てよッ!?」

赤井は置いていかれないように、残った力を振り絞り、再び必死でダッシュする。そして走りながら、スマホで通信アプリを起動させ、先ほど頭に響く『声』で連絡先を送ってきた彼女……篠崎ユリアに「製粉工場跡　第3倉庫」と打ち込み、送信。

あとはとにかく、とんでもない速度で走っていくタロウを見失わないように、ひたすら走った。あの廃工場の中のどこかに本当に……神楽マイがいることを願って。

◆　◆　◆

「どうしたんだぁ？　黙ってくれちゃって。少年よォ……さっきまでの活躍は、どうしちゃったんだぁ？　んん？　ビビってんのかァ？」

俺、芹澤アツシは考えていた。こいつは異能者だ……それも戦闘に使える異能力を備え、躊躇なく人を殺《あや》めることのできる精神を持った危険人物だ。

……どうする？　下手に動けない。奴はこちらが何か行動を起こせば、すぐさまそれに対応して攻撃を仕掛けてくる。相手は確実に戦闘慣れしている。命を取り合う場面をいくつも経験している、そんな落ち着きと、威圧感。

幸いなことに、と言えばいいのかわからないが、こいつは神楽さんを大事な「商品」として認識しているようだ。だからこいつとやり合っても、この男から直接、神楽さんに危害が及ぶ可能性はあまりないと考えていいだろう。でも、それも絶対ではない。目の前の男は、そういう危うさを持っていつ、気が変わってキレた行動を起こすかわからない。

ていた。

「じゃあ……こっちから行くぜェ？　依頼者との待ち合わせの時間まで、あまりないんでなァ」

男がそう言うと、男の全身から何かが生えた。それが何か理解する前に、男は俺の懐に飛び込んできて……

「はっ……速ッ……!?」

ドゴンッ!!!　とてつもないパワーで俺を殴り飛ばした。俺はなす術もなくバレーボールみたいに吹っ飛ばされ、背中から壁に激突した。

「かはっ!?」

体の中から全ての空気を絞り出されたようになり、そのまま壁伝いに地面に落下する。

「……ぐッ……!?」

マズい。多分、今のできっと色々折れた。肋骨、鎖骨……腕の骨も逝ったようだ。……たった一撃でこんなにダメージを食らうのか？　やばいぞ、これは。

「おうおう、面白おかしく吹っ飛んだなァ？」

ああ、ダメだ。たった一撃喰らっただけなのにもう体が全然動かない。俺が地面でもがいているうちに、男はゆっくりと歩いて近づいてくる。

「何だ、もう立てねえのかよ？　待ってろ、さっさと楽にしてやるから」

全然、歯が立たない。絶対に殺される。俺はこのままこいつに殺されるんだ。そう考えた時だった。不意に、俺に何かが覆いかぶさってきた。そして、それを見て、男は歩みを止めた。

「あん？　何してんだ、嬢ちゃん。そこ退《ど》いてくんねぇかな……そのガキ殺せないじゃん」

俺に覆いかぶさってきたのは神楽さんだった。手錠と足枷をはめられた状態で、俺のところまで這ってきたのか？　いや、俺が近くまで吹っ飛ばされたのか。とにかく今、彼女は俺に覆いかぶさり……俺をかばっていた。

「嫌だッ、やらせないッ！」

声も体も、震えている。当たり前だ。こんな状況で恐怖を感じないわけがない。それなのに、俺をかばってくれている。なんて子なんだろう。

「嬢ちゃん……なァ……言っとくけどよ？」

男はまたゆっくりと口を開いた。

「勘違いしないで欲しいんだけどな。俺があんたを傷つけないのは……商売人としての『品質向上』に努めているだけであって……依頼者からは『とりあえず、五体満足で生きていればいい』って注文なんだぜ？」

その男の言葉にも、神楽さんは動こうとしない。

「これが最後の警告だ。どけ」

男はドス黒い殺気を放ちながら再びゆっくりと近づいてくる。

「……いいよ、神楽さん。どいてくれ」

神楽さんは目にいっぱいの涙をため、首を振る。

「ダメだよ！　このままじゃ、死んじゃうよ！」

俺は神楽さんを強引に押しのけて立ち上がった。目の前でこんな奴にこの子を傷つけられるなんて許せない。

「……来いよ、このエセミリタリー野郎……！」

だがやはり、いろんなところが折れている。少し動くだけでも身体中に激痛が走る。俺じゃあ、あいつに勝てないだろう。ろくな時間稼ぎにもならないかもしれない。それでも、今、俺は立たなきゃいけない。

「おう、商品の品質向上にご協力いただき、感謝な、兄ちゃん。じゃあ、死んでくれ」

男はそう言うと体中から生えた「腕」をこちらに向けて一斉に突き出そうとし……その時、嵐のような突風が吹いた。

「ワォンッ!!」

風の中から犬の鳴き声がしたかと思うと、部屋の扉から突然、何かが飛び込んできて……ドォンッ!!　ジャケットの男に弾丸のようにぶち当たり、男はさっきの俺みたいにバレーボールのように吹っ飛んで壁に激突した。

「かはッ!?」

「ワォーン」

そう、入ってきたのは……犬だった。犬？　秋田犬？　首輪ついてるな……飼い犬？　俺が混乱しているところで神楽さんが犬の名前を呼んだ。

「タ、タロウっ？　なんで……!?」

「か、神楽さんの知ってる犬か……？」

今度はドアの向こうからバタバタという人間の走る音が聞こえる。

「神楽ッ!?　大丈夫かッ!?」

そして次に入ってきたのは俺も知っている男……

「あ、赤井くんッ!?」

そう、奴の名は赤井ツバサ。『【炎を発する者《ファイアスターター》】S－LEVEL3』。たった一人で千の兵にも匹敵する男。

「お、遅かったじゃないか、ヒーローさんよ……」

俺はそう言いながら脱力して、その場に崩れ落ちた。

11　不吉な羽の音

「あいつが……誘拐犯か？」

神楽さんの無事を確認した赤井ツバサは、冷静に――一見冷静に迷彩ジャケットの男を見つめていた。

迷彩ジャケットの男は先ほどのあの犬、タロウの弾丸のような強烈な体当たりを受けてかなり吹っ飛ばされていたはずだ。でも、もう既に立ち上がり余裕の表情で佇んでいる。

「チッ、やれやれ……ワケの分かんねえ犬と……またガキが増えやがった。依頼者《クライアント》との待ち合わせ時間まであと少しだってのによォ」

少しもダメージを負った様子がない。俺はあいつの一撃で戦闘不能だったたってのに。なんてタフな奴だ。

「今日は大事な商談の日なんだ。ちっと急ぎめに、死んでくれや？」

そう言うと、迷彩ジャケットの男は赤井に向かって突進した。

速い!!　でも今回ははっきり見えた。

あいつは足からも手のようなものを生やして、それで地面を押して加速している。異常な加速はそのせいだ。そしてその加速で赤井に近づき、今度は身体中から「腕」を生やしてそれで殴ろうとしている。

だが、迷彩ジャケットの男が赤井の直近まで近づいたその時……急に奴の動きが反れた。

「チッ…危ねえことするなァ、兄ちゃん」

見れば、男のジャケットの裾が黒く焦げ、煙を出している。赤井の体にはゆらゆらとした、陽炎のようなものが漂っている。

「遠慮しないで来いよ、オッサン。黒焦げにしてやるから。俺は今、怒ってンだよ……なあ、分かるか？」

そう言うと……赤井の周りに真っ赤な炎が立ち上り始めた。それは次第に大きくなり、赤井の全身を包み込んだ。

「骨まで焼き尽くしてやるよ……『火球《ファイアボール》』ッ!!」

赤井が手をかざすと、手のひらから突然直径1メートルぐらいの火の玉が吹き出て、迷彩ジャケットの男に向かって高速で飛んでいった。それも一発でなく、数発同時にだ。

ドドッ！　ドドドッ！　ドドッ!!

轟音とともに、火の玉はコンクリートの壁に衝突し、見る間に壁を削って破壊していく。迷彩ジャケットの男は、それを高速の動きで難なく避けている。隙を窺《うかが》っては赤井に詰め寄り、崩れ落ちたコンクリート瓦礫《がれき》を投げつけ攻撃に転じようとするが、赤井も即座にそれに対応し炎で撃ち落とす。

凄まじい火球の連射と、高速の瓦礫の応酬。――なんていうレベルの戦いだ。これは、もう人間の戦いじゃない。完全に……異能者《バケモノ》同士の争いだ。

「でも……まずいな」

攻撃能力では赤井が上だ。明らかに押しているように見える。だが、まずいことに赤井の動きがだんだん鈍くなりつつある。最初と比べて戦闘のテンポに明らかに陰りが見える。

対して、あの迷彩ジャケット男は全く疲労の色がない。スタミナに格段の差があるのだ。間違いない、あいつはそれを見越して冷静に戦闘の流れを作っている。このままじゃ……まずい。

「芹澤くん、大丈夫……？」

神楽さんは、先ほどから彼女の異能【傷を癒す者《ヒーラー》】で俺の傷を癒してくれている。さすがに折れた骨はすぐにはくっつかないと思うが、痛みは大分和らいでいる。

そして、先ほどから神楽さんの飼い犬だというタロウは彼女を守るようにして脇に立っている。正体はなんだかよくわからないが、「風のようなもの」を操って、さっきからこちらに来る瓦礫や破片などを全て防いでくれているようだ。

「ああ、おかげで大分、痛みが和らいだよ」

「まだ、全然治ってないよ。それでも、行くの……？」

そりゃあ、行きたいか行きたいくないかで言えば、断然、行きたくない。あんなバケモノたちの戦いに首を突っ込みたくなんかない。でも……。

「ああ。あいつにだけ任せておくわけにもいかないしな」

俺は精一杯カッコつけたつもりの顔でそれだけ言うと、化け物たちが応酬を繰り返す戦場に向かって、一直線にダッシュした。そして――

「ずおりゃああ!!!」

ブボボバァッ!!

俺は赤井ツバサの放った1メートル級の火球の群れに頭から突っ込んだ。

「なっ!? あいつっ!? 死……」

「せっ!? 芹澤くんッ!?」

俺は赤井のことを恐れていた。あいつは全国ニュースになるような大事件を引き起こしたような、自分では絶対に敵《かな》わない、危ない奴だと。戦場で無双できるような〈一線級〉評価の奴に絶対勝てっこないから、と。

でも、冷静に考えてみれば、俺はあいつを少しも恐れる必要なんてなかったんだ。そう、特に俺に限っては全然まったく、恐れる必要なんてない。なぜなら……

「俺は【温度を変える者《サーモオペレーター》】、レベル1。ほらやっぱ、火に触れても熱さとか、感じないから」

俺は一気に火の玉の中を通り抜け、一直線に迷彩ジャケットの男に走る。炎は俺の全身を覆うが……ほらね。熱くない。うん、最初っからわかってたって！　絶対大丈夫だって！　別にビビってないからな？　ほんとだよ？

そして俺は火の玉の中から、一気に迷彩ジャケットの男の目の前に躍り出る。

「……なッ……!?」

俺は面食らった表情の迷彩ジャケットのエセミリタリー野郎を睨みつけ――。

「お返しだッ！　クソダサジャケット野郎ッ!!」

ボゴッ!!　渾身の力で、思いっ切り顔面を殴りつけてやった。

「……えぐぁッ!?」

が、たった一撃で骨に響いてきやがった。また、折れた。

「……ガキが……殺してやる……！」

しかもあんまり効いてないらしい。だが俺は構わずそのまま、男の体にしがみつく。俺はここで、奴の動きを止めるだけでいい。そうすれば……！

「赤井ッ!!!　俺ごとでいい、やっちまえッ!!」

「……くそッ!?　このガキ、離れろッ……!?」

思うように動けなくなった男は必死に俺を引き剥がそうとするが……もう、遅い。

ドドッ！　ドドドッ!!　ドドドドッ!!!　動きが止まった男は俺と一緒に赤井が放った火球の嵐に飲み込まれた。

巨大な火球の衝突の後に残ったのは、無傷の俺と黒焦げのジャケットを纏《まと》った黒焦げの男。そして奴はそのまま地面に倒れて動かなくなった。

「……ケヒッ……」

だが、まだ息はある。死んではいない。間際で俺がそういう「丁度いい温度」に加減したからだ。こいつには色々と、黒幕のことも喋ってもらわなければならないからなぁ！

だってそういうの、ドラマとか小説だと鉄板じゃん？　こいつも「依頼者《クライアント》」なんていうワード出してたしさ。追い詰めてもらうべきじゃん？　然るべき公権力に。俺、もう二度とこんなの御免だし。

「フハハハハッ!!　取調室の中でたっぷりクサい飯食いやがれッ！」

俺が、そんな風に勝ち誇っていると……

ババババババババ!!

と、外から何か、ヘリコプターの羽のような音が聞こえ……

『時刻だ。商品を渡してもらおう』

スピーカーを通した、不吉な音声が聞こえてきたのだった。

12　玄野メリアの告白

迷彩ジャケット野郎との戦闘は相当長引いていたらしい。気がつけば、もう外は夜になっていた。

俺たちのいる建物のすぐそばには、数機の軍用ヘリが滞空している。それらのゴツい躯体は漆黒の闇に紛れ込むように黒一色で塗装され、備え付けの象でも軽く撃ち抜けそうな口径の機関銃はしっかりとこちらを向いている。

俺たちがどうすることもできず、呆然とその場で固まっていると、一人の男がヘリから飛び降り、俺たちのところにふわりと降りてきた。

「これはこれは……どういうことだい？　取引の時間に商品は届いているようだが、受け渡し人がこんな黒焦げになっているとは。まさか、こんな子供にやられたというのかい？」

白衣の男はそう言ってあたりを眺め回した。

「本当に、使えないね。これだからレベル3程度の雑魚《ざこ》に任せるのは嫌だったんだ」

「レベル3程度の……雑魚？」

俺は思わず口にした。もしかして、こいつは……

「そう、お察しの通り。僕は『レベル4』の異能者だよ。君たち程度の存在が束になってもかなわないと思うよ？」

男がそう言って軽く手を振るうと、俺と赤井は何かの力で押されて吹き飛んだ。

「ぬあっ!?」

「…ぐッ…⁉」

　俺と赤井は数メートルほど飛ばされ、しかし何とか踏みとどまった。だがいったい、今、こいつは何をしたんだ⁉　何も見えなかったし、何の抵抗もできなかった……！

「やはり信じがたいね。雑魚といえど……こんな子供に取引を邪魔されるなんて」

　何か言い返そうと思ったが声が出ない。コイツは……ヤバい。

　さっきの迷彩ジャケット野郎も相当やばかったが…こいつは桁《けた》違いに危険な匂いがする。さっきから変な汗と体の震えが止まらない。俺の心臓はおかしくなりそうなほど脈打ち、強い警鐘を鳴らしている。

「僕らはね、『なるべく五体満足で』消費者に商品を届けることをモットーにしているんだ。さあ、神楽マイを速やかに渡してくれたまえ。そうすればなるべく君たちも苦しまないように処分してあげ――」

　その時だった。

「おい坊主……大丈夫か？」

　気がつくと突然、俺の隣にはスーツを着込んだ大柄な男が立っていた。俺は、どこかでこの男を見たことがある気がする。

「なんだい君は。いったいどこから……？」

　白衣の男は若干眉をひそめ、不愉快そうにしている。大柄な男は質問には答えず白衣の男の方を向き……

「お前か？　人攫《さら》いってのは」

大男がそう言うと今度は突然辺りに爆音が響き渡り――目の前の白衣の男が全身をくまなく殴られたように吹っ飛んだ。そして壁に激突し、ぐちゃりと音を立てて地面に落下した。手足が骨格など無視しているかのように折れ、関節があらぬ方向に曲がっている。

そして――ほぼ同時に外で飛んでいた全ての黒いヘリが墜落した。

おまけに大柄な男はいつのまにか、さっきと違う位置に立っている。

「………⁉」

俺たちが何が起こったのか全く理解できず、呆然としていると……

「ちょっと！　置いていかないでください！」

走ってそこに現れたのは、あの金髪眼鏡美人鑑定官……つまり帝変高校の保健室の玄野メリア先生だった。……メリア先生？　あの人が何故ここに？

「で、今回の首謀者は誰なんだ、メリア？　見つけ出してぶん殴ってやる」

「校長……おそらく貴方が今、殴り倒した人物です」

そう、この大男を俺は入学式で見た。思い出した、コイツは帝変高校の校長だ。

「何ィ⁉　もう1回ぶん殴ってやる‼　あんなのじゃ殴りたりねぇぞ‼」

「ダメです。これ以上やったら死んでしまいます。彼らにはできるだけ情報を吐かせなければいけませんから。本宮先生、『処置』をお願いできますか？」

「はぁ～あ。こんな夜間に呼び出して勤務させるなんて。労働基準法違反で訴えますよ⁇」

本宮先生と呼ばれた赤い縁の丸眼鏡をかけた男は、ボサボサの頭を掻きながら、メリア先生に文句を言っているようだった。

「お願いします。残業代は多めにつけますから」

「ふ～う…これは大サービスですよ？　ボーナスも期待してますからね？　じゃあちゃちゃっと速攻で記憶イジって、ぱぱっと帰りますからね～!!」

そう言うと、壁際で関節がぐちゃぐちゃになった男に近づき、頭を摑んでゆさゆさ、ブンブンと振り出した。……あれ、あんな状態で動かして大丈夫？　死んじゃわない？　もう彼、既に絶対安静レベルの重傷だよね？

俺が非常に不安な面持ちで本宮先生の「ゆさゆさブンブン」を凝視していると、またこちらに向かって歩いてくる女性が見えた。

「メリア先生、索敵結果が出ました」

俺たちのクラス担任、チハヤ先生だった。

「九重《ここのえ》先生が計算したところによると、敵の戦闘員は周囲に30名ほど配置されているようです。指揮官が先に潰されたため、命令系統は混乱しているようです」

「そうですか。ではチハヤ先生、森本先生、掃討をお願いします」

「はい、では行ってきます。私は遠距離の敵から潰しますね」

「ハハハ、こんな運動は久しぶりだ！　筋肉が唸《うな》るなァ!!」

そう言うと、チハヤ先生と、筋骨隆々の逞《たくま》しい森本先生と呼ばれた男は薄暗い屋外に飛び出していった。すぐに遠くから銃声と爆発音、そしていくつもの悲鳴が聞こる。なんかすごく楽しそうな「ハハハハッ!!!」という笑い声も。

「俺も出るぜ。まだ、全然殴りたりねぇ。うちの大事な生徒《がき》どもをこんな目にあわせがって」

「では、校長もほどほどにお願いしますね」

「おう」

そして、校長《大男》の姿が一瞬にして幻のようにかき消え……直後、辺りでいろんな方向から同時に爆発音が聞こえた。すると、周囲は途端に静かになった。

「……あれ、まさか……もう終わったのか？」

そして、先ほどまで指示を出していた女性はキッと俺の方に向き直り、俺の方に勢いよく歩いてきて……あ、やべえ。なんかすごい切羽詰まったような顔をしてこっちに来る。何これ？　もしかして俺めっちゃ怒られる？　なんかよく分からないけど、心当たりがないこともないし。

そんな風に思って俺は身構えて体を硬くしていたのだが。その考えはちょっと違っていたらしい。俺は彼女に、思い切り抱きしめられたのだった。

「……え？」

金髪美人鑑定官さん……いや、玄野メリア先生が俺をぎゅっと抱いてくる。な、なんかすごくいい匂いするんですけど？

「ごめんね……本当に……ごめんなさい」

「はえ??」

状況がさっぱり呑み込めない。謝られる理由がさっぱりわからないんですが。……あ、そうか！エリちゃんのことか!??　おれと俺の恋人（予定）のエリちゃんの仲を引き裂いたことをそんなにも？　でも、それは俺の中ではすでに解決済みで……。

「私のせいで貴方を危険にさらしてしまったの。本当にごめんなさい。生きていてくれて、本当

に良かった……！」

「………へ???」

ますます訳が分からなくなった。

「お詫びをしたいの。今日、私の家に来てくれない？　そこでいろんなことを……早く、貴方に教えてあげなきゃいけないから」

「……は???」

はぁ!!?　俺、今日は年上女性の家にお泊まりですか!?　い、いろんなことを早く教えてくれるんですか!?　そ、そうか、俺は今日、そんなに早く大人の階段を上ることになるのか。

ええ、分かりましたとも！　もちろん、いいですとも!!!

喜んで!!!

◆　◆　◆

そして俺は今、玄野メリア先生の自宅にいる。

「おう、坊主。まあ、とりあえずゆっくり茶でも飲め」

「あ、どうも」

ここは玄野メリア先生の自宅だ。間違いない。先程、本人に案内されて中に入ってきたから間違いないはずなのだ。なのに……なんでここにあのゴリラみたいな校長がいるのだ???

そこにメリア先生がシャワーを浴びて戻ってきた。薄手のパジャマが妙にエロく良い感じだ。

「じゃあ、お父さん。私は芹澤くんと話があるから」

「おう、気にせずやってくれ」

……え？

「お、お父さん？」

どうやったらこんなゴリラみたいな大男からこんな金髪碧眼の眼鏡美人が？　……あれか!?　合体事故か!?　間違って異種族できちゃったとか……!?

「ふふ、疑問に思うのも無理はないわね。私は養子なの。お父さんと血は繋がってないわ」

……犯罪である。そんなのは。血の繋がってない美女と野獣《ゴリラ》が一つ屋根の下だなんて。俺は今すぐにでも通報したい衝動に駆られた。保健所って夜間でもやってたっけ？

俺のそんな思いをよそに彼女は話を続けた。

「それでね、話というのは……芹澤くん。私は一つ貴方に嘘をついていて……謝らなければならないの」

「嘘……ですか？」

「貴方の異能のことよ。私は貴方の能力を鑑定するときに敢《あ》えて低い評価にしたの。明らかにそれ以上の潜在能力があるのを知った上でね」

「それはまた……なんでですか？」

「貴方は実は……そこのお父さんと同じ種類の異能を持っているの」

「えっ？　同じ？」

そこのゴリラと一緒!? 戦闘コマンドが物理攻撃「なぐる」一択になってそうなそのゴリラと!? な、なんかやだな……別に、そこは教えてくれなくても構わなかったですよ? 全然。

「貴方の異能はどこまでものを温められ、どこまでも冷やすことのできる能力……『根源系』と呼ばれるとても珍しいものなの」

「あ、はい……珍しいってことは前にも聞きましたけど……」

まてよ? どこまでも? って?

「どこまでもって……どれくらいなんですか?」

「どこまでもよ。下は絶対零度から、上は上限はないわ」

へー。上限なし? あれか、上限なしで買い物できるブラックカードみたいなもんか? ……上限なし、かぁ。

「それって、太陽ぐらいの温度でも?」

「そんなものじゃないわ。もっと上、超新星爆発程度の温度も可能なはずよ。そういう出鱈目《でたらめ》な温度を貴方は扱うことができるはず」

「そ、そうなんですか」

あんまり、実感わかないなぁ。

「これが、私が貴方に知っておいてほしかったこと。でも、このことは決して人に知られないようにしてほしいの。今のあなたは公式文書内の記録では『一定の範囲内でしか温度を操作できない異能者』ってことになってるわ。私がそう、偽装したから」

「なんでですか? 別に知られたって……」

「知られてしまうと、多分、今回の神楽さんのように、貴方は誰かから狙われることになるわ。強大な力を欲しがる奴らはいくらでもいるもの」

うーん。なんか大袈裟な気がするなぁ。温度変えるだけだよ？

「今日伝えたかったのはこれだけ。もう遅いし、うちに泊まっていってちょうだい。うちのベッドは広いから、二人で寝ても大丈夫なんだから」

ふ、二人で!? ベッドに一緒に!? こ、これが本日の本命《メインディッシュ》か!?

俺の運命の女神は今日という日の最後の最後でやっと、微笑んでくれたようだった。

◆　◆　◆

「じゃあ、おやすみなさい、芹澤くん」

「おやすみなさい」

……バタン、とドアが閉じられる。

「じゃあ、寝るか」

「あ、はい」

そして俺はゴリラのベッドで、一頭と一人、仲良く一緒に就寝した。枕を涙で濡らしたのは言うまでもない。

13　霧島カナメの秘密特訓

私は昨日、彼に教えてもらったことを何度も反芻《はんすう》していた。

『力が弱くても、相手を見極めながら多く打つ。そうすりゃ、いつかは岩だって削れるもんさ』

それは私が姉たちから教わったこととは、真逆の考え方だった。そして、こうも言った。

『異能で一緒に出せるのは『一つだけ』とは限らないんだろ？』

そう、そうよ。

「本当に私は……凝り固まっていたとしか思えないわ」

私は意識を集中し、小さな桜の花びら程度の「刃」を同時に3つ飛ばした。

そして次は4つ。5つ。6つ。次は、10。20。30。50。そして、100・・・。

異能で生み出された無数の刃はすぐに霞《かすみ》のように消えた。そう、私の作り出す一枚の刃はもろく、とても弱い。でも……。

「存在するのは一瞬でも……力が弱くとも、多く打てばいい」

多く打てば点は線となり、線はいずれ面となる。そして私は3メートルほどの巨大な岩の前に立ち、呟いた。

「『千の刃《サウザンドエッジ》』」

そうして、私は羽衣のような薄いヴェールを生み出し、岩にゆっくりと近づける。

ギャリギャリギャリギャリギャリッ!!　間断なく生成される千の刃が少しずつ岩肌を削り、岩の中に呑み込まれ……最後には岩を綺麗に真っ二つに両断した。

「……私は、こんなことができたんだ」

今まで、気がつかなかった。いえ、気づこうともしなかった。それをあの人は教えてくれた。

「本当に……ありがとう」

たった一つだと思い込んでいたものが二つになった瞬間、一緒に喜んでくれたあの人の顔が浮かぶ。今度、彼に見せてあげよう。

きっと、また驚いて……喜んでくれるに違いないから。

14 俺の理想の高校生活

誘拐事件の起きた次の日の朝。

ゴリラとベッドで朝チュンするというトラウマ的な目覚めを体験した俺は、とてもげんなりした気分で玄野《クロノ》家のリビングルームへと向かった。ていうか、この家広いな。何部屋あるんだろ。

「おはよう、芹澤くん。ちょっと座って待ってて。今、朝ご飯できるところだから！」

キッチンに佇む、金髪眼鏡美人……もとい、玄野メリア先生はいそいそと料理に勤しんでいるようだった。ふむ、パジャマで眼鏡でエプロンか。悪くない。これは癒される。

俺がメリア先生の姿で少しだけ、ゴリラ朝チュンのトラウマダメージを回復させていると、しばらくして目玉焼きと味噌汁とご飯とほか数種のおかずが運ばれてきた。

「おおっ！」

これはうまそうだ。仕事もできて家事も完璧ってスペック高すぎだな？　メリア先生。

「いただきます！」

なんか、久々の食卓って感じだな。俺は現在、学校付属の寮で一人暮らし。こういうちゃんとした朝メシって自分じゃ作れないんだよなぁ。

「あのね……芹澤くん。ちょっと考えたんだけど……」

俺はもう色々口に含んでいたので、ウンウンと頷いて先を促す。

「私たち、一緒に棲《す》まない？」

ブフゥ――――!!!

あまりの驚きで、口から色々出た。

「な、なんでそんな話に!?」

何!?　何これどういうイベント!?　俺なんかのフラグ立てた!?　知らぬ間に好感度ＭＡＸまで育ててたの!?

俺の混乱をよそに、メリア先生は話を続ける。

「昨日の話は覚えてる？　君は、もしかすると昨日みたいな奴らに狙われるかもしれないって。用心はしておいた方がいいと思って。ここならお父さんもいるし、きっと安全だと思うの」

「……俺は別にかまわねえぞ」

俺が朝チュン時からなるべく視界に入れないようにしていた霊長類動物も、賛同してくれるらしい。でも、そっちのフラグと好感度ＭＡＸはご遠慮したい。心の底から、ご遠慮したい。……今の言葉、ゴリラ語から人間語に翻訳するところの、「私はべっ、別にかまわないんだからねっ！」

とかじゃないよね？　まさかね⁇

「どう？　君さえ良ければ、私はそうしてほしいのだけれど……」

俯《うつむ》き加減にチラチラと俺の顔をうかがうメリア先生。まずい。これは破壊力が大きすぎる。

「わ、わかりましたッ！」

もう、俺に許された選択肢ってこれしかないよね。別に寮に愛着あるわけでもないし。それに……一緒に住んでれば、メリア先生とのアクシデンツなイベントも、まれに偶然に起こっちゃったりするかもしれないじゃん⁇　きっとそれは、ごく自然で仕方のないことだと思うんだ。うん。

あれ？　でも、俺、どこに寝るんだろ。まさか、またゴリラの……ま、まさかね？

「よかった！　じゃあ、早速君用のベッドと合鍵を用意するわね！　部屋も掃除しておかないとね！」

よかった！　本当に良かった……！　メリア先生、本当にありがとう‼

そうして俺は、玄野家に居候することになったのだった。


「じゃあ、行ってきます！」

朝食をとり終えて、俺は学校に向かった。玄野家は俺が寄宿していた寮とそんなに離れていない。なので、登校経路もだいたい同じような感じだ。

途中の十字路を曲がると、俺の知っている二人の人物が歩いているのが見えた。

「あれは……赤井と、神楽さんか」

二人も俺の存在に気がつき、声をかけてきた。

「芹澤くん！　怪我はもう大丈夫？」

「ああ、大丈夫。快調だよ。おかげさまでね」

神楽さんは昨日、あの白衣の男が校長《ゴリラ》にボコボコにされ、メリア先生との話が終わった後、ずっと【傷を癒す者《ヒーラー》】の異能で俺の傷を癒してくれていたのだ。

本当に、彼女は健気で良い子だ。能力もメチャクチャ役に立つし。これで「レベル１」っておかしくね？　絶対評価間違ってるよね？

「昨日は……悪かったな。本当に助かった」

そして、赤井《こいつ》。あの後、赤井は俺に何度も頭を下げてきた。言葉少なでぶっきらぼうだが、まあ、実は結構イイ奴だったりする。神楽さんが庇《かば》うのもうなずける。それに、なんだかんだで２時間以上のフルマラソンを走りきった後であの戦闘をしていたというのだから驚いた。

よっぽど、コイツにとっては神楽さんが大事なんだろう。この二人は、悔しいが誰も付け入る隙のない良カップルだ。

「ああ、こっちこそお前が来てくれなきゃ本当にやばかった。あいつ……タロウにも随分助けられちまったから、今度お礼の肉でも持って行こうと思ってる」

「ハハ、そりゃいいな。一番のファインプレイはあいつかもなァ」

「うん、タロウも喜ぶと思うよ！」

ああ、これだ。俺が求めていた高校生活ってこういう感じだ！　なんか、これぞ青春な感じ。

そうだ。俺の充実した高校生活はここから始まるんだ‼

スンスンスン。

「女性の匂いがするね」

そして俺が忘れたい、消去したい高校生活がここにある。

「鼻を近づけるな鼻を。ていうか、近寄るんじゃねえ」

「そうかぁ？　そんなに匂いするかぁ？　わっかんねぇな？」

「お前もだモヤシ野郎！　とにかく顔を近づけるんじゃねえ！」

俺は、また植木フトシ《バカ》と御堂スグル《へんたい》に囲まれていた。

メリア先生との同棲の件、こいつらだけには知られたくない。何を言い出すかわかりゃあしない。こいつらにだけは、絶対に秘密にしてやる。その片鱗も知らせてやるものか。

俺がそう心に誓っていると……

「この香りは……おそらく保健室のメリア先生だね？」

……。…………。……この変態、すごい。残り香だけで当てやがった……⁉

俺が戦慄を覚えていると……

「それも、この匂いは、今朝ついたものだね？　おそらく朝……彼女と何らかの接触があった。

違うかい？」

「…………。いや、全然まったく心当たりがありませんな」

何だ、この変態は。なぜそこまでわかる!?

そうだよ。朝、やってくれたんだよ！　「あっ寝癖ついてる」って。直してくれたんだよ！

「そうかい。君がそう言うなら仕方がない。でも、ちょっとわからないことがあるんだよ。不可解というか……」

「……何のことだい、それは？」

……この変態でもわからないことがあるのか？　これはチャンスだ！　ここから奴の推理を突き崩すのだ!!

「君からいつもと違う家の匂いがする」

……。この変態。……。やばい。

なぜ俺のいつもの匂いを覚えている!?　いや、今はそこではない。心を乱すな。奴のペースに引きずり込まれるな。

「それがどうした？　それがメリア先生と、一体何の関係があるのかな？」

俺は、とにかくシラを切った。

「それはね。君から漂うその匂いは……メリア先生の家の匂いだからだ。何でだろうね？」

奴はそう言いながら鋭い視線を俺に向けた。

……いや……待て!!　待て待て待て!!!

おかしい!!!　それは絶対におかしい!!!

何で、お前がその匂いを知っている⁉ 何でメリア先生の家の匂いを断定できる⁉

「な、何でそんなこと、断定できるのかな？ そんなこと……」

不可能だ、俺はそう言おうとしたが……

「簡単なことさ。それは、僕が既にこの学校全ての女性の家の匂いを覚えているからだよ」

……。待て。待て待て。まだ入学から3日だよ？

じゃなくて!!!

な、なぜお前がその住所等の個人情報を知っている⁉ 全校の⁉ 先生も含めてだよな⁉ どうやって⁉?

「い、異議ありッ!! お前が全校生徒の住所なんて知っているわけが……！」

「なに、僕の能力【姿を隠す者《サイトアヴォイダー》】を持ってすれば簡単さ。職員室に資料はゴマンとあるからね」

「……」

こいつ……職員室に忍び込んだのか⁉ それも、あの化け物揃いの職員たちから情報を盗み出しただと⁉ 鑑定官さん!! こいつの脅威度低く見積もりすぎですよ!!! こいつが「レベル1」⁇ 5か6の間違いじゃないですかねぇ⁇

さらに変態は言葉を続けた。

「そして、君についているメリア先生宅の匂いは1時間やそこらでつくような、生易しいつき方じゃない。それは、少なくとも数時間、そこにいなければ説明がつかないんだよ」

俺は変態の人知を超えた洞察っぷりに、もう力なく無言で佇んでいた。

「つまり……そこから導かれる結論として、君は昨日メリア先生の家にお泊まりした。そして朝、何らかの理由でイチャついた。……違うかい？」

「…………」

俺はその場に崩れ落ちた。

「ち、違うんですっ……これには理由《わけ》が……ちゃんとした理由《わけ》が……!!」

そして、モヤシ野郎が言い放った。

「判決を言い渡すッ!!　有罪ッ!!!」

まだ、被告側の主張が終わってねえよ!!!

15　帝変高校の授業風景

1時間目。記念すべき入学してからの初授業である。

「ホームルームで自己紹介は終わったし、早速授業を進めるわね。あと、授業に集中してないと判断したら、容赦なく私のチョークが飛ぶからね～！」

「「「はーい」」」

担任のチハヤ先生による国語の授業が始まった。しかし、早速、眠くなってきたな。

実は、昨日はあのゴリラの寝相のせいでよく眠れなかったのだ。俺は夜中、何度かベッドからゴリラに蹴落とされた。

諦めて床で寝るという選択肢もあったのだが、何故に人間様がゴリラごときにベッドを譲らねばならないのだ。俺にもホモサピエンスとしてのプライドがある。

そんなわけでこちらも意地になってベッドで寝てやろうと色々格闘したのだが……その結果が、ゴリラの腕枕で朝を迎えるというトラウマ的な朝チュンである。しかも俺は昨日、あのダサ迷彩ジャケット野郎と死闘を繰り広げたのだ。当然その疲れも残っている。

まあそういうわけで、今すんごく、眠い。

チハヤ先生も、それは知っているだろうし、ちょっとぐらいの居眠りなら許してくれるだろう……そう思って俺は睡魔に身を委ねようとして……

パシュン。

俺の耳元を何か棒状のものが通過した。後ろを振り返ると、コンクリートの壁に小さな丸い穴が一つ増えている。

「今……寝ようとしてたわね？」

ブンブンブンブン。俺は視界がブレるぐらい高速で首を横に振った。

容赦ねえな、この人!!　俺の認識が甘かった。この人は「戦場で寝たら死ぬわよ？」とかいうタイプだ。

ダメだ、ここで寝ることは即、死を意味する。ちょっと別の時まで我慢するとしようか……。

さて、目が覚めたところで俺はチハヤ先生をよく観察してみることにした。黒髪をセミロングで切り揃えたチハヤ先生は、いかにも人気の出そうな女教師って感じの美女だ。

ただ、ちょっと胸が小さいというか俎板《まないた》というか平たいのが勿体な……

ピシュン。ボゴン。

俺の耳元を何か四角いものが通過した。後ろを振り返ると、コンクリートの壁に長方形の穴が一つ増えている。

「今……なんか失礼なこと考えてなかった？」

ブンブンブンブン。俺は必死で首を横に振った。

「そう？　ちゃんと授業に集中してね」

先生はにこやかにそう言うと、授業に戻った。

……。

ふう……死ぬかと思った。俺の心の声が聞こえた？　まさかな……多分、視線だ。それで分かってしまったのだ。

俺は視線を教科書と黒板の板書きから外さないようにして思考を続ける。先生は確か、未婚の29歳だって言ってたっけ？　恋人は……いなそうだな。まあ、この性格じゃあ、仕方がな……

パシュシュシュシュ。

俺の耳元を高速で数本の棒状のものが通過した。後ろは……見なくても分かる。

「今……何も思いつかないけど。勘よ」

「すいませんでしたああ!!!」


2時間目は体育だ。

俺たちは授業のため、体育着を着てグラウンドに出ている。

この学校の数少ない良いところは、ここに凝縮すると言ってもよいだろう。

それが何かって？　体育着である。もちろん、男子用の話ではない。

ここは古き良き文化、「ブルマー」を継承する数少ない高校なのだ。

俺が古き良き伝統文化に戸惑う女生徒たちを眺め、悦に入っていると、体育の教師、森本モリオ先生が集合の合図をした。そして、俺たちは綺麗に整列をし、体育座りで筋骨隆々の先生の自己紹介に臨んだ。

森本先生は開口一番、

「ハハハ！　筋肉はいいぞ！　筋肉があれば、世の中大抵のことはなんとかなる！　私はそういった筋肉の素晴らしさを君たちに伝えたい！」

と、熱い想いを語ってくれた。

「たとえば！」

先生は、「30kg」と書かれた鉄球を手に持ち、

「見ておきなさい！　これが筋肉の力だあああああ!!!」

そう言うと、思い切りぶん投げた。みるみるうちに鉄球は空の中に吸い込まれ、だんだんと小さくなり、そのまま見えなくなった。

「これが、筋肉の力だ！　筋肉の良いところってのはな、鍛えれば、これぐらいは平等に誰でもできるってことだよな!!」

クラスの皆は体育座りのまま、遠い目をしている。俺は率直な感想を口にした。

「先生！　頭の中まで筋肉でできてるみたいってよく言われません？」

その質問に森本先生はグッと親指を立て、

「ああ！　みんな、そうやって俺のことを褒めてくれるよ!!!」

爽やかに、満面のグッドスマイルで語ってくれた。

俺の質問は先生の脳《きんにく》には届かずに虚空の彼方へ消えていったようだった。


「は〜い、ではこの問題、解ける人はいるかなぁ〜」

3時間目、数学の時間。教師は数学と物理と化学兼任の科学系教師、九重《ここのえ》デルタ先生だ。自己紹介もそこそこに黒板に問題を書き、分かる人はいるか？　と聞いているのだが。

――――全ッ然わかんねえ。

見たこともない記号が羅列された複雑な数式が黒板に描かれている。読み方もさっぱりわかんねえな。

「これはね〜、世界中の学者が100年かかっても解けていない難問なんだよ〜」

解けるかよ。……まあ、こういうデモンストレーションなんだよな。解けない問題を出して、数学にはこういう世界もあるんだよ？　と教える、生徒に興味を持ってもらうための。よくあるやつだな。

「……あの……」

そこに、手を挙げる生徒が一人いた。小柄で長い黒髪の……見た目が小中学生にしか見えない、黄泉比良《よもひら》さんだ。

「お、質問かい〜？　感心だね〜」

九重デルタ先生がそう言うと、黄泉比良さんは首を振る。

「……違う……わかった……」

……マジで？

九重デルタ先生は一瞬、戸惑ったようだが、

「……ほほ〜お！　すごいね〜！　じゃあ、解いてみて〜！」

すぐに余裕の表情で、黄泉比良さんに解答を促す。きっとどうせ解けるわけがないから、やらせてみて初歩的な間違いを指摘してあげようということだろう。まあ、そうだよな。

そして黄泉比良さんはうなずくと、黒板の前に出て、小さな字でカリカリと見たこともない数式を書いていく。

最初は、「ほほお〜」「へえ〜」とか、「おお〜よく勉強してるね〜」とか黄泉比良さんに感心している様子のデルタ先生だったが、だんだん、無言になり、「そんな馬鹿な」とか「そ、そんな解法が⁉」とか驚くリアクションが多くなった。


そして、10分程度が過ぎた頃だろうか。

デルタ先生の顔色がとても悪い。というか、土気色をしている。そして、さっきからうわ言のように「馬鹿な……ありえない……」「こ、こんなことがあってたまるか」「これは……神の数式なのか……⁉」とか繰り返している。


さらに20分後……

黒板は、すでに書き込むスペースがないぐらいに数式でいっぱいだった。これどこにもう書けないだろ……と誰もが思っていたところで、丁度、黄泉比良さんの黒板に数式を書き込む音が止んだ。

「……できた」

彼女は振り返り、解答完了を宣言する。

「うふ、うふふふ～……これは大発見だわぁ～……」

デルタ先生はすでに、動かぬ立像となっていた。いつのまにか何処かの世界に旅立っているようだった。

おぼろげに、デルタ先生が光り輝く壁のようなものに囲まれているように見えた。

「せ、先生!?　どうしたんですか!?」

さすがに、それを見てクラスの生徒たちが騒ぎ始めた。騒ぎを聞きつけて、他の教師たちも駆けつけてきた。

「まずい！　デルタ先生がまた自分の結界に閉じこもったぞ！」

「どうする!?　これでは……誰も手が出せんぞ」

「放っておくしかないだろ。こうなると1週間はこのままだ」

そう結論を出した教師たちは

「そういうことだ！　ここからは各自、自習ッ!!」

そう宣言し、殻に閉じこもり動かぬ彫像と化したデルタ先生を「えっほ、えっほ」と教室から運び出していった。


4時間目、世界史の授業の担当は、本宮サトル先生。昨日、関節がぐちゃぐちゃになった白衣の男の首を持って、ゆさゆさブンブン、高速シェイクしていた人だ。

ああ、きっとこの人もヤバい人なんだろうなと俺が身構えていると、

「僕は無駄なことが嫌いなんだ。早速、授業を始めよう。物事は、効率的に終わった方がお互いのためだと思うからね」

そう言うと、テキパキと世界史の授業を始めた。説明が的確で、重要な部分はわかりやすく、無駄なく教えてくれる。授業がとてもわかりやすい。結構この人の話、面白いかも？

……あれ、この人は比較的、まともなんじゃないか？ 俺がそう思った、その矢先だった。

「ハイハ～イ！ ここからはテストに出るからね！ 有料だよ！」

突然、この教師は金を要求し出したのだ。当然、意識高い系の生徒は異議を申し立てる。

「せ、先生！ それではお金を払わない人はテストの出題範囲も分からないってことですか!?」

その当然とも言える疑問に対して、本宮先生は答えた。

「なぁ～に、出題範囲なんか分からなくても、教科書全部丸暗記すればいいじゃんか！ 問題ないって！」

「ふざけんな!!!」

「できるか!!」

「横暴だ!!」

「……黄泉比良さん今日も可愛いわぁ……食べちゃいたいわぁ……」

クラスから様々な怒りの声が上がる。一部変な声が混じっているような気がするが。

「フフフ……そう思うかい？　……そんな君たちのために!!!」

バンッ!!

本宮先生の背中から、赤と黄色の文字が目に痛いチラシが貼られたボードが出てきた。

「本日はお得な『～記憶力絶対良くなるプラン～』松コース・竹コース・梅コースをご用意しました」

教室が一瞬、静まった。

授業中に教師が割とガチで商売の話をしだすという事態に誰もが困惑する中、最初に口を開いたのはあの男《バカ》だった。

その男《モヤシ野郎》は緊張の面持ちで大きく息を吸い込むと、意を決めたように、ゆっくりと言葉を紡いだ。

「先生、でも……お高いんでしょう?」

本宮先生はその言葉を待っていたとばかりに、ニヤリと口の端を吊り上げる。

「それが、な、な、な、何と!!!　今なら梅コース１０００万円から！　竹コース１億円、松コース10億円のご奉仕価格ですっ!!」

そして今、クラス全員の心が一つになった。

「「「払えるかボケェェェ！！！！！」」」

「チィッ！　物の真の価値が分からぬ貧乏人めらがッ!!」

そして以後、世界史の授業は罵詈雑言の応酬の嵐となったのであった。

16　桜色の銀河

ある意味でとても内容の濃い授業が一段落し、やっとでお昼休みだ。再び始まった植木フトシ《バカ》と御堂スグル《へんたい》の異端審問をさっさと切り抜けて、俺はある女生徒の所まで歩いていった。

「篠崎さん、いいかな？」

「ひゃわっ??　はわあっ!?」

まあ、ある程度リアクションは予想していたけど、そんなに驚かなくても……。

「お礼を言わなきゃと思って。昨日は本当に助かった。ありがとうな。君がいなきゃ……本当に俺も神楽さんもどうなっていたか」

「あのっ？　ええっと!?　ひゃひゃひゃひゃひゃい！」

ひゃひゃひゃひゃい？

「あのさ……喋りづらかったら、テレパシーでもいいよ？」

しかし、しばらく待っても例の「声」は聞こえてこなかった。俺が不思議に思っていると……彼女はカバンから何かを取り出した。紙と硯《すずり》と毛筆だ。

……何？　ああ、筆談か……でも、筆？

俺が訝《いぶか》しげに眺めていると彼女は流麗な筆の動きで手紙（？）を書き始めた。妙に、堂に入っている。

シュパパパッという効果音がしそうな感じであっという間に手紙を書き終えると、俺にそれを手渡してきた。そこには超達筆な字でこう書いてあった。

芹澤あつし　殿

謹啓　春寒の候《こう》
貴殿におかれましてはますますご活躍のこととお慶び申し上げ候《そうろう》。
先日私は能力を使い過ぎて候。今日はてればしいの調子が悪くうまく扱えなく候。三寒四温の時節柄、お健やかにお過ごしになられますようお祈り申し上げ候。

謹白　篠崎ゆりあ

……君、何時代の人？「てればしい」って。「候《そうろう》」って!!!
てか前後のやつ、いる？　必要だった???
と色々突っ込みたいところはあるが、まあ、要は昨日かなり頑張ってくれた、ということらしい。
彼女にならって毛筆で紙に「ありがとう！　本当にすごく助かった！」と書いて手渡すと、彼女はにこやかに頷きながらそれを受け取った。

うーん、喋りさえしなければ、色々普通なんだよな。いや？　そんなことないか？

まあ、とてもいい子なのは違いない。なにより小動物系で巨乳である。そこ、重要な。

　　　　　　　　　　　　◆　　　　　◆　　　　　◆

そして放課後。

本日の授業が終わって皆がまばらに帰り始めた時だった。

「芹澤くん！」

俺の名前が呼ばれた方を振り向くと、そこにはクラス随一、と俺が太鼓判を押す美少女、霧島カナメさんがいた。

「また、今日の放課後……空いてるかな？」

「あ、ああ……特に用事はないよ」

心なしか、彼女の頬が赤いような気がする。

「前は恥ずかしいものを見せちゃったけど……今日は少し違うものを見せたいと思って色々準備してきたの」

恥ずかしいもの……？　……ああ、あれか……あれは不慮の事故で……。

俺は心のマイメモリー『桜満開の中のご開帳』を呼び出す。あの時の思い出が今あったことのように鮮明に思い出される……じゅ、準備してきた⁉　見せたい……⁉　な、何を？　何を準備してきたのッ⁉⁇

「その……また、見てもらえないかしら？」

……な、なんだと。また、見てもらいたいだと!?　ま、まさか、彼女はそっち系の趣味をお持ちで……!?

「……ダメかな？」

彼女は恥ずかしそうに、俯《うつむ》きながらもチラチラとこちらを窺《うかが》っている。

……ふむ、男子たるもの、女性に恥をかかせてはならないものである。

「よ、喜んでッ!!!」

何のことかわからんが、俺も男だ。謹んでお受けしようと思う。

◆　◆　◆

体育館裏の倉庫前。

俺は今、霧島さんと二人っきりで佇んでいる。数日前は満開だった桜も今は舞い散り、風が吹くと辺り一面にちょっとした桜吹雪が巻き起こる。

「そういえば、昨日休んでたみたいだけど体調でも悪かったの？」

俺は心を平静に保ちながらまずは軽いジャブトークから入る。紳士たるもの、どんな状況でも良識ある紳士であらねばならないのだ。もちろん心の奥はフルスロットル、今か今かと例のご開帳を待ちわびながら。

「ううん、違うの。昨日はズル休み。貴方に教わったことを試してみたくって……」

「え？　俺に教わったこと……？」

はて？　俺何か言ったたっけ？

「覚えてない？　貴方はあのとき、『力が弱くても相手を見極めながら多く打つ。そうすれば、いつかは岩だって削れるものさ』……って。そう、教えてくれたの」

彼女は聞き覚えのあることを口にした。ああ、あの師匠の受け売りか。なんか彼女にちょうど良さげな言葉だなと思って言ったんだった。今となってはちょっと恥ずかしい。

「それでね。私、やってみたの」

彼女はとても嬉しそうに……小さな子供が初めての満点テストをお母さんに報告するかのような満面の笑みで言った。

「そしたらね！　できちゃったの！　いろんなことが！」

「できた？」

「そう。だから貴方に……芹澤くんに一番に見てもらいたくって、ちょっと練習してきたの」

「そ、そうなんだ……」

俺はただ言われるままに、頷いた。

「見てて」

彼女はそう言うと、

『千の刃《サウザンドエッジ》』

手の先から透明な羽衣のようなヴェールを生み出し、その場でくるくると舞い始めた。それは、とても不思議な光景だった。

桜の花びらが舞うようにひらひらと宙を漂うそれは、ひどく幻想的な美しい生き物のようにも思えた。そして、そのヴェールが巻き起こした風に、地に降り積もっていた桜の花びらが舞い上がり……

「『桜花《オウカ》』」

生み出された銀色の刃と桃色の桜の渦が幾重にも彼女を取り囲み、……まるでそこに一つの小さな銀河を生み出しているかのようだった。しばらくするとその銀と桃の花びらはくるくると漂いながら宙に浮き上がり、春空に向かって吸い込まれるようにゆっくりと舞い散っていった。

俺はその光景に言葉を忘れ、しばらく呆然としていた。あまりにも、ただ美しいとしか言いようのない光景だったのだ。そして彼女は俺の方に近づいてきて俯き加減に聞いてきた。

「あの……どうだった？」

俺は気の利いた言葉なんかまったく浮かんでこず、

「ああ、なんか、すげー綺麗だった」

すごく頭の悪そうな、でも、心の底からの感想を言った。そう言うと、彼女は女神と見紛う桜色の眩《まぶ》しい笑みを浮かべ——。

「ありがとう、芹澤くん」

俺に柔らかくキスをしてくれたのだった。

17　曇りなき満天の星空

芹澤くんを家から送り出した後、私はいつものように校長室の書類の整理をしているところだった。

持ち上げた書類の隙間から、一通の赤い封筒がはらりと地面に落ち、確認のためにその中身に目を通して愕然とした。

「お、お父さん!?　な、何この手紙!?　私、こんなの知らないわよ!?」

「おう。届いてたなぁそんなの。何て書いてあるんだ?」

私は頭を抱えながら漢字の読めないお父さんに代わって文書を読み上げる。

国立帝変高等学校

学校長殿

貴殿に置かれましてはご健勝のことと存じます。

さて、昨今の厳しい財政難により、毎年恒例で行われる『春の異能学校対校戦争』に於いて全戦全敗中の貴校（評定Fランク）にまで回す国家予算がなくなりつつあるのが現状です。

つきましては誠に遺憾ながら、文武科学省、及び異能学校連盟としましては、次春の対校戦に於ける貴校の成績次第では、貴校に割り当てている教育特別予算の全額没収、及び、貴校を廃校・明け渡し処分と致すことを決定いたしました。

貴校のご健闘を心よりお祈り申し上げます。

文武科学省長官・異能学校連盟会長
伊能直義

「……で、どういうことなんだ？」

ただ読んだだけでは理解してくれないだろうことは分かっているので、私は少し要約して伝える。

「要は……次の対校戦争で帝変高校が負けたら、廃校にしますって書いてあるの。差出人はあのイノウよ」

「そうか。イノウの野郎か……あの野郎、ぶん殴ってやる!!」

私は即座にお父さんを制止する。

「ダメよ！　これは、そういう手紙じゃないの。文武科学省と異能学校連盟の署名があるわ。これは……公式決定の通告なの。逆らったりしたら国家反逆罪になるわ」

「じゃあ……どうすりゃいいんだ？」

「…………」

春の対校戦は1週間後。あまりに、時間がない。

「ともかく、対策を練りましょう」

◆　◆　◆

そして、一通り状況を説明した後に校長《お父さん》に意見を求めたのだが……

「何だ、要は勝ちゃあいいんじゃねえか」

私はまた頭を抱えた。

「お父さんはそう簡単に言うけどね……お父さんが戦うんじゃないんだよ？　次の春の対校戦は1年生が戦うんだよ？」

次の春の対校戦は1年生が戦うことになっている。それぞれ、夏は2年生、冬は3年生と、時期が決まっている。

それにしても、よりによって1年生か……してやられた。私は唇を噛む。

イノウは明らかに狙って、帝変高校が「最も勝てる見込みの無い機会」を条件に設定してきた。確実にうちを潰そうとしている。うちにはどんな生徒も受け入れるという性質上、他校と比較して異能力に関して何の予備知識も準備もなく入学してくる子が多い。

まあ、お父さんとイノウの関係から言って当然といえば当然、そういう動きをすることも視野に入れていたのだが……あまりにも急すぎる。事前に知っていればもっと他に打てる手はあったというのに……何か、今からできることは……!?

「なあ、俺は何すればいいんだ?」

この人は本当に、闘うこと以外は何も……

でも、この時、私の脳裏に一つの可能性が浮かんだ。

「お父さん、ひとつ、お願いがあるんだけど……!」

私は一つの可能性に賭けてみることにした。

彼……もしかして、彼ならば。いいえ。彼とお父さんなら、きっと……不可能を可能にしてくれるはずだから。

◆ ◆ ◆

「うふふふ、フフフフ、フへへへへへ」

街行く人が俺の方を振り返る。

まあそれも仕方がない。変な笑いも出ようものだ。今日ぐらいは許してほしい。

なぜなら——俺はあの子から「ほっぺにチュー」してもらったからである。あの霧島さんにである。俺がクラスで一番、いや、学校で一番と認める美少女、あの霧島さんのほっぺにチューをゲットしたのである。

俺としてはいきなりベロチューでもまったく問題はなかったのだが、何事も段階というものがある。とにかく俺は本日、あの柔らかく幸せな感触をゲットしたのだ。今夜は自然と色々捗《はかど》ろうというものだ。

さらに。さらにッ！　俺は今日から玄野《クロノ》メリア先生の家にお泊まりすることが決定しているのだ！　今日から俺は花の居候ライフ、言い方を換えれば、一つ屋根の下に金髪眼鏡美人ライフだ。俺の高校生活、始まったな!!　ここから、俺の未来は薔薇色に輝くのだ!!!

ああ、今日の晩ご飯何かなぁ～!?　た～のしぃ～みだなァ～!!

俺がそんなことを考えてウキウキしていると、気づけば目の前に野生の校長……もとい、玄野家のゴリラが立っていた。

「おう。迎えに来たぞ」

迎えに？　わざわざ？　ここは、出迎え御苦労とか言うべきところだろうか？　でも、もうメリア先生の家までは目と鼻の先だぞ？　律義なゴリラである。

「じゃあ、ちっとばかし飛ぶぞ」

「え？」

そう言うとゴリラはいきなり俺をお姫様抱っこしたかと思うと——

途端に遥か上空までジャンプした。そのあまりの急加速に俺は気を失った……。


……気がつくと、俺は山の中にいた。

近くで焚き火がパチパチと音を立て、俺の顔を照らしている。隣ではあのゴリラがフゴーフゴーと寝息を立てている。

奴はあれからてっきり玄野家に帰るものとばかり思っていたのに、ゴリラの帰巣本能に従って、うっかり山まで来てしまったのだろうか？

ここはどこ⁇　そして……愛しのメリア先生はいずこ？

俺の金髪眼鏡美人との同棲ライフは？　順風満帆な高校生活は？　……どこ？

悲しくなった俺は天を仰ぎ、空を見上げ——鳥肌が立った。

頭上には今まで見たこともない、とんでもなく美しい満天の星空が広がっていたからだ。

「いやマジで……ここ、どこ……？」

これは悪い夢かな？　にしては星空キレイだなぁ……そんなことを思いつつ、俺は目を閉じ、そのまま睡魔に身を委ねるのだった。

18　決意

そして、俺は山の中で目を覚ました。

見渡せば周りには鋭く屹立《きつりつ》する見事な山々の連なり。見渡す限りの峰、峰、峰。頂上部分は雪か何かで真っ白になっていて、岩肌とのコントラストがとても美しい。

山と山の間には深い、とにかく深い谷が刻まれ、遥か遠くで透き通るような清水が流れているのが見える。ああ、空気がとっても美味しい。

……。　ちくしょう!!　やっぱ夢じゃなかったのかよ!!!

マジでどこだここ!?　なんか風景が全然現実感なくて秘境感ハンパないんですけど!!

俺はその疑問を解消するために、目の前であくびをしているゴリラのような大男に優しく問いかけた。

「なあ、校長《クソゴリラ》？」

「なんだ？」

あ、クソゴリラで返事した。いいんだ、それで。

「一体、俺はどこに連れて来られたんだよ？」

「…………………山だ」

…………………見りゃわかるよ。そういうことじゃねえんだよ!!

「そういうことじゃなくてさ、地名とか……そういうのだよ！」

「地名か……そうだな……地名……確か……」

驚くべきことにこのゴリラは地名という概念を理解する知能を有しているようだった。いや、そうじゃなきゃ困るけど。

「なんだっけな？　たしか……アン……アン……アンデ？　……アン……アンダス？　……アン……アン……アン………」

このままだとゴリラがバリトンボイスでアンアン繰り返すだけの機械になってしまいそうだったので、俺は助け舟を出すことにする。

「……アンデス山脈？」

「そう、それだ」

「そうか…………………本当に……アンデス山脈？」

「それだっつってんだろ」

「…………」

…………アホか!!!

ほぼ地球の裏側じゃねえか!!　どうりで星空が綺麗なわけだよなァ!!!

「今、時間は!?　何時だ!?」

このままじゃ絶対学校に間に合わねえ!

とにかく、現状把握だ!　そして、メリア先生にこの状況を報告しないと!

「学校に連絡しないと!　それに、メリア先生に……」

「いや、その必要はねえよ」

——えっ?　なんで?

「お前はこれから1週間、学校休んでここで山籠りってことになってっから。メリアの指示だ」

「…………」

ごめんやっぱ僕ゴリラ語は理解できないんだ。だって、僕……文明人なんだもの。

……いや待て思考を停止させるな今この目の前のクソゴリラはなんて言った!?　「メリアの指示」!?

山籠り!?　入学早々1週間も!?　なんで!?　メリア先生ナンデ!?

これは罰か!?　罰ゲームか!?　俺が何をしたというのだ!?

俺は何も悪いことは……

……。…………まさかあれか?

朝シャワーを借りる際に引き出しの中にあった先生の衣類を思う存分クンカクンカスーハーしたのがバレたとか……？

いや、そんなはずはない。俺は証拠は何も残していないはず。あれは、完全犯罪であったに違いな――

「そういや、メリアからの手紙があったな」

「……早く、それを出せよ!!」

芹澤くん

お父さんは話すのがとても苦手だから、この手紙を渡しておきますね。

今、実は帝変高校が存続の危機に立たされています。

具体的には、政府からの命令で、来週の『春の異能学校対校戦争』であなたたち帝変高校1年生が勝たなければ、帝変高校は廃校。なくなってしまいます。

そうなると、今集まっている生徒も先生たちもみんな散り散りになってしまうと思います。

中には、学校に通えなくなって、軍に引き取られる子も出てくるかもしれません。

私は、それは絶対に阻止したい。もし、貴方さえ良ければ……私のそのわがままに付き合ってもらえないでしょうか？

昨日も言った通り、あなたにはとても強くなる余地があるの。それこそ、お父さんと同じぐらいに。

だから今、貴方にはできるだけ強くなってほしいの。そのために同じ『根源系』のお父さんをコーチにつけたいと思います。

そういうわけで、あなたはこれからお父さんと一緒に、お父さんが昔、修行していた場所、多分アンデスの奥地へ行ってもらうことになると思います。

ＰＳ．学校のことは心配しないで。色々うまくやっておくから。

玄野メリア

「……これから？」

もう来てるよ???

「……貴方さえもし良ければ？」

ゴリラからはそんなイエス・ノー選択肢出なかったけど???

これ、こんな地球の裏側に来る前に渡すはずの手紙だったのでは？

俺が手紙を読んでプルプルと肩を震わせていると……

「なんだ？　特訓、やめんのか？」

クソゴリラは俺に問いかけてきた。

……やめる？　何を？　……何言ってやがんだこのゴリラは？

「うるせぇ!!　特訓でも何でもやってやるよッ!!」

ああ、やってやるよ!!　強くなってやるよ!!　言われるまでもない。メリア先生のためでもない。霧島さんのためでもない。

ましてや、この校長《ゴリラ》のためでは全然ない。誰のためでもない……俺は、俺の……動き始めた、俺の理想の高校ライフを守るために!!　何が何でもパワーアップしてやるよ!!

その時、ゴリラの背広のポケットから、もう一枚の紙がはらりと俺の足下に落ちてきた。

「ん、なんだコレ？」

「おう、そういえばメリアからそんなのも渡されたな」

何だよ、それならちゃんと見せろよ……まあ、こんな小さな紙切れだしそんなに重要なことは書かれていないだろうけど。俺はそう思いながらその紙を拾った。

追伸

本当に、突然のお願いでごめんなさい。

もし、貴方が帰ってきたらちゃんとお詫びさせてね？

貴方が帰ってきたら、したいことなら自由に何でもさせてあげたいと思います。

…………。ほう。…………ほほほう。お詫びとして、したいことを何でもさせてくれる、か……。

「…………超、重要情報だな」

俺は静かに一つの大きな野望を抱き、このゴリラとの特訓に挑むことになった。よおし、張り切っちゃうぞお、俺!!　他ならぬ……メリア先生のご褒美のために!!!

第3章 対校戦争

19　校内選抜

「廃校…!?　そんな、対校戦争の結果ぐらいで理不尽すぎますよ!!」

私、玄野メリアはまずは事情をチハヤ先生に打ち明けた。それに対する反応はやはり予想した通りのものだった。

「私もそう思うわ。でも、向こうにとってはうちを潰す口実にさえなれば理由はなんでもいいのよ。重要なのはそれが行政の公式決定となってしまったということ。手を引いているのはあの伊《イ》能《ノウ》よ」

私の言葉に、チハヤ先生は息を呑んだ。

「イノウって……確か、神楽さんの誘拐事件でも名前が出た人物ですよね」

「ええ。本宮先生の『記憶操作』で誘拐の首謀者の口から出た依頼人の名前でもあるわ。……おそらく同一人物よ」

「そんな……貴族院の伊能タダヨシって言ったら、文武科学省の長官、それも異能学校連盟の会長ですよ?　まさか……!」

「おそらく間違いないわ。調査したら彼の背後にも無視できない共通点が浮上したから」

「……共通点、ですか?」

「伊能の政治資金の『大口寄付者』と、あの白衣の男の『主要取引先』。そして次の対校戦争でぶつかる鷹聖《ようせい》学園の『設立者』の名前がどれも一緒なの。それがたまたま偶然……というのは無理があるわね」

「鷹聖学園……あの学校の設立者といえば……！」

「そう、その名前というのはあなたもよく知っていると思うわ。『設楽グループ』会長の設楽応玄《シダラオウゲン》」

ここ数年で急成長した、黒い噂の絶えない新興企業群の主。そしてお父さんが過去に潰した違法な異能者研究施設の陰のオーナー。

その施設は表向き、職にあぶれた「無能」評価の異能者に高給の職場を提供するという名目の人材派遣会社だった。しかし、その派遣スタッフたちが次々に行方不明になっているという噂があり、お父さんが「調査」しに行ったところ、とんでもない実験が行われていたことが判明した。

即座にお父さんはその施設を破壊し、さらにそこのオーナーの設楽応玄を見つけ出して襲撃した。これは互いに法を犯しているため、当時、公にはできず、設楽を法廷に引き出すことは叶わなかったのだが……。

そのため、奴と校長《お父さん》は今も睨み合っている。政治家の伊能を使って今回の騒動を仕掛けた人間は、もはや間違いない。奴だ。今回の敵は設楽グループの設楽応玄。恐らく今、お父さんを最も憎んでいるだろう人物のうちの一人。

「これは……ますます対校戦争で負けるわけにはいかなくなりましたね」

いつになく深刻な表情のチハヤ先生。

そう……彼女も当時の関係者だ。設楽の研究所で実験材料にされた人たちの何人かを、帝変高校は職員として迎え入れた。鷹聖学園との対校戦争に臨む1‐Aの担任の鶴見チハヤ先生と1‐B担任の雪道先生がその人物だ。これは運命のいたずらとでも言えばいいのか……。

「対校戦争の対処はお任せします、チハヤ先生。私はもう一方の作戦の手配をしておきますから」

これから臨むのは、生徒たちだけの戦争ではない。これは帝変高校《私たち》全員で臨む戦争なのだ。


「……というわけで、これから出場選手を決める、校内選抜を行います！」

「「校内選抜？」」

いつもと違う赤いジャージ姿で現れた担任のチハヤ先生から告げられた「校内選抜」という言葉に、私、霧島カナメは首をかしげた。周りを見回すと、他のみんなもなんのことかよく分かっていないようだ。

いつもは青いスーツを着ている1‐Bの雪道先生も、今日は青いジャージを着てチハヤ先生の横に立っている。雪道先生はいつものように黒縁の眼鏡を人差し指でくいっと押し上げながら、説明を始めた。

「先ほどチハヤ先生が説明した通り、毎年恒例の1年生が参戦する『異能学校対校戦争』が例年より早く行われることになった。そのために代表となる選手を選抜する必要がある。『校内選抜』というのは、要は能力測定のことだ」

「だから、今日は授業はお休みね。そのあと訓練もしなきゃいけないから、今日から1週間ほど授業はお休みになるわ」

チハヤ先生の言葉にクラス中からわっと、声が上がった。

「というわけで、まずは体力測定から始めるぞ！　みんな動きやすい格好に着替えて外に出てくれ！」

1－Bの雪道先生の号令でみんなが更衣室に向かう。でも、その中のどこにも彼がいなかった。

私は気になってチハヤ先生に声をかけた。

「チハヤ先生。芹澤くんがいないみたいなんですけど……今日はお休みなんですか？」

「芹澤くん？　ああ、彼は今校長と一緒に特訓をしてるって聞いたわ。今回は彼、特別待遇らしいのよね～。大丈夫、試合にはちゃんと出るはずだから」

「校長先生と……ですか？」

「ええ。私も詳しくはわからないけど……どこかの山に籠ってるって聞いたわね？　それよりほら、霧島さん！　体力測定が始まっちゃうわよ！」

「あっ、はい！　ありがとうございます！」

そして私は更衣室に向かい、着替えると校庭へと急いだ。

臨時の『校内選抜』会場となった広い校庭で行われたのは体力測定、異能測定、戦術適性の実技の3種目。それが終わるとすぐに別室に移ってのペーパーテスト。足早に行われた全ての測定を終えて、私たちはクラスに戻り、職員の会議の結果を待っていた。

全国で16校ある異能学校からランダムに組み合わされた2校の生徒が対戦する『異能学校対校戦争』——通称『対校戦争』は毎年、決まった時期に行われる。春が一年生、夏が二年生、冬が三年生といった具合に学年ごとに開催され、対戦相手は一周するまでは重複することがないので最終的には総当たりとなる。

対校戦争の競技は「団体戦」と「代表戦」の二部で構成される。

団体戦では、出場校の生徒は「合計30名」のメンバーから4つのチームを組んで戦うことになる。戦闘ブロックがＡＢＣＤの4つに分かれ、出場校はそれぞれに選手を割り当てる。

大抵、異能の相性の良い生徒同士でタンク、バフ、アタッカーなどの役割を決めてチームにすることになる。個々の能力よりも連携に重きを置く形式の試合ということで、『戦術的闘争《タクティカルウォーズ》』という呼び名がつけられている。どちらかのチームが全員倒れたり、審査員が戦闘続行不能と判断したら試合終了だ。

代表選はシンプルにその学校で一番強い生徒が一対一で競う実戦形式の試合で、対校戦争の花形とも言える。私の姉たちはその舞台には必ず登場していた。一番上のサツキ姉は圧倒的な強さで常勝無敗を誇ったまま卒業したし、2歳年上のセツナお姉ちゃんも2年連続で代表戦に出場し、連勝中。『対校戦争』の様子は全国中継されているので、二人ともメディアの取材に引っ張りだこで大変そうだった。それに比べると、私は……そんなことを考えていると、チハヤ先生が入ってくるなり私たちを席に着かせた。

「はい、みんなお疲れ様！　席についてちょうだい！　測定結果と職員たちの話し合いで評価と順位を決めたわ。早速うちのクラス、1‐Aの上位5名を発表するわね。あくまで今回の対校戦争のための評価だから、低いからって気にしちゃダメよ?」

そう言うと、チハヤ先生は手元の紙を見ながら選抜の結果を読み上げはじめた。

「じゃあ、とりあえず1‐Aクラスで優秀な順から評価を紹介をするわね。まずは1位の赤井くんから。君の異能は『【炎を発する者《ファイアスターター》】S‐LEVEL3』、評価判定は「体力評価A+ 戦術評価A 異能評価S」ね」

異能評価「S」という評価に、クラスからどよめきが起こる。当の赤井くんは机に頬杖をついて、いつものように憮然とした表情で先生を眺めている。

「赤井くんはさすがね。全てが高水準。これなら、どこに出しても恥ずかしくない逸材よ。代表選のひと枠はあなたで決まりね。でも連携はちょっと苦手みたいだから、それは今後の課題というところかしら?」

赤井くん……彼は本当にすごい人だと思う。彼はわずか13歳にして異能評価レベル3の評価を得ている。大人を含めて、全国に数百人程度しかいない上位の異能者ということだ。異能学校対校戦争では彼のような逸材が集まり勝敗を争うことになる。姉たちもその舞台の主役になる人だった。5歳の頃から異能を手にしながらも、万年レベル1だった私とは違う世界の人たち。でも……いつか、私も……。……つい、そんなことを考えてしまう。

「次は、2位。霧島カナメさん」

突然名前を呼ばれ、びくんと肩が震えた。……私？　私の名前が、呼ばれた？

一斉にクラス中の注目が自分に集まり、一瞬、頭が真っ白になる。

「異能名は『【万物を切断する者《ディバイダー》】S‐LEVEL1』、評価判定は『体力評価A　戦術評価A＋　異能評価A＋』ね」

私の異能評価が「A＋」？　……ずっと、万年レベル1の落ちこぼれでしかなかった、私が？

「霧島さんは……驚いたけど、入学前と異能の使い方が随分変わったのね。多分、再鑑定を受ければ最低でもレベル2にはなってるんじゃないかしら。あなたも体力、戦術、異能、全てが高水準でまとまってるわね。個人戦、団体戦どちらでもいけると思うわ」

「……はい、ありがとうございます」

私は小さくお礼を言った。もしかしたら……努力しても絶対に叶わないかもしれないと思っていた目標、姉たちと同じ舞台に立つことができるかもしれない。そう思うだけで、無性に嬉しかった。

「そして次は……御堂くん。御堂くんは『【姿を隠す者《サイトアヴォイダー》】S‐LEVEL1』、『体力評価A＋　戦術評価A＋　異能評価C』ね。森本先生の強いプッシュで貴方が3位よ」

「フッ、光栄だよ」

御堂くん。いつも芹澤くんと一緒にいる男子生徒だ。私は彼が異能を使っているところを見たことはないけれど、芹澤くんと親友だって言ってたし、もしかしたら彼も凄い人なのかもしれない。

「御堂くんあなたは……ちょっと何でかよくわからないけれど、強いわね。敵の攻撃を回避することにかけては、即、戦場でも通用するんじゃないかしら。森本先生でも捕まえられないってスゴイことよ？　その点が評価されて3位になったわ。でも、戦闘中の女生徒に対するセクハラは自重しなさい？　戦場に行く前に刑務所に行くことになるわ」

「フッ、十分自重しているつもりなんだけどね？」

そう言って御堂くんはいつものように髪をかき上げた。

「次は、弓野《ゆみの》さんね。異能は『【見えないものを見る者《シーカー》】S-LEVEL1』、評価は『体力評価A　戦術評価A+　異能評価C』で4位になったわ」

次に呼ばれたのは、いつも髪をロングポニーテールに束ねている弓野さん。彼女は背が高く、すらっとした美人だ。おまけに、胸も結構大きくて同性の私から見てもとてもスタイルがいい。

……別に、全然羨ましいとかではないんだけど。

「弓野さんは、遠距離攻撃が得意なスナイパータイプね。他の人の異能とうまく組み合わされば、かなりのポテンシャルを持っているわ。対校戦争では火器を除いた武器の使用が認められるから、当然弓もOK。あなたは団体戦向きね」

弓野さんは何も言わず静かにチハヤ先生の説明を聞いていた。

「そして第5位は黄泉比良《よもひら》さん。黄泉比良さんの異能は『【人形を操る者《ドールマニピュレイター》】S-LEVEL1』で、評価は『体力評価E　戦術評価B+　異能評価S』になったわ」

チハヤ先生に呼ばれて、黄泉比良さんはじーっとチハヤ先生を見つめていた。あの子はそんなに表情を表に出さないので、今どんな風に思っているのかは顔からは読み取れない。

「ちょっと体力には不安があるけれど、団体戦でのあなたの能力はとても強力ね。ルールは破ってないけど、ほとんど反則級《チート》といってもいいわ。というか、あの異能の使い方……今まで誰にも見せたことないの？　きっとそれを鑑定官の前で見せてたら、あなたはとっくにレベル３でもおかしくないわよ？」

彼女はいつも何かの人形を持っている。今日はどうやら怪獣のフィギュアのようで、その怪獣が彼女の机の上でぴょんぴょん元気に跳ねていた。よくわからないけど、あれは喜んでいるってことなのかな……？

「以上ね。あとは団体戦なんだけど……」

そうして、チハヤ先生からの１‐Ａ上位５人の紹介が終わった。

そこに勢いよく手を上げる男子生徒が一人いた。

「はいはいはいッ!!!　先生！　俺はッ!?　俺の評価はどうだったんですかッ!?」

いつも芹澤くんと一緒にいる、髪の毛をツンツン立てている植木くんだ。

「植木くんね。自分の評価が気になるの？　ええと君は……異能は『【植物を成長させる者《プラントグロワー》】Ｓ‐ＬＥＶＥＬ１』、判定は『体力評価Ｂ　戦術評価Ｅ　異能評価Ｅ』ね。君は個人プレイに走る癖があるから、それがかなりのマイナス点になってるわ。今後の参考にしてね？」

植木くんはその先生の評価を聞いて一言、

「………………体力評価はまあまあだな。……よしッ！」

そう言ってまた自分の席に着いた。……彼はとてもポジティブだ。私も少し見習わないといけないかもしれない。

「以上、１‐Ａの上位５名と１‐Ｂの上位５名から代表選のメンバーが選ばれることになるんだけど……代表については先生方の会議ですぐに決まったからそれも発表するわね！」

そういってチハヤ先生は黒板に大きな紙をバン、と貼り出した。そこには3つの名前が書かれていた。

『異能学校対校戦争』　選抜メンバー　代表戦
代表　赤井ツバサ　霧島カナメ　芹澤アツシ（校長推薦）

それを見て全身がざわついた。私の名前がある。そして……彼の名前も。

「なんと、3名ともうちのクラスからよ。芹澤くんは今ここにいないけど、特別枠の『校長推薦』で出場が決まったわ。団体戦メンバーはこれからの会議で決まることになるけど、多分うちのクラスからは……」

そこまでチハヤ先生が説明しかかったところで、1－Bの担任の雪道先生が廊下から顔を出して彼女に声をかけた。

「チハヤ先生、もう終わりましたか？　すぐに職員会議が始まります。急いでください」

「あ、しまった！　もうこんな時間！　そういえば雪道先生……あのこと、まだ生徒たちには言ってませんよね？」

「ああ……そうでしたね」

青いスーツに身を包んだ1－B担任の雪道先生は大きく息を吸い込むと、黒縁の眼鏡をクイッと軽く押し上げ、ざわつき始めた教室に響き渡るように言った。

「言い忘れてたけど、負けたら帝変高校《うちこう》は廃校になるから!!　そのつもりでよろしくな!!」

教室内は、一瞬の静寂に包まれた後……

「「「「な、なんじゃそりゃあああああ!?」」」」

教室内に生徒たちの絶叫がこだました。

「そういうわけで、今回の異能学校対校戦争は絶対に負けられないから!! よろしくね～!!」

「なあに、学校がなくなっても死ぬわけじゃない！ 要は、勝てばいいんだ!! そのつもりで頑張ろうな!!」

皆が戸惑い、混乱に沸く教室の中。

私は一人、窓の外を見上げながら笑っていた。不思議と、嬉しくてしょうがなかったのだ。

私もあの舞台に立てる。ありえないと思いつつ……ずっと諦めきれなかった夢。姉たちと同じ舞台に立つことができる。そう思うと、自然と笑みがこぼれる。

それも……あの人と一緒に。私にこのチャンスをくれた、あの人と。

20 とりあえず、限界まで

俺は昨日の夜から何も食べていないことを思い出した。

そのことを校長《ゴリラ》に言ったところ、奴は何かの動物の生肉を差し出し、「食え」と言う。

俺はとても腹が減っていたので、言われるがままにゴリラが用意した何かの動物の肉を焚き火で焼いて食べた。どうせ何の肉だ？ とか聞いてもまともな回答は返ってこないだろうし。ああ、調味料が欲しい。そんなワイルドな朝食を取った後、

「じゃあ、はじめるか」

早速、俺とゴリラの山岳修行が始まった。とはいえ……

「修行って何をすればいいんだ？」

「そうだな……まず、限界までやってみろ」

限界までやる？　何のことだ？

「……何を？」

「……お前は何ができるんだ？」

「いや、何って……」

薄々、ゴリラは俺の異能のことを全く知らないんじゃないか疑惑があったが、これで確定した。

そんなんでコーチとか務まるのかよ……俺はそう思いながらも答える。

「ものを冷やすのと、あっためることだよ」

「じゃあそれだ。やってみろ」

このゴリラがコーチに適任かどうかはさておき、とにかく、「限界まで」というのをやってみることにした。俺自身、どこまでできるのかってのは知らないからだ。鑑定の時にちょっとしたテストはあったけど……思い切りやってみたことは一度もない。

とりあえず、俺は「冷やす」ほうからやってみることにした。

「冷やす」のでは俺が街中でやったことがあるのはアイスを保温するぐらいのもんだった。それ以外は……家でバナナ凍らせるとか？　実際、俺はどこまで冷やせるんだ？　メリア先生は「絶対零度」とか言ってたけど……やったことがないから分からない、というのが正直なところだ。

俺は地面に手をつき、「冷やす」ことに気持ちを集中する。すると、地面はみるみるうちに白くなり、空気中に白い靄《もや》のようなものが濃密に立ち込め始めた。なんだか、雲の中にいるような……そんな感じだ。

しばらくすると、周囲の高山植物も凍ってきた。見れば、ゴリラにも氷が張りついている。

「……なあ、もう、やめようか？」

「なんでだ？」

なんでって……アンタまで凍りつきそうなんだけど？

「南極はもう少し寒かったぞ。いいから、できるところまでやってみろ」

南極って……俺はこのゴリラのことを心配するのは放棄し、さらに「冷やす」ことに気持ちを集中する。するとだんだんと、周囲の空気が変化していくのがわかる。地面が凍りつき、さらに濃厚な冷気を放ち始める。

あ、空から結構大きめの鳥がポトンと落ちてきた。凍え死んだらしい。今日の昼メシはこの鳥の冷凍肉で決まりだな。もちろん解凍して焼くけど。でも、まだまだ冷やせる気がする。

「…………こんなもんか？」

気がつけば、あたりは真っ白になっていた。俺は寒さは感じないが、あたりに強い冷気が立ち込めているのがわかる。これ以上やって大丈夫か？　高山植物はバキバキに凍りつき、さっきまではてっぺんだけが白かった山々が、いつの間にか下の方まで、白くなっている。谷底を流れていたはずの河は凍りついているようだった。

「やっべ……コレ、やりすぎたか？」

周囲の状況にビビり始める俺に、ゴリラは真顔で問いかけてくる。

「お前、こんなもんで、限界なのか？」

「いや……」

限界かといえば、まだ全然いける。まあ、ゴリラはまだ普通に喋れるみたいだし、意外とまだそんなに気温は下がってないのかな？

「じゃあ、続けろ」

「……わかったよ」

俺は言われるままに冷やし続ける。とりあえずできるところまでやろうか、ということで、意識を集中してどんどん温度を下げていく。

なんか、またさっきと空気が変わったな？　妙に澄んでいるというか……。そう思っていると、またさっきと同じ種類の鳥が空から何羽か落ちてきた。ああ、鶏肉には困らなそうだな……俺がそう考えていると、
カシャン
落ちてきた鳥は地面に当たると同時に、粉々に砕けた。

「え？」

上空から落ちてきた鳥は粉々の破片となった。これ、もう食材としては……じゃなくてさ。これヤバいよね。結構周りに甚大な被害出してない？　かなりの自然破壊になってない？

「こんなもんか？」

……ああそうか。まだ周りがあんまり冷えてないじゃない。こいつがヤバいんだ。こいつが

ちょっとおかしいんだ。

「これで限界か？」

「いや……そういうわけじゃないけど……」

「なら、続けろ」

「はあ？」

このゴリラには容赦というものがないのか？　ゴリラのくせに大自然に対する敬意というものがないのだろうか？

「なあ……お前は知っておく必要があるんじゃねえのか？　自分の能力をよ」

ゴリラは真剣な表情で問い詰めてくる。

「……ああ、そうだな」

ゴリラの言うことも一理あるな。俺は目的を思い出して申し訳程度の良心を押さえ込み、さらに地面を「冷やす」ことに集中する。

すると、さらに濃密な靄が立ち始めた。と、同時に空気が急に薄くなり……息が苦しくなってきた。これ、もしかして……!?　……ヤバい！　これヤバい！　よく分からんがこのまま続けたら死ぬ！　そう思って、俺は冷やすのを止めた。

「なんだ、もう冷やせねえのか？」

ゴリラは平然として聞いてくる。こいつも大概だな……本当に人間？　……いや、校長という品種のゴリラだったたな。

「いや、冷やせるけど……多分もうこれヤバいって！　空気が薄くなり始めたし……」

「空気をそのままにして、冷やせねえのか?」

「……はあ?」

無茶を言うゴリラである。だが俺も男だ。試してもいないことをできませんなんてカッコ悪い真似はできない。まあ、言われてみれば、できないこともないだろうと思う。

要は、「冷やす」のと「温める」のを同時にやって調節すればいいのだ。面倒だけど。

「わかった。やってみる」

そうして、俺はさらに冷やす。今度は空気を温めながら、地面だけを冷やす。すると……あ、面白い。地面の周りだけすげー真っ白になった。なんか足元が白すぎてなんも見えない。ちょっと温度を調整すると、もやもやを首のところまで上げたり、足元にまで下げたり自由にできた。

「……なんか、霧みたいだな」

にしても、なにでできてるんだろな? このモヤ。妙に青っぽい。疑問はさておき、とりあえず地面をさらに冷やしていく。

「……ん」

そうして、しばらくすると……なんとなく、「これ以上は冷えない」という感覚がわかった。多分、これが俺の限界なんだろう。

「冷やせるのはここまでだと思う。もういいか?」

「ああ。自分で限界はわかったんだな? じゃあ、戻せ」

そうして俺は地面の温度を元に戻していく。地面を覆っていた氷がどんどん消えていく様は、何かの早送り映像でも見ているようで面白かった。

「ふぅー」

いきなり空気が薄くなった時はどうなるかと思ったけど、ゴリラの言う通り、冷やすと温めるを併用すればなんてことはないんだな。野生のカンというのも、バカにできないものである。ここで一息つこうかと思っていると、

「じゃあ、次は逆のことをやってみろ」

ゴリラが引き続き実験を要求してきた。……鬼か？　こいつは。休憩って概念はないのか？まあ仕方ない。別に体力的にはどうこういうほど使ってないし、先ほどのアドバイスに免じてやってやるとするか。

「ああ、わかった」

でも……地面を温めるってのは無理があるよな？

別にできないことはないけど、俺は自然破壊をしたいわけじゃない。アンデスくんだりまで来て、あたりを灼熱地獄にしてきました！　ではここの国の人になんだか申し訳がない。

……あれ？　待てよこれ？　俺たちって不法入国してない……？　いや、今は考えるのをよそう……いざという時はこのゴリラに全ての責任をなすりつければいい話だし。

「この石でやってみるよ」

「ああ、任せる」

俺は地面に転がっていた手頃な石を手に取り、温めはじめる。すると、石はだんだんと赤くな

り、ドロリと溶けはじめた。

「うおっと!?」

俺は溶けた石をこぼさないように手で抱えながら、さらに熱していく。すると、液体となった石はマグマのようにブスブスと煮えはじめて、さらに温め続けると、お湯が蒸発するように消えていってしまった。

「……まあ、こんなもんかな」

まだまだあったためられるけど、蒸発してしまっては仕方がない。

「消えねえようにできねえのか?」

……また、無茶を言うゴリラである。まあ、できないこともないか? さっきの応用だよな?

温めるのと冷やすのを同時にやれば……

俺は無言で石を拾い、もう一度温める。さっきと同じように石がブスブスと煮え出したが、俺はその蒸気が逃げないように周りだけを一定の温度に保つことにする。冷やすっていうより、「保温する」って感覚に近い。

そうやって調整していくと、それはだんだん真っ赤なビー玉のような球体になっていった。

「……お、できたな。意外と簡単じゃん」

そして俺はそのままその石だった赤熱した塊をガンガン温めつづける。すると、手の中の石だったものが光りはじめた。そして、何やら手の中からバリバリと何本もの光の筋のようなものが出始めた。

あ、なんかこれ、知ってる。面白グッズでよくあるやつ。なんだっけ? 確か……プラズマボール？　そういうおもちゃあるよね？

俺が手の中の光るものをおもしろがっていると……

あれ？　ゴリラがいつになく真剣な顔をしている。

「おい。それ……」

「……ちょっと向こうに投げてみろ」

綺麗だからもうちょっと見てようかと思ったんだけど……まあいいか。どうせ拾った石だし。

俺は渋々、それを放り投げた。すると、その光るボールはなぜか水平にスーッと飛んでいき……見えなくなってしまった。

「……なんだ、何にも起こらねぇし」

俺が残念に思って、次に小石を探そうと地面を眺めていると、

「おい、坊主。飛ぶぞ」

ゴリラがいきなり俺を抱きかかえ、飛んだ。

「えっ？」

一瞬視界がブレて、気がつくと俺はゴリラに抱えられて山々の遥か上空にいた。眼下で雲が流れるのが見え、次の瞬間、視界を覆うほどの閃光がきらめいたかと思うと大爆発が起きた。とっさに顔を覆った手を外すと、山が見えていた場所から膨大な量の煙が立ち上ってくるのが見える。白煙はあっという間に雲の層を貫通し、みるみるうちに天までそびえ立つ巨大なキノコ雲を形成した。

俺はこの光景を知っている。学校の歴史の授業中、ビデオで散々見せられた戦時中の光景。そ

れと目の前の出来事がピッタリと重なった。……そう、全く同じだ。

俺が目にしているのは、あたかも核爆弾が落とされたかのような大規模の破壊だったのだ。

21　地下庭園

「伊能《イノウ》君……進捗はどうだね？」


日本庭園風の広い庭。

杖を手にした老人は池の中で泳ぐ鯉に餌をやりながら、小柄なスーツ姿の男に語りかけた。老人のすぐ側には黒い喪服のような服を着た背の高い男たちが3名、静かに佇んでいる。

「順調でございます、会長。必ずやあの野蛮人の巣を潰して見せましょう」

「期待しているよ、伊能君」

会長と呼ばれた老人は男の方を振り返らずにそう言った。

「それにしても会長。ご教示いただいた素晴らしいアイデアの数々、その遠慮深謀、愚考にはまったく及びもつかぬことでした。鷹聖学園の皆様にご協力いただく件にも感謝申し上げます」

高価そうなダークブラウンのスーツを着た男は恭しく老人に頭を下げながら言葉を続ける。襟元には金色のバッジが輝き、それなりの地位にいる人物であることが窺《うかが》える。

「だが、分かっているな？　それは君が考えたことにすぎん」

老人は鯉に餌をやり終えると振り返り、両の手を杖に置きながら男の目を見る。

「私が言っているのは全て独り言だよ。そうだな？　火の粉は……こちらに届かぬように処理してくれたまえ……」

老人の眼光は威圧に満ち、目の前の男を射抜くような視線を投げかける。老いた独裁者の目がそこにはあった。

「心得ております。では私は公務がありますので、これにて失礼致します」

そう言うと小柄な男はまた恭しく礼をし、そのまま老人から離れて姿を消した。

男の姿がこの『庭園』と呼ばれる地下施設から消えたのを確認すると、老人はまた口を開いた。

「俗物が。上辺だけの言葉を並べおって……まあいい。せいぜい利用させてもらおう。あの男の怖さを知らぬ愚か者だが、だからこそ利用価値があると思えばよい」

老人は池の中の鯉を眺めながら不意に手にした仕込み杖の頭を抜き、その剣先を頭上高く振り上げたかと思うと、目の前にいた黒色の鯉に突き刺した。

鯉は、一瞬、跳ね上がったがすぐに絶命した。池の中にうっすらと血の色が広がっていく。

「玄野カゲノブ……あの化け物め。私の半生をかけて築き上げた施設を潰し……私の体の自由を奪った男。必ずや私の味わった苦痛を数倍にして返してやろう……」

老人はそう呟くと、刃を杖に収め……その杖をつきながら、ぎこちない足取りで『庭園』から姿を消した。

22　過剰な力

俺は空中で校長《ゴリラ》に抱えられながら、キノコ雲を眺め呆然としていた。先ほどまで風光明媚な山々があったはずの場所は、一瞬にして噴煙の立ち上る地獄絵図になっていた。

「コレは……一体……？　な、なにがどうなって……」

「わかんねえのか？　お前だ」

……俺？　これを……まさか俺が？　そんなわけ……

「移動するぞ。上から見られてる」

「え？」

校長はそう言うと、空中でほぼ水平にジャンプした。すると——ギュン、という音がしそうなほど高速で視界がぶれ、一瞬のうちにキノコ雲が遠ざかっていくのが見えた。

そして、校長《ゴリラ》は空中跳躍を繰り返し、さらに加速していく。

気を失いそうなほどのスピードと、身体ごと押し潰されそうな加速を全身に感じながら地上に見える地形が高速でスクロールするように流れていき……あっという間に別の山、恐らく他の国だろう場所にたどり着いた。……何だこのデタラメな速さは？

校長は上空から地上まで降下し、抱えていた俺を地面に降ろして言った。

「……あれは、人がいる場所で使うんじゃねえぞ」

「……言われなくても……」

分かってる。そう言いかけて言葉が詰まった。俺は混乱していた。いや、正直……理解はしていた。あれは……俺が温めて放り投げた小石だ。それがあんな爆発を引き起こしたのだ。

「あの石が、あんなに……？」

――そんな力、人が持っていいものじゃない。もし、知らずに街中でアレをやっていたら？　もし、そばに家族や友人……メリア先生や霧島さんがいたら？

俺は背筋が寒くなり、無性に怖くなった。それにもし、さっきの爆発の時、この校長がいなかったら俺だって一瞬で……。

「じゃあ、続けるぞ」

そうゴリラは言う。続ける？　何を？

「……あんなことになったんだぞ。もう……」

やめよう。そう言おうと思った。しかし……

「お前はまだ知ったばかりだ。まだまだあんなもんじゃねえ」

「……あんな……もん？」

「あれぐらいなら、できる奴は結構いる。お前はこれから、そういう奴と渡り合っていかなきゃならねえ」

こいつは……なにを言ってるんだよ……いや。本当は分かっていた。メリア先生は「お父さんと同じぐらい強くなれる」と言っていた。

そして俺の目の前にいる校長は、公には秘匿されているものの、現実には「レベル5」。「核ミサイル100発級の脅威」と言われるクラスの異能者。それと同じくらい？　俺が？　そんなバカな話あるわけねえだろ！　……そんなふうに流していた。というより、俺は直視しようとしなかったのだ。

　認めてしまえば、俺の今までの日常……平穏で何事もなく、たまに友人と馬鹿騒ぎして羽目を外す程度の日常……そんな「ごく普通の生活」が粉々に壊れてしまうような気がして。

　ああ俺……英雄とか、無双とか、そんなに望んでなかったのかな。そんなものより、遠ざかっていく平穏が、日常が欲しい。

「怖えのか？」

　……ふっざけんな！　誰が……！

　そう言おうと思って……肩が震えて声が出ないのに気がついた。よく見ると、手も、膝も震えている。

「……ああ……怖い」

　俺は正直に言った。

　怖い？　俺は何を恐れているのだろう？　一瞬であの綺麗な山々を粉々にしてしまったこと？　これから俺を利用しようと狙ってくるって奴らのこと？　一歩間違えば、周りの人間みんな蒸発させかねないこと？

　……たぶん、全部だ。俺はその全部が、怖い。

　それにもし、こんな力があることがわかって誰からも近寄られなくなったら？　家族にも……霧島さんにもあのモヤシ野郎にさえ、離れられたら？　俺は孤独になるのが怖いのか？

　いや、離れられるだけならまだいい。俺が攻撃されたとばっちりで周囲にも被害が出始めたら？

家族が誘拐されたり、死んだりしたら？　もしそうなったら俺は…………いろんなことが頭に浮かんでは消え、考えるうちにだんだん…俺は全てのことが怖くなっていって……

「じゃあ、自分の力を使いこなせるようになれ」

……本当に簡単に言ってくれる。このゴリラは。だけど……

「……ああ」

俺はそう返事をする。きっと、それしかないのだろう。

──直視しろ。怖くても嫌でも、見るんだ。強引にでも前に進め。

「やり方教えてくれよ、校長《こうちょう》。簡単に使いこなしてやるから」

俺は震える声を振り絞り、精一杯の虚勢を張って前に踏み出る。

「おう。任せとけ」

心なしか、いつも無表情な男が少し笑ったように見えた。

23　帰り路

「赤井、よかったじゃん！　代表なんてすごいじゃない！」

対校戦争のメンバー発表のあった放課後、神楽さんは赤井くんの机に近づくと大きな声で話しかけていた。当の赤井くんは机に頬杖をつき、上の空の表情で窓の外を眺めている。

「俺が……学校の代表、ねえ」

「何、不満なの？」

「いや、そういうわけじゃねェけど……」

赤井くんはそう言って机に突っ伏すように背中を曲げ、頭を掻いていた。

「だったら胸張ってやりなさい！　アンタの悪党イメージを払拭するチャンスじゃない！」

バァン!!　と背中を突然強く叩かれた赤井くんはのけぞった。

「ってえな!!　何しやがる!?」

「いつまでも背中丸めてるのが悪いのよ。イモムシじゃあるまいし」

「……この暴力女」

赤井くんは背中をさすりながら、呟くように言った。

神楽さんと私は席が近いこともあって、すぐに友達になった。彼女は普段、誰に対しても優しくてすごくいい子だと思う。でも、赤井くんにだけはちょっと接し方が違うみたいだ。多分、仲がいいってことだと思うんだけど……。

「……何か言った？」

「……別に」

顔を背ける赤井くん。彼は最初、少し怖い人に見えたけど……。この感じだと、そんなに話しづらい人でもないみたい。せっかくだから話してみようかな。

「赤井くん、すごいね。1位で代表選出なんて。選抜テスト中に先生と模擬戦やってるのも見たけど、すごかったよ」

「ん、霧島か……？　……そんな、大層なもんじゃねえよ」

「でも、本当にすごかった。あんな戦い方、相当経験を積んでなきゃできないって先生たちも褒めてたよ」

私の言葉に、赤井くんは少し私に首を向けた。

「たまたま、いろんな事情でガキの頃から異能を使わなきゃいけなかったんでな。身についたのは成り行き上だ」

ちらりと神楽さんの方を見て、また顔を背けた。

「おっ、照れてるな？　こいつ～」

「……犬の散歩があるから、さっさと帰るぞ。神楽」

赤井くんは神楽さんの人差し指つっつき攻撃をかわしつつ、立ち上がって教室の外へと歩いて行った。

「……む、逃げたな」

本当に二人は仲が良さそうだ。学校にいる間はあまり一緒にいないみたいだけど、いつも帰る時一緒に出て行くのを見る。

「神楽さんと赤井くんは家が近いの？　いつも一緒に帰ってるみたいだけど」

「……あ、うん。ちょっとね？　ワケありなの」

「ワケあり？」

もしかして、聞いたら悪いことを聞いてしまっただろうか。

「カナちゃんも帰る方向一緒だよね？　途中まで一緒に行かない？　その間に話そうよ」

「うん」

私はオーケーの返事をした。神楽さんはこの学校に来て、初めてできた友達だ。できるだけ、いろんなことを知っておきたいと思うから。

◆ ◆ ◆

「本当に……そんなにいいもんじゃねェんだよ。俺の能力なんて」

赤井くんは意外なほどよく話してくれた。学校ではいつも一人でいるから、人と話すのが嫌いなんだと思っていたけど、そういうわけでもないようだ。

「こんな異能があるせいで周りからは疎まれっぱなしだしな」

「怖がられるのはアンタの目つきが悪いからだと思うけど」

「うるせェよ。それこそ、俺にはどうしようもねェだろ」

二人は小学校から一緒だったと言っていた。赤井くんは事情があって小さい頃から神楽さんの家に居候しているということらしい。……居候？

「ってことは………二人は一緒に住んでるってこと？」

「あはは、違う違う！　敷地が同じってだけ。赤井は離れの一軒家だから」

神楽さんは大きく手を振って私の言葉を訂正した。

「へえ、一軒家なんだ……ちょっと羨ましいかも」

私は今、お父さんが用意してくれたマンションに一人暮らし。別に不満はないけれど、セキュリティでガチガチのマンションと一軒家では住み心地は全然違うだろうな。

「ああ、でもあそこは一人だけで住むには広すぎるけどな」

「一人と一匹でしょ？　タロウも入り浸ってるじゃない」

「まあな。犬小屋にしても広すぎるが」

「タロウ？」

神楽さんの家には飼い犬が一匹いるらしい。それも羨ましいな……。

「まあ、晩ご飯は一緒に食べたりするんだけどね。でも、お風呂は当然別々の家だよ？　覗かれたりしたら嫌だしね」

「覗かねェよ、お前の裸なんか。見るべきもんがねェだろ」

「………ほほう？　……言ったな」

神楽さんと赤井くんは、思ったより込み入った関係のようだった。ここで私はつい、前から気になっていたことを聞いてしまった。

「二人は……その……付き合ってたりするの？」

私の質問に一瞬、二人は目を合わせて硬直した。

「…………………あはは、ないない！」

「…………ああ、ないな」

変な間があったけど二人ともキッパリと否定した。お互い顔を反らして、少し恥ずかしそうにしているけれど。ふうん、これはちょっと……つつき甲斐があるかもしれない。

「……な、なにカナちゃん。その目は……？」

「大丈夫。納得したから」

「本当に？　……ていうか、なにを納得したの？」

「本当にそういうんじゃねェんだよ。俺は神楽の親父さんにワケあって養ってもらってる。……それだけだ」

ワケあり。その言葉は神楽さんからも出た気がする。

「……そういえば神楽さんも言ってたけど、ワケありってなんの話？」

「ああ、それね。私たちが小学生の時の話なんだけどね……」

神楽さんが話し始めたところで、赤井くんが遮った。

「おい。その話、多分長くなるだろ。また今度にしねェか？　用事があるんだ」

いつのまにか、私たちは神楽さんの家の前まで来ていた。家が大きな神社ということもあって、自宅の入り口の門も歴史を感じさせる立派な木造だった。

「そっか……赤井はタロウの散歩があるもんね。先行っていいよ？」

「ダメだ。一人にはできねェよ。……また前みたいなことになるだろ」

「……それもそうだね……カナちゃんごめん！　今日はもう帰らなきゃ」

両手を合わせて私に謝ってくる神楽さん。赤井くんもその理由を説明してくる。

「話は……今度でいいか？　タロウの奴、散歩の時間が遅くなると機嫌悪くなるんだ。夕飯前に行って帰ってこなきゃならねェ」

「あ、うん。私はいつでもいいよ。興味はあるけど、そんなに急ぐようなことでもないと思うし」

「悪ィな。まあ、俺らの話なんて別に面白いもんでもねェから、期待するなよ」

「……ううん、楽しみにしてるから」

赤井くんは見た目に反して、とても話しやすい人だった。結構、気遣いもちゃんとできる人みたいだし……怖がられてるのは、やっぱり噂のイメージに過ぎないんだろうと思った。

「じゃあ、カナちゃん、また明日ね！」

「うん、じゃあね」

私たちは神楽さんの家の門の前で手を振って別れた。

そのまま一人、私は自分の住んでいるマンションに向かう。歩きながら見えるのはいつも通りの空、なんの変哲も無い日常の風景だ。でも次の「対校戦争」に負けてしまうと、これが唐突になくなってしまうという。せっかく仲良くなった神楽さんとも、赤井くんとも別れなければいけない。もちろん、芹澤くんとも……。

「それは嫌だな…………絶対に」

中学の時、私は友達が多かったとは言えない。というか、むしろ私から距離をおく人が大半だった。それも当然の話……私はいつも姉たちに追いつこうと焦っていたし、周りの子も私の家のことを気にして遠慮することが多かった。別にイジメられていたとかそういうのではないけれど……結局、私は一人でいるのが普通だったように思う。

でも帝変高校《ここ》に来てから、少し変わった。私もあの人のおかげで少し気持ちが変化したし、周りの子たちの雰囲気もずいぶん違う。ちょっと変わってる子が多いけど……でも、みんなわざと私を遠ざけたりしない。今の私はあまり「霧島家」を意識しなくていいのだ。

明日から本格的に訓練が始まる。まだ自分にどれだけのことが出来るかは未知数だ。でも、私だって代表に選ばれたのだ。少なくとも足手まといにはならないように、私は私に出来る最善を尽くそうと思う。

せっかく姉たち二人と……そして彼と同じ舞台に立てることになったのだから。

24　修行の日々

俺が修行を始めてから数日が経った。俺は校長《ゴリラ》の懇切丁寧な指導により着々と成果を上げている……はずだった。

「いいか？　やるから見てろ」

校長《ゴリラ》は地上から跳び上がり、上空で宙を蹴りそのまま横に飛んだ。そしてまた空中でぴょんぴょんぴょんと何度か跳ねたあと、また地上に戻ってきた。

「こうだ。わかったか？」

「…………」

そう、万事がこの調子である。初日からずっと、こんな感じなのである。こうだ、わかったか？　じゃねえよ！　そんなんでわかるわけねえだろ!!　……と、つい昨日までは俺もそう思っていた。

だが、こうして親鳥が雛に飛び方を教えるかの如《ごと》く、何度も何度も繰り返し繰り返し……何度も何度も何度も何度も何度も……こう、校長《ゴリラ》がぴょんぴょんぴょんぴょんぴょんぴょんぴょん跳ねるのを見せられていると、だんだん、何かがわかってくるような気がしてくるのだ。

いや、本当になんとなく、俺は奴のやっていることが見えてきた。

おそらく、奴がやっているのは『跳ぶ時に自分を加速させて跳ぶ。そして空中で一部の空気を遅くして抵抗を生み足場を作り、それを加速した足で蹴って移動している』ということなのだろう。

それを悟るまでにもう１００回以上はこのゴリラぴょんぴょんを見た。さすがにもう、これ以上はご勘弁願いたい。

「ああ、ようやくわかった。ありがとう」

一応、俺は礼を言う。全く疲れた様子のないゴリラではあるが、俺に教えようと必死でぴょんぴょん跳ねてくれたのだ。感謝ぐらいはしておこう。できればもうちょっと理論的に説明してほしかったんだけれども。

「そうか。じゃあ、やれ」

「……はい？」

……え？　今こいつ、なんつった？

「わかったんなら、やれ」

「できるか!!!」

俺は校長《ゴリラ》に感謝した分の気持ちをいくらか回収《サルベージ》し、気を取り直して質問する。

「なあ、やれって……どうやってやるんだよ？　俺と校長《アンタ》じゃ能力が違うんだぜ？」

「……なんだ？　あっためる、ひやすで似たようなことできねえのか」

「『あっためる』と『ひやす』で似たようなこと？」

そんなこと………わからん。思いつかない。

「いや、見当もつかないな」

「そうか、じゃあ別のことやるか」

とても潔いゴリラ先生。……あの……そんなに簡単に諦めちゃっていいの？　今まで数日間あなたがぴょんぴょんやってたのは何だったの⁇　夢にまでアンタが跳ねてるのが出てきた俺の苦悩の日々は???

「じゃあ、次は攻撃やってみるか」

そうして校長《ゴリラ》は直径10メートル以上はある岩の前に立った。きっとこれからその大岩を粉砕しようというのだろう。もう、見なくてもわかる。

まあ、数日間ゴリラと一緒にいたことで、だんだんとこいつの『レベル5』という性能が本物だということがよくわかってきた。このゴリラ、見れば見るほどエゲツないトンデモ異能の持ち主なのだ。

まず、こいつの能力【時を操る者《クロノオペレーター》】の『加速』と『遅延』。これはとんでもないチート異能だ。自身を極限にまで加速させ、周囲を遅延させることで、「こいつだけが動ける」状況を作る……つまり擬似的に「時を止める」ことができるという。

時を止める？　もしそんな異能があったら俺だったらきっと、あんなことやこんなことを……。まさか、コイツやってないだろうな⁇　もしやってたら軍法《かぞく》会議モノである。よ～し、今度メリア先生にチクってやろう。

それはさておき……加えて地味にやばいのがこいつの「殴る」攻撃。打撃攻撃の威力は「質量《おもさ》×速度《はやさ》の2乗」だと聞いたことがある。異能の特性上、こいつはその速さをいくらでも増やすことができる。つまり、威力自体が無限大なのだ。

すでにこれだけでもヤバいのに、こいつのさらにヤバいところは、衝撃が発生する瞬間に「遅延」を使ってインパクトの時間を引き延ばして調整していること。そのタイミングを調節することで、どういうわけか攻撃側の拳にはダメージゼロで「相手にだけ衝撃が与えられる」というトンデモ仕様な打撃が可能になるという。

軍艦でも移動要塞でもこいつの拳一つでポンポン殴り飛ばせるというわけだ。

……あれ？　こいつ一人いれば軍隊いらなくね？

俺がそんなことを考えていると……校長《ゴリラ》は腕を振りかぶり、拳を大岩に叩きつけた。当たり前のように、ドゴォッ!!　という轟音とともに、先ほどの巨大な岩が粉々に砕け散る。

そして、奴はくるりと振り返って言った。

「やれ」

「……できるかッ!!」

やれ、じゃねえよ!!　それ、お前にしかできねえんだよ!!!

そうして俺の修行の日々はまた1日、過ぎていくのだった。

……あれ？　もしかして俺、初日から全く進歩してない……？

閑話1 ✦ 帝変高校の人材確保

「メリア、こいつらもウチで面倒をみることになった。手続きしといてくれ」

急にお父さんの高校の校長室に呼び出されたと思ったら、またこれだ。

私はただの学生で、今は大事な試験勉強中だというのに。

お父さんはどこかへふらっと出かけたかと思うと「うちに来い」と、野良猫でも拾うかのように片っ端から人を拾ってくる。それも決まって問題の多い人たちばかりを。

「また……たまたま出会った人たちですか」

「おう。拾ってきた」

この間、私が職員登録の手続きをした本宮サトルさんも、九重デルタさんもそのクチだ。他の学校で問題を起こし、教職をクビになって路頭に迷いかけていたところを、「じゃあ、うちに来い」と。いとも簡単に連れて帰ってきたのだ。

そんな社会からあぶれたような人をどんどん教員として受け入れるのだから、帝変高校の評判は悪くなる一方だ。

なんとかした方がいいとは思うものの、そんなことを言っても聞くような人ではないし……。

本当に困ったものだ。路頭に迷っている人を助けるのには異論はないのだけれど、全ての事務処理を代わりにやっている私の身にもなってほしい。

「彼らの名前は、何て？」

「鶴見、チハヤと………雪道だ。そこそこやれる」

やれる、というのは異能のことで、つまり戦闘に関しては優秀だということらしい。どういうわけかお父さんが拾ってくる人たちは揃って特異な異能の持ち主ばかりだ。狙って連れてきている様子はないのだけれど……とても不思議な話だ。

今回は設楽応玄《シダラオウゲン》という新興財閥オーナーの保有する違法な異能研究所。そこから連れ帰ってきた人たちだという。

その研究所は人材派遣会社を装っていたものの、実際は戦後失踪した旧陸軍の研究者『八葉リュウイチ』が持ち出した軍の最重要機密『異能者増産技術』をどこからか取り入れ、実践していた施設だったという。

お父さんがたまたまそれを発見し、即座に潰した。証拠を押さえるなんてことに気を回す人ではないので、今回は施設を破壊しただけで終わった。しかも首謀者である設楽応玄には「こういうことはダメだから、もうやめろ」と軽く殴っただけで帰ってきたというのだ。甘い。甘すぎる……。

「鶴見さんと雪道さん、ですか」

それはさておき、目の前にいる鶴見さんと雪道さんは研究所のガードマンのようなことをしていて、お父さんに襲いかかってきたところを逆に捕まえてきたという。

二人とも寡黙で、重く沈んだ眼をしている。

この眼には覚えがある。かつて私がしていたのと同じ眼だ。……人間と社会への深い失望。そこから抜け出せないでいる、昏《くら》い瞳。ここから自力で這い上がるのはとても難しい。かつての私がそうだったように。

「……一体、私たちに何をさせる気なの……?」

「……はっ……脅して何か出させようとしても、僕には何もないですよ……」

そう、お父さんが拾ってくるのは決まってこんな眼をした人たちだ。いつも、こんな人ばかりを連れてくる。

「お前らは今日からウチの教師だ」

その言葉に二人は驚いたように目を丸める。

「……そんな……冗談でしょ?　……ふざけないで」

「僕に……そんなのやれるわけないでしょう……馬鹿にするのもいい加減にしてください」

口にするのは驚きと拒絶。それも当然の話だ。私だっておかしいと思う。そもそも、自分たちが置かれていた違法な地下施設を一人で潰した人物が「高校の校長先生です」なんて自己紹介したところで誰が信じるだろうか?

「いいから、やれ。それがお前らの仕事だ」

戸惑う二人に、お父さんはただ「やれ」とだけ言う。

いつものことながら、本当に無茶を言う。この人は免許もないどころか身元不明の人たちをこの異能高校『帝変高校』の『教師』として雇おうというのだ。代わりに諸々の申請手続きや、書類上の辻褄合わせをするこっちの身にもなってほしい。

郵便はがき

お手数ですが
切手を
お貼りください

104-0031

東京都中央区京橋通郵便局留
主婦と生活社 PASH! 編集部

クズ異能
温度を変える者《サーモオペレーター》の
俺が無双するまで 係行

ご愛読、誠にありがとうございます。今後の企画の参考にさせていただきますので、
ご意見やご感想をお聞かせください。

郵便番号・電話番号 〒□□□-□□□□ ☎ - -

ふりがな

ご住所

ふりがな

氏名 年齢 歳

職業 性別 男性 女性

質問 1 この本のことはどこで知りましたか？ ※複数回答可

1. 雑誌「PASH!」での告知　2. PASH!ブックスのHPやツイッター
3. 鍋敷先生の「小説家になろう」ページやSNSなどで
5. 荻pote先生のHPやSNSなどで　6.店頭で　7. SNS
8. 友達に聞いて
9. なろう以外のウェブサイトで（サイト名：　　　　　　　　）
10. その他（　　　　　　　　）

質問 2 この本を購入した理由についてお聞かせください。

1. もともと作品のファンだったから　2. 表紙がよかった
3. タイトルがよかった　4. イラストがよかった
5. その他（　　　　　　　　）

質問 3 お読みになってのご意見やご感想、鍋敷先生や荻pote先生に伝えたいことをご自由にお書きください。

先生に感想をお渡ししてもいいですか？（　はい　・　いいえ　）

コメントを匿名で、宣伝用広告・ポップなどに使用してもいいですか？（　はい　・　いいえ　）

ありがとうございました！

第一、玄野家はお金には困っていないのだから誰か秘書でも雇えばいいのに……とも思うが、お父さんは決してそれをやろうとしない。

14歳の時、必死にこの国の言葉を学ぼうとしていた私がお父さんより漢字を読めることを知って以来、書類を「代わりに読んでくれ」と言われ、次には「書け」と言われ、しばらくすると各方面の御偉方に「話をつけろ」となり、そのまま今日まで私がお父さんの代わりに事務を処理しているのだ。ここの職員の中には私がお父さんの秘書か何かだと勘違いしている人もいるらしい。

本当にこれでいいのか？　と疑問に思いつつ……

「メリア、悪いがあとは頼んだ」

そう。いつもこうだ。

「……分かったわ」

私は一つため息をつきながら返事をする。私は頼まれたら、やってしまう。それが私を拾ってくれたお父さんに対してのせめてもの恩返しになると思うから。彼は私のワガママを嫌な顔一つせずに聞いてくれた。だから私も同じだけ、応えたいと思う。とはいえ、それが当たり前のことだと思われても困るのだけど……。

「鶴見さん……いえ、鶴見チハヤ先生。これからよろしくお願いします」

「……先生……？　冗談じゃなくて……本当に？」

私がそう声をかけると、彼女の眼にほんの少しだけ光が灯ったような気がした。だがそれも一瞬。すぐにその光はしぼんで、元の昏さに呑まれてしまった。

「…………」

それでもいい。彼女たちがどんな人生を送ってきたかは知らないが、すぐにはそう変わらないと思う。それでも……多分、彼女たちには今、居場所が必要なのだと思う。かつての私がそうであったように。だから……

「あなたたちには明日からここの教師として教壇に立ってもらいます。これがテキストですので、読んでおいてくださいね」

私は目の前の二人に、無理やりテキストを押し付ける。……本当に無茶な話だ。でも……本当に不思議な話なのだけれど、お父さんが拾ってきた人をこんなやり方で「職員」に仕立てても、その後嫌になって逃げ出したという人は一人もいない。

それはお父さんの人間観察眼によるものなのか、たまたま運が良かったのか分からないのだけれど……何かしらの勘が働いて連れてきているのは確かだ。

それに、この学校が今とにかく人手を必要としているのも事実。生徒の数に対して、職員の数が圧倒的に足りていないのだ。

この学校には他の異能高校と比べて、生徒が多くやってくる。教師以上に、問題のある生徒を片っ端から受け入れるからだ。普通なら即時退学レベルの問題を起こしても、この学校からは絶対に追放はされない。校長がそう決めているからだ。おまけに他校で問題を起こし放校された生徒も構わずに受け入れる。

そういう方針も帝変高校の評判を悪くするのに一役買っている。「あそこは全国から集まる問題児の巣窟」「犯罪者予備軍の行き着く場所」「全てを暴力で解決する恐ろしい校長のいる学校」とまで囁かれている。それは半分ぐらい本当のことではあるのだけれど……。

異能の力を手に入れて増長し、問題行動を起こす生徒は多い。中には平気で人を傷つけるようなことをする子もいて、そういう生徒に対しては校長が自ら「話し合い」をすることもある。

もちろん現役最強のレベル５に敵《かな》う不良などいるはずもなく、そういう生徒は翌日には子猫のように大人しくなって登校してくるのだが……実は問題はその後にある。

山奥に突然連れていかれ、周囲の地面が訳もわからず陥没していく中で校長先生と「お話をする」というのはかなりの恐怖体験らしく、生徒たちの間で一種の怪談のような形で語り継がれ、結果、話に尾ひれがついて学校の外に漏れ出ることになる。

お父さんの異能は国家機密レベルの秘匿情報となっており、一切情報が隠蔽《いんぺい》されていることもあって、『調べても調べても一切情報の出てこない幽霊校長』としていろんな情報ごちゃ混ぜの都市伝説にまで成長している。

そういった真偽半々の噂のおかげで、ますます全国から荒れた生徒が集まってくるという悪循環。そういうわけで、慢性的に教師の数が足りず、生徒の中には優秀な子もいるにも拘わらず、学校全体としての評価はずっと最低のＦランク止まり。お父さんはそういうことには全く関心がないみたいだけれど……少しは対外評価も気にするべきだと思う。問題は山積みだ。

第一、こんなことを考えている私もここの職員ではない。校長の養子というだけの、ただの学生なのだ。私がこんなことを考えなければいけない時点で、この帝変高校はかなり危ういと思うのだが……ともかく、今は目先の話だ。

「急いで手続きの書類を仕上げないと……！」

今の私には目の前で怪訝《けげん》な顔をしながら教科書テキストを眺めている二人を「書類上では正式な職員にする」という相当に無茶な仕事が待っている。彼らにはすぐに給料を支払わなければいけないし、当面の住む場所も用意しなければならない。

幸い、と言っていいのか分からないが、もうこの手の作業には慣れたものだ。すぐに終わらせて家に帰ろう。私は家に帰って、鑑定官の試験勉強の準備と博士論文の仕上げの両方をしなければならないのだ。


「ん……ちょっと視界がぼやけるわね」

ちょっと疲れているのだろうか。

いや、最近……というかここ数年、ひたすら詰め込むように学力検定、大学入試、院試、論文と文字ばかり相手にしすぎて、前より少し眼が悪くなった気がする。

そろそろ、眼鏡を買うことを検討しないといけないのかもしれない。せっかくだから……お父さんにとびきりいいやつを買ってもらおう。きっとそれぐらいのワガママは言ってもいいはずだ。

DATA:『異能種別【第1種】～【第5種】（【特種】）』

異能は超常レベル「S-LEVEL」による五段階評価とは別に、種別に関しても「5種」（+1種）に分類される。

【第1種】万物系《ジェネラル》
あらゆる物に特定の概念を作用させる者

〈例〉
【万物を切断する者《ディバイダー》】
【万物を投げる者《ジェネラルスロワー》】
【万物を食べる者《ジェネラルイーター》】
【万物を破裂させる者《ジェネラルバースター》】
【万物を動かす者《ジェネラルムーバー》】

【第2種】感応系《センス》
特定の対象の感覚に作用を及ぼす者

〈例〉
【姿を隠す者《サイトアヴォイダー》】
【意思を疎通する者《コミュニケーター》】
【未来を予見する者《プロフェット》】
【見えないものを見る者《シーカー》】

【第3種】操作系《マニピュレイター》
特定の対象に操作作用を及ぼす者

〈例〉
【人形を操る者《ドールマニピュレイター》】
【植物を操る者《プラントマニピュレイター》】
【筋肉を操る者《マッスルビルダー》】
【粘土を操作する者《クレイマニピュレイター》】
【鉱物を操る者《ミネラルバイター》】
【植物を成長させる者《プラントグロワー》】

【第4種　1類】発生系《スターター》
特定の概念を元にした現象を発生させる者

〈例〉
【音を発する者《サウンドメイカー》】
【炎を発する者《ファイアスターター》】
【暗闇を操る者《シャドウメイカー》】
【冷気を操る者《コールドメイカー》】
【風を操る者《ウインドメイカー》】
【電気を発する者《サンダースターター》】
【刃を操る者《エッジメイカー》】

【第4種　2類】創造系《クリエイター》
特定の概念を元に、複雑な現象を発生させる者

〈例〉
【病を発する者《モーバスクリエイター》】
【腕を生やす者《アームクリエイター》】
【香りを操る者《パフュームメイカー》】
【料理をする者《ディッシュメイカー》】
【傷を癒す者《ヒーラー》】
【姿を変える者《ミューテーター》】

NOTE：
発生系と創造系の厳密な区分はなく、「複雑な現象」の定義も実はないが便宜上、相対的に単純なものを1類、複雑なものを2類に分けた上で同じ「【第4種】発生・創造系」としている。区分が曖昧なものは大抵「メイカー」という呼称で呼ばれる。単純な方から順に、「スターター」「メイカー」「クリエイター」。「ヒーラー」も創造的な複雑な現象ということでここに分類されている。

【第5種】干渉系《インターフェラー》
特定の法則や概念に干渉する者

〈例〉
【空間を動かす者《スペースシフター》】
【記憶を操作する者《メモリーエディター》】
【点と線を結ぶ者《ディメンジョンコンバーター》】
【毒を無効化する者《ポイズンイレーサー》】
【運動を停滞させる者《サスペンダー》】

秘匿情報《TOP SECRET》

【特種】根源系《プリンシプル》
根源となる法則や概念を操作する者

〈例〉
【時を操る者《クロノオペレーター》】
【温度を変える者《サーモオペレーター》】

NOTE：
表向きは【第5種】干渉系《インターフェラー》として表現されるが、その応用の幅に極端な差があり、明確に区別される。その存在を知る者は極一部の軍・政府の上層部と特別な研究者に限定される。

第4章 タクティカルウォーズ

25 対校戦争　そうして、当日

そして対校戦争当日がやってきた。開会式も終わり、選手たちは控室に移動していた。
コロシアムに競技開始を告げるアナウンスが響き渡り、闘技場の上部に設置された巨大ディスプレイに対戦表が表示される。

異能学校対校戦争　春の部
第1部　タクティカルウォーズ　対戦表
帝変高校　　鷹聖学園
Aブロック　5名 ‐ A　8名
Bブロック　6名 ‐ B　7名
Cブロック　9名 ‐ C　8名
Dブロック　6名 ‐ D　7名

それを見た観客席がざわつく。

「おい……Fランクの帝変高校、格上相手に4試合中の3試合がすでに人数で負けてるぞ？」

「いや、ちょっと待て。帝変高校のメンバー数が足しても30にならないぞ？」

「ほんとだ、全部で26人？　まさか揃えられなかったのか？」

「おいおい……鷹聖学園なんて参加候補者が100人以上いる中でのメンバー選抜だったたって聞いたぞ？」

「それ、『週刊異能』の鷹聖の監督インタビューに出てたな。昨年に比べても今年の1年生は豊作だったたって」

「これ……話にならなくないか？　どう見ても鷹聖の圧勝じゃん」

「まあ、そんなの観る前からわかってるけどな。俺ら鷹聖学園目当てで観戦しにきたわけだし」

「ああ……Fランクの帝変がAランクの鷹聖学園にどれだけ持ちこたえられるかって話だろ？」

「チケット代も安くなかったんだし…せいぜい、鷹聖の見せ場を多く用意してくれよな……」


　鷹聖学園、選手控室。

神宮コロシアム内に設置された選手の控室は、闘技場側の一面が透明な壁となっており、相手の控室まで互いに見通せるようになっている。

「あれが帝変高校……なんでよりによって私たち、最上ランクのエリート校『鷹聖』の対戦相手があんなゴミ高校なのかしら。普通、こういうのは同ランクで試合を組むべきじゃない？　軍や企業にアピールする場でもあるのよ？　相手が弱すぎたら見せ場も作れないじゃない」

「16校ある異能高校が、総当たりで戦うルールだ。今年は対戦表がリセットされる年だからな。お互い運が悪かったと思うしかない。別々の意味でな」

鷹聖学園の生徒たちの帝変高校への評価は辛辣だ。彼らは早くから異能に目覚めて修練を積んできたか、あるいは有用な異能を持つかして、若くしてすでに高い評価を得ている学生たち。鷹聖学園は数ある異能高校の中でもトップクラスの実力がある若い異能者が集うことで有名である。

異能者の支配する世となったこの時代、異能の有用性とは社会での地位と同義。彼らは将来の国家機能の中枢を担う人材として、優遇される最高級の環境にいる者たちである。

「それにしても〈無能〉ばかりが集まる万年Fランクの国立高校……なんであんな学校が存在するんだ？　落ちこぼればかり集めて、完全に税金の無駄じゃないか。きっと犯罪者予備軍みたいなやつも混じってるんだろ？　さっさと潰してウチみたいな私立に予算を回せばいいのに」

「いや、今日の対校戦争で負けたら、実際、廃校らしいぜ？　なんでかは知らないけど」

廃校、という単語を聞いて、髪型を尖らせた状態でキープした茶髪の男子生徒が突然大声で笑い出した。

「ぎゃっは!!!　そりゃあいいぜ!!　今日はあいつらの超面白な泣き顔が観れるってワケ!?　撮り逃さねえようにスマホ充電しとかねえと!!」

「でも廃校って……？　廃校したらどうなるの？　あいつら？」

「さあ？　腐っても異能者だし、軍の下働きにでも出されるか……もともと授業料も払えない底辺が集まるところでしょ？　自宅で引きこもりでもするんじゃない？」

◆　◆　◆

一方、帝変高校側の選手控室。

「なあ、あの一番手前のこっち見てる子……でけえな！」

「フフ……そこに目をつけたか、植木くん。でもね、最後列右から二番目のブロンドのショートカットの子を観てごらん？　僕は彼女に一番の可能性を感じるね」

二人で交互に双眼鏡を覗き込み、最高に頭の悪い会話をしているのは植木フトシ《バカ》と御堂スグル《へんたい》。

彼らも帝変高校の選抜メンバーである。

「お前何言ってんだよ？　そうそうあの子に勝る子なんて……うわホントだ!!　スゲェ！　制服がもうはち切れそうじゃん！」

「しかも……彼女はまだ、成長中と見た。今後が楽しみな逸材だよ……！」

彼らを蔑んだ目で呟くのは弓野ミハル。

「アイツら……最ッ低……！　気持ち悪いわ……ここで殺してもいいかしら？」

「まあいいんじゃないの～？　男子ってああいうもんさね～」

一応味方である彼らに対して殺気を孕《はら》んだ視線を投げかける弓野に対して、おおらかな姿勢で構えるのは１－Ｂクラスの土取《つちとり》マユミ。

ルールにより「代表選」と「団体戦」の選手たちはそれぞれ別々の部屋で待機することになっており、監督者も同様に試合中は別室で生徒を見守ることになっている。そういうわけで、ここにいるのは皆「団体戦」、タクティカルウォーズに出場する1‐Aクラスと1‐Bクラスから選ばれた生徒たちである。

「あの……今日は、大事な試合の日なんじゃないでしょうか？　彼ら、あんなに緩んでいて大丈夫でしょうか？」

音無《おとなし》サヤカは心配そうに呟いた。

「まあ、緊張するだけがコンディションの整え方じゃないさ。普段通り、リラックスする事も大事だぞ」

巨体に貫禄を漂わせながら、そう言うのは1‐Bの堅田《かただ》ケンタロウ。そこに、1‐Bのクラス委員長、泊《とまり》シュウヘイが黒メガネを押し上げつつ、言葉を挟む。

「まあ、何にしても……もうすぐ僕たちの運命の試合が始まるわけだ。泣いても笑っても今日の試合で全てが決まる……二度目はないんだ……！」

「そう、今日が正念場だ‼　皆、気合い入れていくぞッ‼」

拳に力を入れ泊シュウヘイは高らかに拳を突き上げた。

「……」

「お～」

「はーい」

「おう」

威勢のいい掛け声をかけた委員長、泊シュウヘイだったが控室には全くタイミングの合わない返事がまばらに響くだけだった。そしてその後の静寂の中、黄泉比良《よみひら》ミリヤと香川《かがわ》リカがポリポリ、サクサクとお菓子を食べる音が響く。

「…………うわ！　あの子もデケェな‼」

ついでに、我関せずと双眼鏡を覗き込む植木《バ》フトシ《カ》の声も。

「……大丈夫かしら。こんな調子で」

そんな控室の様子に、弓野は一人頭を抱えている。


『まもなく、団体戦タクティカルウォーズ第一試合Aブロックの対戦が始まります。選手は闘技場に入場してください』


アナウンスに従い、帝変高校と鷹聖学園の両チームが闘技場に入場する。Aブロックに出場する選手たちは互いに闘技場内の開始位置についた、鷹聖学園の生徒は相手チームのメンバーを目にして少し戸惑っていた。

「おい、あの子……小さくないか？」

「え？　ほんとだ……見たとこ中学生……いや、小学生？　それぐらいに見えるぞ？」

「あれが選手か？　しかも帝変チームは5人。対する鷹聖《ウチ》は8人だぞ」

「帝変高校は本気で勝負する気があるのかな？　対校戦争をナメてるとしか思えないんだけど」

「捨て試合、か……？」

「それにしては中途半端な人数だろ、5人って……何考えてるんだ、奴らは」

そんな鷹聖学園のチームメンバーの声を耳にしながら、短い茶髪を上にツンツン立てた生徒が大きな笑い声を上げた。

「ぎゃはははっ!!　おいおいおい!!　そんなちっちゃな子まで戦闘に駆り出されてんのかァ？人材不足も甚だしいなァ!!　帝変さんよぉ!?　ホント面白えな!!」

その生徒は100メートルほど互いの選手が離れている開始位置でもよく聞こえるほどの大声で、帝変高校の選手たちを指差して笑い続けている。

指差された先にいるのは黄泉比良《よもひら》ミリヤ。その隣には土取マユミが陣取り、相手高校の生徒の失礼な態度に彼女のご機嫌を伺っていた。

「ありゃ〜、ヨモちゃん？　目一杯煽られてるよ〜？　……怒ってる？」

土取マユミのコメントに黄泉比良は小さく首を振り、呟くように言った。

「……ううん、全然……。だって、あの人たち全員潰されるから」

『では時間です。競技を始めます。タクティカルウォーズ　Aブロック試合《バトル》、開始《スタート》!!』

そうして『異能学校対校戦争』第1戦目、団体戦《タクティカルウォーズ》Aブロックの火蓋が切られた。

「じゃ、ヨモちゃん。早速材料補給いくよ～！『粘土採取《アタッチクレイ》』っ！」

【粘土を操作する者《クレイマニピュレイター》】の土取がの能力で闘技場の地面が盛り上がり、土が生き物のように動いて【人形を操る者《ドールマニピュレイター》】の黄泉比良のもとへと向かう。

「『人形創造《クリエイトドール》』」

黄泉比良ミリヤがそう呟くと土の塊が立ち上がり、人の形をとっていった。

それは土で形作られた5メートル超の無機質な操り人形《マリオネット》。みるみるうちに1体、2体、3体、4体、5体……とその数は増えていき、最終的に12体の巨大な「土人形《クレイゴーレム》」が出来上がった。

「お、いつもより多いね～！　……やっぱ怒ってたんじゃん？」

「……ううん、全然……『人形操作《マニピュレイト》』……ゴー」

ガチャガチャガチャ、ドドドドドドッ!!!

黄泉比良の号令で一斉に土人形たちが走り出した。人形たちはめちゃくちゃな走り方をしているが、人が走る速度の数倍は出ている。

「お、おいアレ……こっちに向かってくるぞ！」

「……はっ、速いッ……!?」

その時、鷹聖学園側のフィールドにいたものは誰もが恐怖を覚えずにはいられなかっただろう。

巨大な12体の人形が複雑怪奇な挙動で押し寄せてくるのだ。人形たちはものの数秒で、鷹聖学園メンバー全員を取り囲んだ。それはあたかも、気の触れた大人たちが小さな子供を取り囲んでいるような光景だった。

「……潰されちゃえばいい。『人形操作《マニピュレイト》』」

黄泉比良が人形たちに命令を下すと、12体の人形たちは一斉に拳を振り下ろした。

ドガガガガガガガガガ!!

巨大な拳の絨毯爆撃。鷹聖学園チーム全員はどこにも逃げ場がなく、ただひたすらに打たれるままとなった。

しばらく豪快な打撃音は鳴り止まず、最初は悲鳴や怒号が響いていたが、だんだんそれも聞こえなくなった。それでも人形たちは拳を振り上げ、見境なく殴り続け、土埃で人形たちの姿がもう見えなくなろうかという時になってやっと攻撃が止んだ。


土煙が舞い、コロシアム内に静寂が立ちこめる。

もう、誰の目にも鷹聖学園の生徒で残っている選手はいないように思われた。

だが……土埃の中で動く人影が一つあった。それはゆらりと立ち上がったかと思うと
「ふっざけんなあああああ!!! こんなん、チートだろうがッ!!!」

会場全体に怒号が響き、土人形たちの囲む円陣をすり抜け、何かが勢いよく飛び出した。

その高速の物体は次々に帝変高校の生徒たちを薙《な》ぎ倒していく。

弾丸のように飛び出してきたのは鷹聖学園の音威ツトム。【音を発する者《サウンドメイカー》】の能力だ。

「……『人形操作《マニピュレイト》』ッ!」

黄泉比良はすかさず人形たちに音威を追うように指示を出す。

「お前かッ!!　アレを操ってる奴はッ!?　『音圧《プレッシャー》』ッ!!」

また勢いよく飛び出し、自ら音の弾丸となった音威は黄泉比良ミリヤに照準を定め、瞬時に肉薄したが——ガインッ!!　その突撃は黄泉比良の脇に控えていた土取マユミに弾かれた。

「ごめんね～。それはさせてあげられないんだ～」

「チッ!!!　邪魔すんじゃねえッ!!」

すぐに、音威の後を追ってきた巨大な土人形たちが襲いかかる。

だが、音威は冷静に土人形に向かって手のひらを向けた。

「砕けろッ!!　『騒音《ラウドネス》』ッ!!!」

ボウウンッ!!

音威の手から重低音が発射され、土人形たちはあっという間に粉々に砕けた。

「……チッ！　やっぱり簡単に壊せるじゃねえか！」

「あちゃ～、バレちゃったか。でもこっちは硬いよ？　『粘土籠手《クレイフィスト》』っ！」

そう言って土取は腕に粘土を巻き付け、あっという間に巨大な籠手《こて》のように成形した。そうして黄泉比良を守るように立ち、

「じゃあ、ちょっとばかし二人で舞踏会と洒落こもうよ？　付き合ってね～」

口調穏やかに音威を挑発する。

「雑魚が、調子に乗るんじゃねえよ!!　『騒音《ラウドネス》』ッ!!」

「『粘土壁《クレイウォール》』っ！」

土取マユミは瞬時に立ち上げた壁で音威の「音」の衝撃波を防ぎつつ、粘土籠手を変形させて無数の粘土弾を発射した。

「『粘土弾《クレイバレット》』っ！」

「無駄だってわかんねえのか!?　『騒音《ラウドネス》』ッ!!」

土礫《どれき》はあっけなく、音威の重低音で圧力で吹き飛ばされた。

「おっと。じゃ、『粘土棘《クレイニードル》』っ！」

土取が撥ね返された土弾を器用に躱《かわ》しつつ、地面に片手を当てると地面から次々に土の棘《とげ》が出現して音威を襲った。

「みえみえなんだよッ!!　『騒音《ラウドネス》』ッ!!!」

しかし音威は軽く後方に跳んで躱しながら、音圧で土取の攻撃を闘技場の地面ごと吹き飛ばす。

「ありゃ～！　これもダメ？　すごいね～、キミ」

土取は気の抜けた口調で、敵への賞賛の声を上げる。

「ハッ、お前らみてえな雑魚とは違うんだよ!!　『音圧《プレッシャー》』!!」

音威は彼の背中に音の塊を作り出し、その圧力で爆発的に加速して土取の懐に入り込んだ。

「『騒音《ラウドネス》』ッ!!」

ボウウウンッ!!

瞬間、音威の発した轟音で土取の「粘土籠手《クレイフィスト》」が粉々に砕けた。一瞬で両腕の武器を失い、無防備となった土取マユミは両手を大げさに広げた。

「あちゃあ～、やられちゃったよ～！」

「ハッ！　おいおい、もう諦めるのかよ？」

音威は余裕の表情で先ほどから何もせずに突っ立っている黄泉比良を一瞥《いちべつ》し、土取に話しかけた。

「……やっぱり、あの人形はお前がいなきゃ作れないみたいだな？　底辺の割には頑張ったが……もう終わりだッ!!」

音威の背後から、鷹聖学園の生徒の残り全員が猛スピードで走ってくるのが見える。

「ひゃはッ！　ここから蹂躙《じゅうりん》戦といこうかッ!!　多対一でも恨むなよ？」

「うん……お互いにね～」

そうして、奇妙な走り方で駆け寄ってきた鷹聖の生徒たち7人は、あっという間に土取と音威を取り囲み、ドゴゴゴッ!!　一斉に音威に飛び蹴りを食らわせた。

「あぐぁッ⁉⁇」

音威はあまりの不意打ちに派手に吹っ飛び、顔面から地面に激突した。そのまま、そこに覆いかぶさるように鷹聖学園の選手たちが群がり、音威を一心不乱に殴り始めた。

「うごッ⁉　なんでッ？　ちょっと待て俺はみか……グボッ⁉」

訳もわからず、味方であるはずの生徒たちに殴られ、蹴られ、ボコボコにされる音威。

「やメッ……みんな……？　やめ………て……？」

そしてだんだんと悲鳴も聞こえなくなり……しばらく鈍い音が鳴り続けた数分後、音威は地に沈んだ。

「やったね、ヨモちゃん！　……やっぱちょっと怒ってたんじゃ？」

「……全然……『人形操作《マニピュレイト》』、完了」

そう言って黄泉比良が軽く手を振ると、残りの鷹聖学園の生徒たちは音威の上に綺麗に交互に重なるように順番に倒れ込んだ。黄泉比良の異能【人形を操る者《ドールマニピュレイター》】は意識のない「人の形」のものを操ることのできる能力。鷹聖学園の生徒たちは意識を失った瞬間に、黄泉比良の手駒と化したのであった。

結果、闘技場に残ったのはドヤ顔の黄泉比良ミリヤと土取マユミの二人だけであった。二人はにこやかにハイタッチを交わし、コロシアム内に試合終了を知らせるブザーが鳴り響く。

『試合《ゲーム》、終了《セット》ッ!!　Aブロックの勝者は、帝変高校です!』

26　Bブロック　失った大切な何か

「やっほ～、勝ったよ～!」

帝変高校選手控室に土取マユミ、黄泉比良《よもひら》ミリヤたちAブロックメンバーが帰還してきた。

「ツッチーお疲れ、完勝だったな」

「我らが女王《クイーン》の活躍のおかげさね～、な?　ヨモちゃん?」

「……ぶ～い……」

黄泉比良は両手にV字を作り、2本の指をにょきにょきやっている。

「だが、ここからは厳しくなるぞ。相手はもう、油断を廃してくるだろう。不意打ち《サドンアタック》はこれからは効果が薄いだろう」

「ここからは真剣なチーム戦だ。頼むぞ、御堂くん」

「フッ。任せてくれ。最高の試合を見せてあげるよ」

泊シュウヘイの言葉に御堂スグルは長めのサラサラ髪《ヘアー》を掻き上げながら言った。

「……あいつの戦闘には不安しかないわね……」

後ろで弓野ミハルが忌々しげに呟く。

「あの……香川さん、次の試合頑張ってね」

「あ、うん。そうね。まあ、実際頑張るのは他の人だと思うけど」

音無サヤカに香川さんと呼ばれたまつげの長い小柄な少女は、チェーンのついた香水の小瓶らしきものを腰にじゃらじゃらさせながら、髪の毛をくるくるといじっている。

「さあ、そろそろ時間だ。Bチームは会場に向かった方がいい」

体格のいい堅田ケンタロウがそう言うと、Bブロックのメンバーたちは揃って闘技場に向かった。


『団体戦第2試合、タクティカルウォーズBブロックを始めます。選手は所定位置についてください』

アナウンスの声とともに、両高校の選手たちが闘技場に入場していく。

「納得いかねえな、音威の奴が負けたなんて。仮にも奴はソロの戦闘能力では1年の上位だぞ？」

「負けたものは仕方がないじゃない。それがアイツの実力ってことでしょ？　そもそも、団体向きじゃないのよアイツは。協調ってものを知らなさすぎるから」

「まあ、私らがお手本を見せてやるっきゃないんじゃないの？　チームプレイってやつの見本をさぁ」


鷹聖学園側のフィールドには、金髪をトサカのように立てている男子生徒、緑縁の眼鏡をかけて黒髪をポニーテールに束ねている女生徒と並んで、際どい丈のミニスカートを着用したショートボブカットの女生徒の3人が入ってきた。程なくして、数人の生徒がそれに続き、鷹聖学園7名が開始位置についた。

対する帝変高校側のフィールドにはタンカーの御堂スグル、近距離アタッカーの2人、中距離アタッカーの2人、そして最後にバッファーとして香川リカが現れ、帝変高校のBチーム6名が闘技場に出揃い、それぞれの開始位置につく。


『では、時間となりましたので第2試合を始めます』

再びコロシアム内に一瞬の静寂が訪れた直後、第2試合開始の宣言が響いた。

『タクティカルウォーズ　Bブロック…試合《バトル》、開始《スタート》!!!』

先に動き始めたのは帝変高校のチームだった。

「香川さん、いつものバフを頼むよ」

「わかってるわ。『強壮芳香《トニックフレグランス》』！」

後列に控える香川リカが腰の香水の瓶の蓋を開け、腕を振ると甘くスパイシーな香りが辺りに漂い……

「うおおおおおおおお!!」

「力が……力が湧いてきたァッ!!」

「むおおおおおおおおお!!!」

「俺は今ッ!!　鉄人だッ!!」

アタッカー4人の生徒たちの筋肉が急速に肥大した。その様子に、場内の観客たちがざわつく。

「ついでに……明日起き上がれないのは覚悟してね？『絶倫芳香《スタリオンフレグランス》』」

今度は、帝変高校陣営に鼻にツンとくるような濃厚な匂いが立ち込める。

「うがあああああああ!!」

「力が……力が……抑えきれないッ!!?」

「ぬおおおおおおおおお!!!」

「我はッ!!　今ッ!!　夜の帝王であるッ!!」

そうして、アタッカー4人の生徒たちの上半身が急激にパンプアップし……バァンッ!!　彼ら全員の上着とシャツが破裂した。

「ふおおおおおおおお!!」

「どっしゃあああああああああ!!」

「ばはああああああああ!!」

即席の筋肉ダルマと化した4人の帝変高校のアタッカーは跳躍で瞬時に距離を詰め、鷹聖学園の生徒たちへと肉薄。そのまま彼らは肥大化した筋肉で殴りかかろうとするが……

「でもそう簡単にはいかないよっ。『突風《ゲイル》』ッ!」

髪をショートボブに整えたミニスカートの女生徒の異能で、突如とてつもない烈風が巻き起こり、帝変高校の4人の強化された生徒たちはあっという間に宙に浮かされて飛ばされた。

「あはっ! そんなに浮き上がっちゃあ、その筋肉もまるで意味ないねぇ? 残念でしたぁ! で、もういっちょ! 『竜巻《トルネード》』!」

鷹聖のミニスカートの女生徒、風戸《かざと》リエが両手を振り上げると強烈な旋風が巻き起こり、次第にそれは勢いを増して「竜巻《トルネード》」となって帝変高校の攻撃役たちを天高く巻き上げた。

「そのまま落ちろッ!!」

生徒たちは空中で放物線を描き、そして程なくして全員が落下。

ドドドドドドッ!! 土埃を巻き起こしながら、彼らは硬い地面に強烈に叩きつけられた。

「じゃあ、ユミちゃん。トドメお願いっ!」

ミニスカートの風戸リエは隣にいる、オシャレ眼鏡のポニーテールの女生徒、火打《ひうち》ユミコに攻撃のバトンをタッチする。

「了解っ! これで終わりよ」

火打ユミコは倒れている生徒たちに片手を向け、言った。

『破裂《バース》……』

だが、彼女が自分の異能『【万物を破裂させる者《ジェネラルバースター》】S－LEVEL2』を発動させようとしたその時……突如として彼女の背筋に悪寒が走った。

「……えっ……」

何か耳元に、生暖かい空気があたっている。そして、何者かに髪をねっとり触られる感覚。

「……綺麗な髪だ……よく手入れしてあるね……素晴らしい……」

そして突然耳元で囁かれたセリフ。反射的に彼女の体は全身に粟立つ鳥肌という形で応えた。

「い、いやあッ⁉　何ッ⁉」

彼女が慌てて振り返ると……そこには誰もいなかった。

「ど、どうしたの⁉　ユミちゃん⁉　何かされた⁉　敵の攻撃⁉」

「い、いえ…⁉　で、でも、何か……そこにいたの……！」

今のを「攻撃」と呼んでいいのか分からない。だが、確実に自分の行動を阻害された。これは相手の戦術行動か⁉

地面に倒れていた帝変高校の生徒たちは、もう戦線に復帰して他の生徒たちと戦っている。しまった。まんまと術中にはまってしまった。この程度で心を乱されているようでは、戦場ではとても……！

「駄目よ、あんなことで気を乱しちゃ駄目」

そう自分に言い聞かせ、火打ユミコは気を強く持とうとする。その決意の瞬間、自分の眼鏡がふわりと宙に浮いた。

「あっ⁉」

驚き、飛んでいく眼鏡を追って手をバタバタさせていると……また誰もいないはずの場所から何故か……甘く囁くような声がした。

「……君は眼鏡なんかない方が可愛いよ？」

生暖かい空気が耳に当たり、再び鳥肌を立てた。火打ユミコは絶叫を上げる。

「いぎゃあああああああああ！！？？」

「な、なに⁉　ユミちゃん⁉　どうしたの？」

「ちぃッ⁉　あいつらの人数が１人減ってやがるッ‼　認識阻害の異能者がいるなッ⁉」

筋力強化を受けた４人の生徒たちの対応をしていた金髪の少年、平賀《ひらが》ゲンイチロウはそう言うと両手を頭上に掲げた。

「炙《あぶ》り出してやるッ‼　『稲妻《ライトニング》』ッ‼‼」

ババババババッ‼　平賀の手のひらから激しい稲妻が発生し周囲を覆った。稲妻は帝変高校の生徒だけでなく周りにいた鷹聖学園の生徒たちも無差別に襲い、感電させる。

「ちょっと平賀ッ‼⁉　味方まで巻き込むつもり⁉」

「仕方ねえだろ！　あぶり出すにはこれしかなかったんだし！　でもおかげで、敵の姿が見えたようだぜ？」

平賀と呼ばれた男子生徒の攻撃であたりはバチバチと帯電し、何もなかったはずの場所にうっすらと人影のようなものが見え始める。そしてその人影は少しずつ存在感を持ち始め……

「フフ、困ったね。見つかってしまったよ」

そこには長いサラサラの髪を片手で掻き上げる、妙に気障《キザ》ったらしい男子生徒がいた。手には鞘に収まった短剣を持っている。

「残ってるのはお前と、あの女だけだぜ……覚悟しな」

帝変高校4人の男子生徒はすでに先ほどの強烈な電撃を受け、昏倒して戦闘不能となっている。

帝変高校のメンバーで闘技場《フィールド》内に残されたのは後方にいる香川リカと、異能で敵陣の中に突っ込んだ御堂スグルの2名のみ。

軽い感電《ショック》から立ち直った鷹聖学園の生徒たちはすぐさま、後方で無防備となった香川リカを仕留めに向かう。

御堂スグルと香川リカを分断するように、平賀ゲンイチロウがその間に立ちはだかる。

「お前は、筋肉バフは受けないのかよ?」

「半端に脱ぐのは趣味に合わないんだよ。僕は脱ぐときは全てをさらけ出す時と決めているものでね。――『雲隠れ《ハイディング》』」

御堂はその瞬間、フッと姿を消した。

「無駄だッ!!　『稲妻《ライトニング》』ッ!!」

再び、平賀ゲンイチロウは異能を発動させようと手を上にあげ、叫んだ。

ババババババッ!!　平賀は半径10メートルはあろうかという巨大な雷の渦を引き起こした。放電はしばらく続いたが、再び人影が現れることはなかった。

「チッ！　逃げたか!?　……いや、救援に向かったな！」

すぐさま平賀ゲンイチロウは思考を切り替え、先ほど他の鷹聖学園の生徒たちが向かった先へと合流を急ぐ。

一方、帝変高校Bチーム後衛の香川リカはすでに鷹聖学園の生徒数人に取り囲まれていた。バッファーの役割に特化した彼女は、武器らしいものは一つも持っていない。

鷹聖学園の生徒たちは彼女の異能を警戒し、反撃を防ぐために取り囲んで攻撃を仕掛けようとしていた。

「彼女はバッファーだが、警戒しろ。多方向から一斉に行くぞ」

「……賢明ね。でも、そんなに近づいたら……危ないと思うよ?」

「……何?」

『昏睡芳香《コーマフレグランス》』

彼女がそう言い、腰につけた香水の瓶の蓋を開けると辺りに「脳髄までとろけそうなほど甘い香り」が漂い、周囲にいた鷹聖学園の選手全員がその場に倒れ伏した。受け身もなく頭から無防備に地面に激突し、彼らが気を失っているのは明らかだった。

「な、なにッ⁉ 何が起きたの⁉」

彼らから離れた位置にいた鷹聖の生徒たち3人……遠距離アタッカーの火打ユミコと風戸リエ、範囲攻撃型タンカーの平賀ゲンイチロウは、その光景を目の当たりにしていた。

「バッファーだと思って油断してたわね。彼女には不用意に近づけないわ……」

「チィッ‼ なら、範囲外から攻撃するまでだッ‼」

平賀ゲンイチロウの手が光り、稲妻が発生していく。

「させないよ」

そこに誰もいなかったはずの場所から突然、帝変高校の御堂スグルが姿を現し、手に持った短剣の鞘を抜き放って平賀に向けて投擲《とうてき》した。

「そんなもんに当たると思うか？　遅えよ！」

平賀は瞬時にナイフの軌道を見極め、その飛んでくるナイフをキャッチした。

「どうだ？　キザ野郎。もう攻撃方法がない、なんて言うんじゃないだろうな？」

手の中でナイフを弄《もてあそ》び、御堂を挑発する平賀。そのナイフからは少し甘い香りがする。

「そうだね、その通り。それが僕の最後の攻撃手段さ。『昏睡香水《コーマパフューム》』」

「むはッ!?」

そして平賀の手の中のナイフから甘く脳髄まで届きそうなほどに濃密な香りが立ち上り、平賀ゲンイチロウはそのまま意識を失い昏倒した。

「……くっ……平賀の奴まで。油断するから……!!」

そう言いながら御堂のいる方向に手をかざし、異能の発動に取りかかる風戸リエ。御堂スグルは微動だにせず落ち着いた様子で言葉を口にした。

「おっと。これ以上動かない方がいいよ？　動けば……特に、君が能力を使ったりしたら大変なことになる」

「なにを言ってるのかなぁ？　キミは。もうキミには攻撃方法なんてないんでしょ？　そんなのハッタリにもならない……」

風戸リエはそこまで言いかけて、ハッとした。……なんだ？　この違和感は。

「これは………なぜだか、下半身がスースーする？」

……いつから？　朝からか？　いいや、自分は確かにスパッツをはいていたはずだ。それでこんな感覚があるわけが……そう思い、腰に手をやると、ない。あるはずのものが、いつの間にかなくなっている。いや、それどころか、その下にあったはずのものも、ない？　……これは……これは一体……ちょっと今、なにも考えられないぞ。

「えっ!?　ちょ、なにコレッ……!?」

風戸の思考が止まりかけたところで別の生徒からの悲鳴が上がった。声の方を見ると、敵チームのバッファー・香川リカが腰のあたりを押さえて狼狽《うろた》えている。彼女も先ほどまで身につけていたであろう、スパッツがないように見える。

「……まさか……」

そして隣を見ると、鷹聖学園アタッカーの火打ユミコがスカートを押さえ、真っ青な顔でペタンと座り込んでいる。目には涙を浮かべ、虚ろな表情だ。もしや、これは……

「フフッ、素敵な女性《レディ》たち。お探し物は……これかい？」

3枚のスパッツと、それと同数の……3枚の女性物下着《パンツ》が彼の手の中にあった。

「ひ、ひぎゃああ!!?」

「きゃあああああ!!」

「いやあああああああ!!」

3人の女生徒からほぼ同時に絶叫めいた悲鳴が上がる。その場に座り込んだ彼女たちに対し、御堂スグルは落ち着き払った態度で語りかける。

「ご理解、頂けただろうか？　ここで動けば、大変なことになる、ということの意味が」

「な、なんで私までッ!?」

涙目になりながら両手でスカートを押さえ、当然とも言える抗議の声を上げる香川リカ。それに対し、御堂スグルはとても爽やかな笑顔でこう答えた。

「目の前に素敵な女性が３人もいるというのに、誰か１人だけ仲間はずれになんかできないじゃないか？」

「納得できるかああ!!　死ね!!　この変態!!　死ねえええええ!!」

そしてそんな味方からの囂々《ごうごう》の非難を意に介さず……御堂スグルは地べたに座り込んでしまった鷹聖の風戸リエにゆっくりと近づいていき、上から見下ろしながら言った。

「……さて。ここからどうするかはキミの自由だ。僕はどちらでも一向に構わない。キミの好きな方を選んでくれたまえ」

「……くッ……！」

闘技場内は男子生徒が１人で棒立ちし、周りに座り込んだ女子生徒が３名という状況になった。他は全員、既に戦闘不能となっている。なにも動きのない試合に、コロシアム内がだんだんとざわついてくる。

そうして、女生徒たちがそこから動くことができないまま、３分が過ぎ……

『時間です。審判《ジャッジ》の判断により帝変高校１名、鷹聖学園２名の選手を戦意喪失の戦闘不能《リタイア》とみなし……鷹聖学園の「生き残り」がゼロとなりました。したがって』

会場内にアナウンスがこだまする。

『試合《ゲーム》、終了《セット》！　Bブロックの勝者は帝変高校チームです！』

またも起こった大番狂わせに会場内からひときわ大きな歓声が上がった。その歓声を一身に受け、ただ1人舞台に立つ御堂スグルは少し悲しそうな目をして、言った。

「君たちには気の毒なことをしたと思う。だが……これは戦争なんだよ。血も涙もない、ね。残酷だがこれは仕方がないと思ってくれ……」

そう言いながら、両手に持った数枚のモノをポケットにしまい込む。そしてそのまま帰ろうとして……

「「「か、返せえええええ!!!　この変態イイイ!!!」」」

「「「死ね!!!　変態!!!　死ねえええ！！！」」」

3人からは当然、抗議と非難の大合唱が巻き起こったのだった。

27　もうひとつの戦争

タクティカルウォーズBブロックの貴重な勝ち星と引き換えに、何か人として大切なものを失った帝変高校チーム選手控室の空気は重く沈んでいた。

そこに、今回の主犯《ヒーロー》、御堂スグルが爽やかな笑顔で闘技場から元気よく戻ってきた。

「やあ、勝ったよ！」

「待ってたわ。死ね!!!」

瞬間、弓野ミハルから放たれた無数の矢が御堂スグルを襲う。

そして、御堂スグル《さわやかなへんたい》の眉間に数本の矢が吸い込まれた、と同時に彼の姿が掻き消えた。

「ひどいじゃないか。試合で疲れているんだよ？」

何事もなかったかのように弓野ミハルの背後から現れる御堂スグル。

「まあまあ、女性陣のお怒りはごもっともとは思うが……何はともあれ、勝ちは勝ちだ。そこのところは素直に評価してあげようじゃないか？」

興奮する弓野さんをなだめる1－Bの堅田ケンタロウ。

「そうですね……彼の処置はさておき、また1勝です。これで2連勝ですよ？」

「ええ、すごいことだと思います。あの鷹聖学園に2連勝だなんて。……勝ち方は別として」

泊シュウヘイと音無サヤカもそれに同調する。

「……覚えておきなさい。今度、絶対に仕留めてあげるから」

「ああ、君みたいに綺麗な人の訪問はいつでも歓迎しているよ」

にこやかに弓野の討伐予告を受け入れる御堂スグル《ヘンタイ》。その様子を横目に、堅田は次の試合に向けて話題を仕切り直す。

「さて、次はCブロック……君たちの出番だが、準備はいいか？」

「おうよ、俺はいつでもいいぜ！」

「美食は時と場所を選ばないのですよ」

「あい！」

そこには腰に各種調味料を携え、フライパンを持った料理服の生徒に、首元にナプキンを当て、あたかもレストランでの食事中かのような格好をした恰幅のいい男子生徒……それに、いつのまにか給仕服に着替えている小柄な少女が立ち並んでいた。

「音無さんも大丈夫だな？　作戦通り、動けそうか？」

「はい、大丈夫です」

「神楽さんも……危ないと思ったら、すぐに降伏《リサイン》の合図をしてくれ。大怪我をしてしまっては元も子もないからな」

「はい。でも、できる限りのところまでやってみます」

堅田ケンタロウの確認に、そう言って頷くのは帝変高校チーム唯一の「ヒーラー」、神楽マイ。本来戦闘系の異能者でない彼女は自身の希望でここに立っている。

「では……私たちの戦場に向かうとしましょうか」

音無サヤカの声にチームメンバー皆が頷き、闘技場へと向かい始めた。


『現在2勝。Cブロックの生徒も頑張っています。』

スマートフォンアプリに届いたメッセージに、鶴見チハヤは短信でメッセージ返信をする。

『わかりました。私たちもうすぐです。よろしくお願いします。』

彼女は返信を終えるとすぐさまそれを上着のポケットにしまい込み、目前に見える大きな建物に向かって再び歩みを進める。

「チハヤ先生……あなたが闘技場《かいじょう》を離れてもよかったのですか？」

一緒に並んで歩く、黒い縁の眼鏡をかけて青いスーツに身を包んだ男性…雪道タカユキが彼女に声をかける。

「もう、私ができることは全てやりましたから……雪道先生だって、クラス担任のくせに生徒たちを置いてきたんでしょう？」

「うちのクラスは堅田がしっかりしていますから。それに監督はメリア先生に託してきました。彼女がうまくやってくれているはずです。チハヤ先生こそ生徒が心配なのでしょう？」

鶴見チハヤは雪道タカユキと横並びに淡々と歩みを進めながら…一呼吸おいて答えた。

「ええ、でもこの件ばかりは…人任せにはできないですから」

「まあ、そうですね。少なくともこの件……我々は少しは中を知っている身ですからね」

神宮コロシアムが学生たちの戦いで歓声に沸いている頃………1－Aの担任・鶴見チハヤと1－Bの担任・雪道タカユキはとある施設に向かっていた。

『鷹聖総合病院』。その名が示す通り鷹聖学園と同じ資本《オーナー》によって創設された、最新鋭医療設備群を備えた巨大病院。

そしてここはかつて、地下深くに「異能開発研究所」という名前の研究施設があった場所。

あの異能者専門の人身売買ブローカー、白衣の男……狭間キョウヘイの記憶を改ざんし、引き出した商品の納入先の情報。そして今回の騒動の仕立て人……帝国貴族院の議員、伊能の運営する人材派遣会社の提携先。それらは結局……この場所と、そこにいる一人の人物に収束する。

設楽応玄《シダラオウゲン》。今回の帝変高校の廃校騒動の火付け役であり、近年急速に成長した新興企業群を束ねる設楽グループの総帥。帝変高校周辺で起きた、全ての薄暗い事件の糸がここで繋がっていた。

鶴見チハヤと雪道タカユキの二人は鷹聖総合病院の送迎用のロータリー脇を通って、エントランスに進む。

そしてエントランスの自動ドアの前に立つと…ゆっくりとガラス製の扉が開いていく。雪道は黒い眼鏡のフレームを指先で撫でながら、呟くように言った。

「ここには……結構、嫌な思い出があるんですけどね」

横に並ぶ鶴見チハヤも顔には表情を浮かべず……

「私も同じですよ。もう、こんな場所に来たくなどはなかった……でも」

それでも、どこか決意をにじませるような力強さがその瞳には宿っていた。

「彼らを……うちの生徒たちを、同じ目に遭わせたりしたくないものですから」

「やれやれ……そんな私情に巻き込まれる私の身にもなってくださいよ〜？」

後ろにはいつの間にか、赤い眼鏡をかけてボサボサの頭を掻きながら……帝変高校の社会科教師、本宮サトルがついてきていた。

「本宮先生……お願いします。今回は私たちからも追加でお支払いしてもいいですから」

「まあ、私ももうモノ貰ってますから仕事はしますよ？　きっちりとね」

雪道タカユキもその横から言葉を挟む。

「私からもよろしく頼みます。なんだかんだで私も結構、今の職場が気に入ってきたのでね」

本宮サトルは寝癖で波打っている髪の毛を指先でぐいぐいと引き伸ばしながら

「ええ、僕としても今の職場がなくなってしまうのは少しだけ……ちょ～っとだけ、都合が悪いですからね。もちろん協力しますよ？　有償ならね」

いつもの様子と少し違う……低い声で、目を細めて言うのだった。

そして彼らは雑談しながら散歩でもするかのように淡々と歩みを進めていく。

病院の風除室を抜け、高級ホテルのような豪華な装飾のあるエントランスホールに入っていき、
そして……本宮が受付の高級そうなスーツで身を固めた、若干目つきの鋭い女性に声をかける。

「こんにちは～！　面会の予約を入れてるはずなんですがあ～」

「かしこまりました。面会される方のお名前と貴方様のお名前を伺ってもよろしいですか？」

「ええ、いいですよ。名前は……」

本宮はまっすぐ女性の目を見つめ、言った。

『記憶編集《エディット》』

受付の女性は座ったままの姿勢で硬直し、目とその中の瞳孔が急激に開く。焦点はどこか遠く……エントランスの奥の方を見つめているように見える。

そんな様子で佇む彼女に、本宮はカウンターに手をつき言葉を続ける。

「で、そういうわけなんで、彼に会いたいんだけど？」

それだけでは何の説明にもなっていない、彼の適当な言葉に対して受付嬢は――

「……承りました。設楽応玄会長への面会ですね。応玄会長は現在地下の特別研究施設の奥の庭園《ガーデン》におります。地下の特別研究施設フロアに行くには、奥から2番目のエレベーターに乗り、3階、5階、9階、そして地下1階を押した後、『閉』ボタンを5回押してください。地下15階

に到着後、このゲスト用のカードキーで入場してください」

そう言ってカウンター下の金庫から一枚のカードを取り出した。

そして本宮はにこやかに受付の女性からカードを受け取り……

「はいはい、ありがとね～！　助かったよ。『記憶消去《イレース》』」

彼がそう言うと応対をしていた受付の女性は体をビクンと震わせた後、焦点がまたどこかに外れ……はっと何かに気がついたように、病院のエントランスに視線を送る。だが、その先には誰もいない。

受付の女性は彼らが入ってきた時の姿と同様、入り口の方向をじっと見つめている。目の前に3人の人物が立っているというのに、彼女は彼らが存在しないかのように振る舞っている。どうやら彼らのことが全く見えていないという様子だった。

「本宮先生、彼女は……？」

「僕たちがここにいるという認識を消去した、それだけです。彼女の日常生活に支障はありませんよ。じゃ、行きましょうか」

本宮は手にしたカードを弄《もてあそ》びながらエレベーターホールにてくてくと歩いていく。チハヤと雪道もそれを追って病院の奥へと向かう。

「コード入力……っと」

エレベーターの中に入ると本宮サトルは受付嬢に聞いた通りに「3階」、「5階」、「9階」、そして「地下1階」を押した後、人差し指でダダダダダッ、と『閉』ボタンを5回連続で押す。すると操作盤の文字のバックライトが全点灯し、程なくエレベーターが下へと動き出した。その「地下1階」までしか表記がないはずのエレベーターは、速度を上げて下降を続け……数十秒後にゆっくりと停止した。

そして扉が開くと3人の目前に「WARNING　関係者以外立入禁止」と赤字で大きく書かれた金属製の重厚な扉《ハッチ》が姿を現した。

その大仰な門の右側操作端末ディスプレイには「IDを提示してください」という文字が表示されている。

ディスプレイ脇にはカードを差すためのスリットがあり、本宮はそこに先ほど手渡されたカードキーを迷いなく差し込む。

〈　ID認証完了　NAME……VIP GUEST　〉

ディスプレイに文字が表示され……

〈　付添人のIDカードを挿入してください　〉

さらにIDを求めるメッセージが出る。本宮はおもむろに懐からもう一枚のカードを取り出し……機械に差し込む。

〈　ID認証完了　NAME……狭間キョウヘイ　〉

〈　認証完了　ゲートを開放します　〉

そして、重い金属製のハッチがガシュ、ガシュ、と音を立てて手前から順々に開いていく。

そうして幾重にも設置された重厚な金属製の扉の群れが一枚一枚取り除かれていき……プシュ……ガコン。大仰な駆動音とともに、最後の鈍銀色のハッチが開く。

ハッチの先――その奥には四方を金属製の板で覆われた薄暗い通路が広がり、奥からは得体の知れない呻《うめ》き声、そして獣の咆哮《ほうこう》のようなものが微かに聞こえてくる。

鶴見チハヤは額にうっすらと汗をかきながら『特別研究施設フロア』と呼ばれた階層に1歩目を踏み出す。

「では、行きましょう……未だここで続く悪夢を終わらせに」

「ええ……鷹聖の生徒たちのためにもひと暴れ、してやりますか」

雪道は表情を変えず、眼鏡をクイッと上げてそれに続く。

「やれやれ、これは労働対価に見合わないかもなぁ～」

頭を掻きながら、数秒遅れて本宮サトルも…のらりくらりとした歩調で彼らの後を追っていった。

現在進行形で争われている帝変高校と鷹聖学園の『異能学校対校戦争』。

その裏側……表の光が当たらない場所でもうひとつの戦争が幕を開けようとしていた。

28　Dブロック　ドラゴンの猛威

団体戦《タクティカルウォーズ》Cブロックの試合が終わり、会場は昼食休憩の時間となっていた。帝変高校の生徒たちは皆、試合期間中ビュッフェ形式の料理が無料で食べられる食堂に集まり、昼食を取っている。

食堂のディスプレイにはCブロックの記録映像《リプレイ》が映し出されていた。画面にはCチームの海腹ユウが火を噴きながら地面を転がり、何かを叫んでいる様子が映っている。彼が叫んでいるのは

「料理」の感想だ。

『なんという刺激ッ……なんという甘さッ!!　なんという辛さッ!!　そして鼻腔内から立ち上る、熱烈とした炎の香り……これは……!!』

画面内の海腹は立ち上がり、目を見開くと、

『うぅッ!!!　ま゛ッ!!　いッ!!　ぞォッ〜〜!!!』

天にも届かんばかりの大声で絶叫し、空に火を噴き上げながらそのまま仰向けにバタンと倒れて動かなくなった。生徒たちはそんな映像を横目で見つつ、料理を口に運んでいる。

「Cチーム、やっぱダメだったな……」

「まあ、頑張ったと思う。食レポを」

次の試合のDブロックのメンバー、堅田ケンタロウと弓野ミハル、泊シュウヘイは同じテーブルで食事を取りながら、Cチームのメンバーが沈んでいく映像を眺めていた。

「予想よりは健闘できたと思うわ。神楽さんが無傷だったのは幸いね」

序盤、帝変高校Cチームのメンバー、【料理をする者《ディッシュメイカー》】の山岡ジョージ、【万物を食べる者《ジェネラルイーター》】の海腹ユウ、【毒を無効化する者《ポイズンイレーサー》】の河原チキの異能連携で相手の鷹聖学園の激しい攻撃「炎の雨」「岩の雨」を完全に無効化するという場面があった。

山岡が襲い来る「炎」や「岩」を『料理』し、河原チキが『無毒化』し、海腹が『食べる』。

そんな異様な連携が闘技場の大ディスプレイに大映しされ、会場は騒然となった。だが、すぐに海原ユウは火を噴いて昏倒して戦闘不能《リタイヤ》。それからは山岡も河上も無抵抗で敵の攻撃に呑まれて戦闘不能《リタイヤ》。

攻撃の要のはずだった音無サヤカも流れ弾でいつのまにか沈んでおり、最後に残された神楽の「降参《サレンダー》」で試合終了。結局、Cブロックは奇妙な料理ショーで会場を盛り上げただけであえなく惨敗となったのだった。

「Cブロックは残念ながらダメだったが、次の試合で俺たちが勝てば3勝……序盤で大きくリードすることになる。代表戦のみんなもやりやすいだろう」

「そんなに簡単にいくかしら？　うちは実質5人のチームじゃない？」

「まあ、そう言うなよ。植木くんもきっと色々考えてるのさ。合同練習には全然出てこなかったし、連携もアレだけど……」

1-Bのクラス委員長の泊シュウヘイがチームの自主練習にろくに出てこなかった植木フトシのことをフォロー(?)していると、隣のテーブルに代表選メンバーの赤井ツバサと霧島カナメ、そして神楽マイが食事を持ってきて3人で座った。

「やったー！　これ無料ってすごいよね？　能力使いすぎてお腹空いたんだ～！　いただきま～す！」

そう言うのは神楽マイ。帝変高校はCブロックでは惨敗したものの、ヒーラーの神楽がいたおかげでチームの面々は皆、元気に昼食にありついている。彼女はAブロック、Bブロックの負傷者も治療しており、その陰の労働を取り戻そうかとでもいうように、その皿の上は山盛りのお肉で溢れている。

「太るぞ。そりゃいくらなんでも」

赤井はあきれた様子で神楽に忠告をするが、当人は何も聞こえていないかのように次々にお肉を口に放り込んでいる。霧島はそんな彼らのやりとりを横目にお皿に綺麗に盛りつけた料理に口をつけている。

「それにしてもアイツ……芹澤はどこ行っちまったんだ？　結局、今日も見かけねェが……」

赤井はかなりの勢いでお肉を平らげつつある神楽を眺めながら独り言のように呟く。それには霧島がすぐに反応した。

「うん。私も朝気になって鶴見先生に聞いたんだけど、まだ帰ってきてないって」

「ん？　……カナちゃんは何か知ってるの？」

器用にお肉を咀嚼《そしゃく》しながら神楽マイは会話に割り込む。

「うん。私も突然のことだったから本人には聞きそびれたんだけど……どこかの山で校長先生と一緒に特別訓練をしてるって聞いたよ」

「って、あれ？　霧島さんってそんなに芹澤くんと仲よかったっけ。もしかして同じ中学だったとか？」

神楽の素朴なツッコミに、霧島は一瞬、硬直し……若干頬が赤くなる。

「……えっ？　いえ、違うんだけど……うん。ちょっとね」

「ふ～ん？　ちょっと、ねぇ……？」

ジト目でニヤニヤしながらお肉を口に放り込むという器用な芸当をやってのけながら、神楽は肘で霧島をちょいちょいとつつく。一方の霧島は顔を赤くし、若干うつむきながら、神楽のされるがままになっている。

「だけどよォ、もうそろそろ出番だろ？　まずいんじゃねえのか」

赤井がビュッフェ形式に似合わない醤油ラーメンをすすりながら、壁に埋め込まれているデジタル時計を見つつ言った。

「さあ、でもまあ間に合わないってことはないんじゃない？　彼の試合まであと3時間はあるわけだし……校長先生もついてるんでしょ？」

「まあ、そうだと思うけどよ……」

まだ釈然としないらしい赤井に、神楽はお肉を3枚ほど貫通させたフォークをビシッと勢いよく突きつける。

「心配するだけ無駄よ。アンタはこの次の試合に備えて、ウォームアップでもしてなさいッ！一応代表なんでしょ？」

「チッ……言われなくても……」

そうして、赤井はラーメンを一気に食べ終え……足早に代表選選手専用の控室へと向かうのだった。


『選手は開始位置についてください。まもなく、タクティカルウォーズ第4試合、Dブロックの試合を始めます』

アナウンスとともに、各校のDブロックの選手たちが闘技場内に入場し始める。

堅田ケンタロウは何やら大量の矢の束を肩に載せて闘技場内に運び込み、開始位置につくとそれらは地面にドサッと置いた。

「弓野さん、ここでいいか？」

「ええ、ありがとう。これぐらいはないとね」

長弓を持って佇む弓野ミハルの脇には矢の束が積み上げられて人の腰の高さほどの山となっている。

「泊くん。アシスト、お願いね」

「分かってますよ。任せてください」

泊シュウヘイは弓野の声に、革手袋をギュッギュッとはめながら答える。

『全選手は開始位置につきましたか？　……準備はいいですね』

会場内に響くアナウンス。再びコロシアムに熱気が充満する。

『それでは……タクティカルウォーズ　Dブロック…試合《バトル》、開始《スタート》!!!』

試合開始のアナウンスとほぼ同時に両陣営が動き出す。

弓野ミハルは即座に10数本の矢を構えると、目一杯に弓の弦を引く。そこに泊が彼の【運動を停滞させる者《サスペンダー》】レベル1の異能を行使した。

「『一時停止《サスペンド》』ッ！」

限界まで引かれていた弓の張力が一瞬、停止し、さらに弓がもう一段階引かれる。

「『矢雨《アローレイン》』ッ！」

泊の一時停止《サスペンド》の効力が切れる絶妙なタイミングで弓野ミハルが弦を解き放ち、一度に大量の矢を天に放つ。その二人の動作は機械的に、迅速に、何度も繰り返され、見る間に闘技場の上空は矢の雨で覆われた。

「あとは、狙い撃ちで落ちてもらおうかしら」

矢の雨を射ち終えた弓野は今度は水平方向の射撃動作に入る。

「『射的《スナイプ》』ッ!」

弓野は彼女の能力『【見えないものを見る者《シーカー》】S-LEVEL1』で空気の流れを読み、人の動きを読み、飛び来る相手高校の遠距離攻撃を読み、その合間を縫うように高速の矢を放つ。水平に放たれた矢は鷹聖学園の生徒たちに吸い込まれるように向かい、ちょうどそのタイミングで滞空していた矢の雨が敵陣に降り注ぐ。

「ちいっ、ただの矢じゃねえな。厄介だ……!」

鷹聖学園の生徒には大量の矢の雨が降り注ぎ、正面からは脚や肩をピンポイントで狙った精密射撃。異能で防いでいる生徒はいるものの、上下の攻撃を同時に捌《さば》ききれず、鷹聖の生徒は一人、また一人と身体に矢を受けて行動不能になっていく。

「うおおおお!!『強靭化《タフネス》』ッ!!」

そしてさらに矢の嵐で動きを止められていた鷹聖学園の生徒たちを前衛《タンク》の堅田の巨体による全身全霊のタックルが襲う。異能で強化された堅田の巨体の突進に、トラックに轢《ひ》かれたかのように跳ね飛ばされ、宙を舞った。

「ちいッ! 後手に回ったかッ!!『焼却《バーン》』ッ!!」

「飛び込んできた奴には近づかず、集中して攻撃しろ！　『重衝撃《ヘヴィーショック》』ッ‼」

『風刃《ウインドエッジ》』ッ‼」

単身で飛び込んできた堅田に対し、突進を凌いだ鷹聖のアタッカーたちは、一斉に中距離からの集中攻撃を繰り出す。そのダメージにも構わず、鬼神のように敵陣で攻撃を繰り出し暴れ回る堅田ケンタロウ。

「遠距離攻撃ができる奴と飛田《トビタ》はあの後衛の弓女の撃破に回れ！　他のアタッカーはこっちの敵タンクの始末だッ！」

号令が飛び交い、戦況がまた動く。闘技場内では両高校が凄まじい勢いでの一進一退の攻防を繰り広げていた。

矢の雨が降り止み、鷹聖学園の選手２人が戦闘不能となった。だが他の選手はダメージを受けながらも、攻勢に転じる。

そうして、今度は鷹聖学園の遠距離攻撃が帝変高校を襲う。帝変高校チームの面々は必死でその攻撃をしのいでいるが、その範囲外の遥か後方に１人、ツンツン頭の男子生徒が何やら奇怪な動きをして駆け回っている。

「アイツ、何してるの⁉　こんなの作戦にないじゃない⁉」

弓野がそれに気がつき、咎《とが》めるような目で睨みつける。

「まあ悪いが植木くんに攻撃力は期待できない。放っておこう！　次の攻撃、来るぞ‼　僕が抑える‼　弓野さん、迎撃は頼む‼」

泊はそう叫び、

「『一時停止《サスペンド》』ッ!!」

味方に当たりそうな遠距離攻撃だけを器用に選んで一時停止させ、味方への被弾を防いでいく泊シュウヘイ。そこへ一陣の風が吹いた――

「グエッ!?」

そう思った瞬間、泊は後方に吹っ飛ばされて後頭部を地面に打ちつけてあっけなく気を失った。

「ヒャハッ!! 受け身も取れねえとか、ウケる!!」

風と思われたのは、人だった。

「じゃあ続き行くぜ?」

そしてそのまま、その人影は大きくブレて…帝変高校の生徒に襲いかかった。

ボバッ!! 凄まじい風圧が通り抜けたかと思うと、

「きゃあッ!?」

「うごあッ!?」

帝変高校の生徒たちは宙を舞い、ものすごい勢いで縦回転し……またもや後頭部を打ち据えてダウンした。そしてそのまま風の塊となった人物は弓野に向かう。

「『射的《スナイプ》』」

だが高速で飛び来る矢を受けそうになり回避、停止した。

「へえ……俺を目で追えてるみたいだな?」

興味深そうな表情で、弓野を見つめる鷹聖の男子生徒。弓野は無言で次の矢を構え、放つ。

「おっ⁉　あぶねッ‼」

そうは言うものの、危なげなく至近距離で飛んできた矢を全て躱《かわ》す。弓野は手に持った矢を撃ち尽くすが瞬時に矢を補充し、また迷いなく放つ。

「だが……肝心の矢の速度が、それじゃあな」

しかし、風のように速く動く男、飛田テンジは全ての矢を躱しながら弓野に迫り、瞬時に投げ技を使い彼女をノックアウトした。

「ちょっと俺を捉えるには遅すぎるぜ」

弓野が地面に倒れて意識を失ったのを見届けると、飛田は周囲を見回した。

「これで全員か。意外とあっけなかったな……いや、まだ奥に誰かいる……？　なんだありゃ？」

その視線の先にはひたすらに奇妙な踊りを披露する、ツンツン頭の男子生徒がいた。飛田が奇妙なものを見る目でその男を眺めていると、帝変高校タンクの堅田を倒した3人の鷹聖学園の生徒たちが合流してきた。

「あの厄介な弓女は倒せたようだな……残るは……なんだあいつは？」

不思議な動きでただ踊っているようにしか見えないその男子生徒、植木フトシは周囲の視線に気がつくと踊りを止め、両手を大きく広げて何か意味ありげな直立ポーズ……よくゲーム中盤のボスとかがしてそうなソレをしながらこう言った。

「ようやく来たか……待ちわびたぜ？　ようこそ、我が舞台《ステージ》へ」

味方は全滅し、すでにたった1人だというのに顔には得体の知れない余裕の笑みを浮かべている。

「雑魚が、さっさと片づけてやる」

飛田は彼の異能『瞬足《クイック》』を発動させ、人間とは思えないような速度で植木の元へと接近する。

「ヘッ……速いな。だがいいのか？　そんなに俺に近づいて」

植木フトシは迫り来る豪速の人影をじっと見つめながら、落ち着き払って呟いた。

『対人指向性豆萌《クレイモヤシ》』

ボボボボボッ!!　飛田は目前に突如大量出現した腕の太さの2倍ほどのモヤシ群に全身を撃たれ宙を舞う。

「あがグゴッ!!?」

自らの高速運動が加味されてしまったカウンターの絶大な威力に、一瞬で意識を刈り取られた。

「な、なんだよあれ……!?」

飛田のノックアウトと同時に闘技場内にいきなり出現したモヤシ畑に場内が騒然とする。その妙な空気の中、植木フトシは鷹聖学園の生徒たちに向かってゆっくりと親指を立て、それをぐるりと真下に向けて、どこかイラッとくるポーズをとって言った。

「来いッ、鷹聖のクソ雑魚どもッ!!　俺が纏《まと》めてぐっちょんぐっちょんに捻《ひね》り潰してやらあああああ!!」

思いっきり見え見えの挑発。だがプライドの高い鷹聖学園の選手にはそれに反応する者がいた。

「まあそう言われて黙っているほど、俺たちは弱くないつもりなんだがね？　このド底辺が」

鷹聖学園Dチームのエース兼リーダー、重川《おもかわ》である。冷静に現状の状況を見ると「帝変高校1人」対「鷹聖学園5人」。1人不意打ちで倒せたからといって、客観的にはどう見ても鷹聖学園が絶対優勢である。それが分からないなどというのは余程の馬鹿か、病的な自信過剰か。或いは両方なのだろう。

「とまあ、その安い挑発に乗ってやりたいところだが……あいにく勝ち星の方が大事なんでな」

そうして、鷹聖学園の生徒たちは全員でゆっくりと植木との距離を詰めていく。

「はっ!! 俺が怖いからって多対一かあッ!? この臆病者め！」

植木フトシはまた狙っているのかいないのか、さらに挑発を続ける。

「馬鹿め、これは団体戦だ。お前の仲間はもう、さっさと戦闘不能《リタイア》したんだ」

「だがッ!! お前らがいくら数だけ多くたって……コイツには絶対に敵《かな》わないぜ？」

植木は自分から始めた対話を食い気味にぶった切り、何かを摘んだ手を突き出す。

「これはいつものとは一味違う。何せコイツは様々なヤバい薬液を混ぜ続けた液体で強化した……1週間モノだからな」

そして……ピィンッ。植木の指に弾かれた3ミリ程の小さな種は放物線を描き、リーダー重川の足元に着地する。

「!? しまっ……！」

重川は飛んできたものが攻撃の予備動作だということに気づき、回避に動き出すも……

「遅えよ。『成長促進《グロウアップ》』ッ!!!」

ドンッ!!!

「おぅ゛ん゛ッ!!?」

重川の足元から突如、直径1メートルはあろうかというごんぶとのモヤシが現れ、それは急激に成長して彼の股間を強打し、上空に打ち上げた。

重川は闘技場の宙（そら）をきりもみ回転しながら放物線を描き……ドサッ。そのまま地上に落下した。彼は口から泡を吹き、当然意識は飛ばされている。

「俺が開発したコイツは名づけて重薬漬モヤシ《ヘビードーブ》。いや、この威容……もはや『重薬漬モヤシ《ドラゴン》』とでも呼んだ方がいいかな……？」

植木フトシは落ち着いた様子で、人差し指を鷹聖学園の生徒たちに向ける。

「次はどいつだ？　ビビってないでこっちに来ていいんだぜ……？」

余裕の強者の笑みを浮かべ、鷹聖学園の生徒たちを挑発する植木フトシ。

だが、指揮官《リーダー》を失ったものの、比較的冷静な鷹聖の生徒は状況を分析し、周りに警戒を促す。

「みんな！　距離を置いて、奴が飛ばす種に気をつけろ！　それさえ見分ければあとは遠距離攻撃で何とかなる！」

しかし、その見方も甘かったと言える。

「あ、言い忘れてたが……この一帯はもう俺の領域《テリトリー》だぜ？　『成長促進《グロウアップ》』ッ!!」

ボボボボボボッ!!

「あがあッ!?」

「うげッ!!?」

「お゛う゛ん゛ッ!!?」

今度は彼らのいるフィールド全域に数十本もの大量のごんぶと《ドラゴン》モヤシが乱出し、その弾丸のような成長に打たれた鷹聖学園の生徒たちが一人、また一人と空へと打ち上げられていく。

「まだまだ行くぜぇッ！　『成長促進《グロウアップ》』ッ!!　『成長促進《グロウアップ》』ッ!!　『成長促進《グロウアップ》』ッ!!!」

ボボボボボボボ!!!

「おぅ゛ん゛ッ!!?」

「ぐはあッ!?」

「えぐあッ!?」

彼らは極大もやしに撃たれ、嬲《なぶ》られ、闘技場の宙《おおぞら》を舞い……中には運悪く何度もトランポリンのようにモヤシに打ち上げられている生徒もいるが、次第に一人、また一人と地面に落下していき、意識を手放していく。

そうして、数分の間に闘技場内はごんぶと巨大モヤシの合間に何人もの全身打撲の人間が倒れ伏す『モヤシ農園《地獄絵図》』と化した。

そのあまりに異様な光景に会場全体が言葉を失う。だが……

「焼谷《やきたに》ッ!!　地面を焼き払えッ!!」

「くそッ！　奴の逃げ場をなくしてやる！　『焼却《バーン》』ッ!!」

鷹聖学園Dチームにはその猛攻さえ凌ぎ切る猛者《もさ》たちもいたのだった。

焼谷と呼ばれた生徒は手から火炎を放ち、地面に撒かれた種を焼き払いながら、植木フトシを炎で包み込む。炎は植木を囲むとさらに燃え上がり、高さ数メートルの炎の壁となった。

「舐めやがって!!　そのまま燃え尽きやがれッ!!」

植木フトシは四方を灼熱壁で囲まれてもはや身動きができなかった。そのはずだが、落ち着いた様子を崩さない。

「俺をこの程度の攻撃で倒せると？　笑わせるぜッ‼　今日の俺が緊急脱出手段ぐらい準備してないとでも思ったか⁉」

そして、植木は地面に種を一粒ポトリと落とし力の限り叫んだ。

「『成長促進《グロウアップ》』！！！！」

途端に植木の足元から直径1メートルはあろうかという巨大モヤシが現れ、それは急激に成長して彼を上空に押し上げた。

「と、飛んだだとッ⁉」

「なっ、あの炎の壁を飛び越えやがったッ⁉」

予想外の回避行動に驚く鷹聖の生徒たち。

そして植木フトシは闘技場の宙《そら》で大の字のポーズを決めながら華麗に飛び上がって放物線を描き、しばらく滞空して地上20メートルほどの高さから回転して落下。そして…………グシャッ!!!

そのままピクリとも動かなくなった。

「…………え？」

「……………………は？」

残された鷹聖学園の選手たちが呆然とする中、場内アナウンスが鳴り響いた。

『試合《ゲーム》、終了《セット》！　Dブロック勝者は鷹聖学園チームです！』

閑話2 ❖ 御堂の館

対校戦争まであと数日。出場する生徒たちの訓練も佳境に入ってきている。

私は、1年の基礎訓練担当の森本先生に生徒たちの仕上がり具合を聞いてみた。

「どうですか、森本先生。生徒たちの様子は？」

「ハハ！　皆よくやってますよ！　チハヤ先生！　でも、課題はいざという時の対応力ですね。地道な筋力鍛錬もいいですが、実戦で培う瞬発力のある筋肉こそが勝敗を分けますから！　可能なら実戦形式の訓練が必要でしょうな」

実戦形式の訓練。確かに、その必要性は感じている。とはいえ、関わってくれている先生方は現行メニューに掛かりっきりだ。とてもそんなところに割けるだけの人的リソースはないのだ。

「それもそうですね……。でも、人が足りませんね」

「ハハ！　心配ご無用！　私から、心強い助っ人に協力を依頼しましたから！」

そう言って、親指を立てて満面の笑みを浮かべる森本先生。

「そんな人、いたかしら？」

「先生の手が足りないのであれば、生徒の手を借りればよいのです！」

「……まさか、森本先生。彼を？」

「ええ！　彼ならうってつけでしょう！」

彼、というのは御堂スグルくんのことだ。彼のことを森本先生はとても気に入っている。それもそのはず、いろいろ総合すれば、彼のにはほとんど教員と遜色ないぐらいの実力があることが明らかになってきたからだ。

森本先生と模擬訓練《おいかけっこ》をして唯一「敗北していない」生徒。勝ってもいないが、負けてもいない。実力至上主義の森本先生はすでに、彼のことを指導教官としてもいいとすら考えている。

「確かに彼の戦闘センスはほとんど実戦レベル……観察力も判断力も並大抵ではないわ。そこだけ見れば教員と遜色ないぐらいだけど、でも彼はちょっとほかに問題が……」

「ハハハ!! 心配ご無用!! 彼は私の見込んだ漢《オトコ》です! きっとうまくやってくれるでしょう。訓練場所もすでに手配してくれたようです。今日から動いてくれています。私たちは赤井くんの仕上げに入りましょう!」

一気にまくし立てる森本先生。ものすごい信頼感ね……今からその予定を覆している時間もない。とりあえず、今日明日はそれで行くしかないかもしれない。でも……。

「……不安だわ」

◆ ◆ ◆

「ねえ霧島さん……妙な話だと思わない? 「普段通りの気楽《ラフ》な格好で来い」だなんて」

「……そうかな?」

私と一緒に「特別実地訓練」に呼ばれた弓野さんは首を傾げながら歩いている。私たちは横並びで歩いているので、背の高い弓野さんが歩くたびに大きな胸が揺れているのが目に入る。……

別に、全然羨ましいとかではない。

「そう？　単純に気楽にできる訓練なんじゃない？　森本先生、毎日筋トレばっかりでクタクタだったんだ〜」

今日は神楽さんも一緒だ。彼女はもともと戦闘向きの能力者ではないが、Cブロックの団体戦メンバーの一員だ。今日の訓練には私たちと一緒に参加することになっている。

「私は屋内でできることだけだからって聞きましたけど……？」

そう話す音無さんもCブロックの団体戦メンバー。彼女の能力は【音を消す者《サウンドイレイサー》】で、その名前の通り音を消すことのできる異能者だ。

「うん。訓練に使う場所は大きなお屋敷だって言ってたね」

「……それも怪しいわ。みんな、本当にそんな格好で大丈夫？」

森本先生からは何故か「普段通りの気楽な格好で現地に向かうこと」という変な指示が出た。

そのため、今日の私は普段着ているワンピース、篠崎さんはゆるふわ系のちょっと可愛いスカート、神楽さんもカジュアルな格好で、みんなどこか普通に街に遊びに行くような感じの服装だ。

それに対して残りの二人……音無さんはぴっちりとしたデニムのミニスカート、弓野さんはTシャツにパーカーを羽織って下は短パンという、とても動きやすそうな格好だった。

「まあ、そこまで警戒することでもないんじゃない？　ね、篠崎さん？」

「えっ？　はわあっ!?　ひゃいっ!?」

そして今日は篠崎さんも一緒だ。彼女の異能は【意思を疎通する者《コミュニケーター》】。今回の対校戦争には参加しないのだけれど、一緒に来るように言われたらしい。

「……それもおかしい。この時期に……？」

「まあ、何か理由があるんだよ。きっと」

「そうだと思いたいけど。……これ、本当に森本先生の指示かしら？」

「……どういうこと？」

弓野さんが不思議なことを言い始めた時、神楽さんが声を上げた。

「あ、ほら、もう着いたみたいだよ。ここだよ」

私たちは指定の訓練場所の前まで来ていた。それは古めかしい、不気味な洋館だった。

「うへえ……この中に入っていくの？」

「肝試しみたいだね」

そんな会話をしながら門をくぐり抜けて敷地の中に入り、館の玄関の分厚い扉を開けると、意外なことに中には一人の男子生徒が待ち構えていた。

「やあ、待っていたよ」

「御堂スグル……？　なぜ、あなたがここに？」

訝しげな表情で尋ねる弓野さん。

「フフ、森本先生から頼まれてしまってね。他の生徒を鍛えてくれ、と。条件付きで引き受けたのさ」

「やっぱり……！　森本先生……なんて人選を……！」

弓野さんは何かに気づいていたらしい。

「これから行われるのは、『対応力を養うための訓練』だよ。ルールは簡単。僕に一撃でも当てれば君たちの勝ち。言ってみれば、追いかけっこだね」

「それなら……簡単そうね」

私がそう判断しかけたが、弓野さんはそう思っていないようだった。

「甘く見ない方がいいわ、霧島さん。あの男、模擬訓練であの森本先生が触れられさえしてないから」

「……え？」

最大で音速を超える挙動をする【筋肉を操る者《マッスルビルダー》】の森本先生が触れられない？　私は逃げ回るだけで5秒が限界だった。……それって結構、すごいことじゃ……？

「僕は男に捕まるような趣味はないからね」

「みんな、警戒して!!　此処はおそらく奴の領域。きっと罠か何かが……！」

弓野さんがみんなに警戒を呼びかけた時だった。

「ご名答」

突然ガコン、と音がすると私たちの足にロープが絡まりついた。

「……え？」

ゴウン、と今度は洋館のホールの天井から大きな音がして、そのまま私たちはロープに引っ張られて勢いよく跳ね上げられた。あっという間に私たちは逆さ宙吊りの状態になった。

「きゃあああ!?」

「いやああ!?」

「ひゃわっ!!?　はわわわあっ!?」

警戒していた弓野さんはとっさに回避できたようだが、その横では何故か篠崎さんだけ、腕を縛り上げられるような格好でロープに吊り上げられていた。ついでにスカートがまくり上げられ、ひどい格好になっている。

「わ、罠!?」

「ちょ、ちょっと！　こんなの聞いてないよ!?」

混乱しながら必死にスカートを押さえ、抗議する私たちだったが……。

「フフ、こちらから手を出さない、とは言ってないよ?」

「くっ……！　やっぱりおかしいと思ったのよ。『気楽に普段通りの私服で来い』だなんて……！」

弓野さんはロープで逆さ吊りになってしまった私たちを見上げながら、御堂くんと向き合っている。

「その方が今回の訓練に都合がよかったからね」

「都合がいい……?」

「この訓練は『瞬時に不測の事態に対応する訓練』だ。弓野さんと音無さんは少し警戒していたようだが、そういうところに気づくかどうかも訓練の一環と思ってほしい。戦場ではそういう油断も命取りだからね」

「……くっ……何故か正論っぽい……!?　言い返せない……！」

「とにかく、降りなきゃ……！」

ひとまず私は刃を生み出し、足に絡みついたロープを切断して床に着地、弓野さんと協力して

GIRL★

みんなを下に降ろす。

「……本当にこれが訓練なの？」

弓野さんはさっきから一動作でも見逃さない、という風に御堂くんをじっと睨んでいる。それは正しい。もう訓練は始まっているようだから。

「フッ、そうだよ。この屋敷にはこんな風にありとあらゆる罠が仕掛けられている。それを避けながら僕を追いかける……今回の訓練はそういうゲームさ」

「……そのトラップは壊してもいいのかしら？　そうなるとこの館も無傷とはいかないと思うけれど」

「ああ、そこは心配しなくてもいいよ。この館は僕のおじいさんの持ち物でね。近々解体予定なんだ。派手に壊してしまっても構わないし、なんなら更地にしてしまってもいい」

「そう、それを聞いて安心したわ」

「さあ、チュートリアルは終わりだ。本番開始と行こうか」

「わかったわ」

そう言うと弓野さんは素早くパーカーの内側から黒い銃を取り出し、撃った。

タタァンッ！　ドイツ製の自動拳銃「H&K USP」の銃身から放たれた2発の弾はまっすぐ御堂くんの眉間へと向かい、吸い込まれたかのように見えたが、彼の姿は霞のように消えた。

弾丸は背後の木製の壁を破壊しただけだった。

「……やはり、避けられたか」

落ち着いて状況観察をする弓野さんの脇で、神楽さんが目を剥いている。

「ゆ、弓野さん、それは……？」

「心配ないわ。ゴム弾よ」

「で、でも壁に穴が開いたよ……!?」

「大丈夫、死ぬことはないわ。……………当たりどころが良ければだけど」

「だめじゃん！　今、正確に眉間狙ってたよね!?」

「来るわ！　右に避けて！」

　再び、トラップの起動。今度は天井から粘性の液体が私たちに降り注ぐ。弓野さんの指示で私たちはとっさに罠を回避し、反撃のために御堂くんを探しはじめた。手がかりは、篠崎さんの【意思を疎通する者《コミュニケーター》】の能力。どうやら、彼女はこの訓練の「ヒント」役として呼ばれたようだった。

……その後も様々なトラップが私たちを襲った。落とし穴。ベトベトスライム。吊り天井の罠。粘着スライム。壁から生える謎の触手。落とし穴。そしてまた粘性の液体と、床と天井から得体の知れない触手。……そうして、御堂くんの特訓は数時間続き、私たちはそれに対処していったのだけれど……。

「……はぁ……はぁ……」

「…………」

「フッ、随分動きが良くなってきたじゃないか。先ほどまでとは見違えるようだよ。徹夜してトラップを組んだ甲斐があったというものだ」

「……そ、それはどうも……」

私たちは様々なトラップに引っかかったものの、不思議と身体的なダメージはほとんどない。でも、どれもが、なんて言うか……。

「……この、変態め……」

「……変態……許すまじ……変態……死すべし。……慈悲はない」

そう、そういう感じなのだ。誰も怪我などはしていない。でも、みんな違う意味で疲弊して目が据わってきている。だんだんと口数が減り、物騒な言葉も出始めた。

「………す………絶対…………す……」

「……うん……いいよね……もう…………しちゃっても……いいよね」

……

そうして次第に私たちの危機察知能力と連携は研ぎ澄まされていき、だんだんと御堂くんの罠への耐性も上がってきたのだが……気づけば、もう外はすでに夕暮れ時。訓練の終わりも近づき――

「名残惜しいが、そろそろ時間だ。そろそろここで、最終楽章《フィナーレ》といこうか」

御堂くんがそう言うと屋敷に不気味な機械音が響き渡り、天井、壁、床の全てからトラップが一斉に襲いかかってきた。でも、弓野さんの能力【見えないものを見る者《シーカー》】でそれを見越していた私たちは落ち着いて対処し、最後の反撃に出る。

「私たちが、ここまでただやられていただけだとでも思った？　……霧島さん」

「ええ……『桜花《オウカ》』！」

私は刃の群れを展開し、襲い来るトラップを全て強引に破砕した。さらに無数の刃で作った防•

‥護壁でみんなを包み込み、弓野さんに合図を出す。

「準備はできたよ、弓野さん。……『盾《シールド》』……！」

「これでもう逃げ場はないわね、御堂《ヘンタイ》。……死ぬがいい」

そして弓野さんが屋敷の全部屋に仕掛けたプラスチック爆弾を起爆……その瞬間、お屋敷は跡形もなく爆散したのだった。


「……という攻防があってね。フフ、なかなか白熱した訓練だったよ！」

「ハハハ、上出来だ!! 皆、反応速度が前より格段に上がっているのがわかるぞ！　ひとつ死地をくぐり抜けた戦士の目になったな！　流石だぞ御堂くん！」

翌日。無傷の御堂くんは森本先生と楽しそうに会話していた。目標としていた私たちの「対応力の強化」は無事完了ということらしい。でも……

「アイツ、いつか仕留めてやるから……」

「ええ……いつか、やってやりましょう」

御堂くんは女子たちの間で完全に「変態紳士」の名声を獲得したようだった。私としては、彼の罠のちょっとおかしな選定に目をつぶれば、結構いい即応訓練にはなったとは思うんだけど……。とにかく、対校戦争まであと数日。私は自分の能力を最大限に使いこなせるようにならなきゃいけない。

第5章 それぞれの戦争

29 出場選手公開《ブレビュー》

『第2部、代表選の選手紹介を行います。選手は闘技場に入場してください』

コロシアム会場内全体に選手の集合を告げるアナウンスが鳴り響く。

第2部の「代表選」は試合開始前に、代表選手の簡単な紹介、「出場選手公開《ブレビュー》」が行われる。

これには、代表選手を企業スカウトの目に留まりやすくするリクルート支援的な意味合いもありつつ、春・夏・秋という一連の『異能学校対校戦争』はスポンサーをつけた興行として開催している側面もあり、全国テレビ放送も行われている。

そういうわけで、この出場選手公開《ブレビュー》は「観客を楽しませる」という意味合いもある重要なセレモニーなのだが……

『……では、これより代表選の出場選手公開《ブレビュー》を行います』

・・5人の生徒が闘技場に出揃ったところで会場アナウンスが放送されると、観客席では観戦しにきたギャラリーが口々に疑問の声を上げ始めた。

「何だ？　まだ5人しかいないぞ？」

「3戦あるから6人になるはずなんだけどな？」

「いないのは帝変高校か？　2人しかいないな……まさか出場選手公開《ブレビュー》欠席か？」

話題の中心は帝変高校の選手たち。普通はいるはずの人間がそこにいないようだった。だが、帝変高校が注目されたのはそれだけではなかった。

「おい……ちょっと待て。あそこにいる奴、赤井ツバサじゃねえのか？」

「赤井ツバサ？　あの『コンクリ校舎全焼事件』の？　ネットで顔写真なら見たことあるが……確かに似てるな」

当時中学生だった異能者の引き起こした事件は派手な映像が全国放映されたこともあって有名だった。有志によって各所に情報が出回り、顔写真も個人情報も流れに流れ、多少事件に興味のある人間たちにとっては「赤井ツバサ」はお馴染みの顔と名前となっていた。

「何言ってんだお前らは。あそこは帝変高校のフィールドだぞ？　赤井って確か今は『レベル3』の異能者だろ？　常識的に考えてそんな奴が行くところじゃないぞ。帝変高校って」

「ああ、むしろ高ランクの私立高校から招待入学の話来てもおかしくない能力だろ？　レベル3って軍でも即戦力クラスじゃん」

「だろ？　お前ら、もうちょっと常識的にモノを考えろよな。あり得ないって……」

観客席がざわつく中、闘技場内の大ディスプレイに代表選の対戦カードが表示される。

異能学校対校戦争　第2部　代表選　対戦表

帝変高校　　鷹聖学園

赤井ツバサ　・　暗崎ユウキ
霧島カナメ　・　金剛ミナエ
芹澤アツシ　・　氷川タケル

発表された対戦カードを見た観客たちは一層、騒がしくなる。

「本当にあの赤井ツバサ？　何でそんな奴が帝変高校に？」

赤井ツバサの名前に大きな反応を見せる観客たち。だが、そこにはより観衆の目を引く名前があった。

「いや、おいおい……ちょっと待て。もっと凄い名前があるぞ」

「ああ……霧島カナメ。あの霧島三姉妹の三女だな」

「でも確か、霧島三姉妹の三女って……」

「ああ、無能って噂の、霧島カナメだ」

霧島家といえば、この国有数のエリート家庭として有名だ。霧島三姉妹の父親、霧島マサムネは国際的な超巨大軍需企業『霧島重工』の社主であり、さらには天皇帝《ミカド》率いる国軍の『軍将』兼務という怪物中の怪物。国家権力の中枢にいる人物であり、その二人の娘たちも将来国を担う優秀な人間として高く評価されている。

そうした中で三女の存在は噂になっていた。決して表に出てこない霧島三姉妹の3人目。囁かれている噂によれば、彼女が表に出ないのは表に出すことができないほどに無能で、父親がその公表を決して許さないからだと。

「でも、さすがにあの家はお金持ってるはずだよな？　娘が帝変高校ってどういうことだ？　長女は既に軍の幹部級。次女はあの高ランク私立黎鳴《れいめい》学園のぶっちぎりのエースだろ？」

「ああ、いくら無能だって、一応、異能者だ。親が入れようと思えばいくらでも環境の整った有名私立には入れられたはずだ……」

「……噂通り……親にも見放されてるとか、そういう系か……？」


『それでは帝変高校の代表選手からの紹介です！』

観客席のざわめきをよそに、会場アナウンスにより選手紹介が進行する。

『第1戦目、帝変高校の代表は赤井ツバサ選手！　能力は「【炎を発する者《ファイアスターター》】S－LEVEL3」です！　得意の炎を使った攻防が期待されます！』

赤井の名前とともに異能の種別とレベルが読み上げられ、「赤井ツバサ」という名前と「レベル3」という単語に場内がどよめく。

当の赤井は場内の反応など構わないとでもいうように、片手をポケットに突っ込みながら、もう片方の手を顔の横でひらひらとやっている。会場の大ディスプレイには大映しで赤井の目つきの悪い顔が映し出されている。

『対して、第1戦目、鷹聖学園の代表は暗崎ユウキ選手！　能力は「【暗闇を操る者《シャドウメイカー》】S－LE

VEL3」です！　闇を自由に操るトリッキーな戦法を得意としているそうです！』

　赤井の対戦相手となる暗崎ユウキは顔の前面を長い前髪で覆い、あまり表情が読み取れない。会場ディスプレイに彼の姿が映し出され、猫背の彼は何やら呟いているようだった。それは誰にも聞き取れない独り言のようだった。

『続きまして第2戦目、帝変高校の代表は霧島カナメ選手！　能力は「【物を切断する者《ディバイダー》】」……え？』

　そこでアナウンスが突然停止した。放送室の奥で何か確認するような声と物音が聞こえ……

『し、失礼しました！　霧島カナメ選手の能力は「【物を切断する者《ディバイダー》】」……「レベル1」です!!』

　アナウンスの停滞の後、告げられた「レベル1」という単語に、ひときわ大きなどよめきが起こり、場内が騒然となる。

　闘技場の中に佇む霧島カナメはそのどよめきを受け入れるかのように、軽く礼をする。会場のディスプレイには彼女の長い髪が顔にかかるアングルで映像が映し出され、表情は読み取れない。

『対して、第2戦目、鷹聖学園の代表として金剛《こんごう》ミナエ選手！　能力は「【鉱物を操る者《ミネラルバイター》》S－LEVEL3」です！　一撃の威力と応用力が両立された幅のある戦闘が期待できます！』

　次に紹介されたのは鷹聖学園の金剛ミナエ。金に染めた髪を短く切り揃えた彼女は、鋭い眼光を目前の対戦相手、霧島カナメに向けながら低い声で語りかけた。

「アンタ……あの霧島の三女だろ？　何でこんなところにいるんだ？　無能なんだろ？」

「………」

金剛の刺すような言葉。それに対して、霧島カナメは俯《うつむ》いたまま何も答えない。

「ここは、アンタのような人間が立っていい場所じゃない。どうせ、ここにいるのも親のコネなんだろ？　才能がありながらさらに必死に努力してやっとここに立っているアタシたちとアンタは違う。……反吐《へど》が出る」

「……そうね、そうかもしれない……でも」

霧島カナメは静かに顔を上げた。そして金剛ミナエの辛辣《しんらつ》な言葉に……

「私は試合、とても楽しみにしてるから」

そう言って笑顔で答えた。

『そして、最終戦の選手、帝変高校代表は……芹澤アツシ選手!!　能力は「【温度を変える者《サーモオペレーター》】」……え??』

再びアナウンスが停止した。また放送室の奥で何か確認するような声とガタガタという物音が聞こえ……

『し、失礼いたしました!!!　芹澤選手の能力は「【温度を変える者《サーモオペレーター》】」…「レベル1」です!!　また、芹澤選手は都合により「出場選手公開《プレビュー》」は欠場となります!!!』

その場にいない選手の紹介に、場内にはさらに動揺の声が広がった。

『そして最終戦、鷹聖学園の選手のご紹介です!!!　最終戦の鷹聖学園代表は氷川タケル選手!!　能力は…………は??』

再び、アナウンスが停止する。度々の進行の停止に場内からはアナウンサーに対する非難の声が上がっている。そしてしばらくの停滞のあとアナウンスは再開された。

『た……大変失礼いたしました!! ゴホン……鷹聖学園の最終戦の代表の氷川選手の能力は……【冷気を操る者《コールドメイカー》】S－LEVEL4」ですッ!』

会場内は一瞬の静寂の後……怒号のような大歓声に包まれた。

「やれやれ……このまま対戦相手が来なければ僕も楽なんだけどな……」

そんな彼の呟きは誰にも聞きとられずに、会場の騒音の中に呑み込まれたのだった。

30 夜明け前

俺は早朝、まだ夜明け前の暗いうちから目を覚ました。

というか、この山奥の夜は明かりらしい明かりもないので、やることがあるかといえば何もなく、唯一の話し相手はといえば人語が通じてるかどうかも怪しいあの校長《ゴリラ》だ。要するに、夜はできることが何にもないのだ。だから、日が落ちたらもうさっさと寝るしかない。

日が昇れば起き、日が沈んだら寝る。

そんな原始時代みたいな生活を数日繰り返していたら、体がもう順応し、田舎のおじいちゃんみたいな時間に自然と起きるようになってしまった。

脇に目をやると焚き火がパチパチと音を立てている。

すでに起きだしてきた校長《ゴリラ》がつけたのだろう。俺はまあ大丈夫だが、校長は少しは寒いのだろうか? それとも、ガラにもなく俺に気を使ってる?

なんだかんだでカルチャーギャップはあるが、奴も一応、火を扱える動物ということで人類にカウントしてやってもいいんじゃないかと最近は思い始めている。

なんだかんだで俺も、この絵に描いたような人外生物の無茶振りを10回に1回ぐらいはクリアできるようになってきている。その辺、教育方法に多少の………いや、かなりの………いや、とてつもなく難はあっても、少しぐらいは感謝してやってもよいとも感じている。

「おう、起きたか」

「ああ、もう夜明け前に自然と目が覚めるよ。今何時だ？」

俺は校長にそう問いかける。

そう、このギリギリ人類の範疇《はんちゅう》に入るかどうか微妙な動物は、似つかわしくない高級そうな腕時計をしているのだ。それ、アンタが岩粉砕した時もしてたよね？ 材質どうなってんの、それ。

校長はいつものようにゆったりとした動作で時計の文字盤を確認する。

「今……3時だ」

今は早朝の3時。とすると、今、日本は……俺はそう考え始め、ん？ と疑問符が浮かぶ。

「なあ、校長《こうちょう》。試合の日って、今日だったよな？」

「ああ、そうだ」

校長は淀みなく答える。

「で、俺が出る予定の試合って、何時だったっけ？」

「確か……4時だ」

そうだな……午後4時。俺も前にそう聞いた。

「で、日本は……今、何時なんだ？」

俺は、感じた違和感をなんとなく確認するため、そう問いかけた。

「だから、3時だっつってんだろ」

校長から返ってきた答えは、そういう答えだった。

「………」

俺は天を仰ぎ、しばらく思考を巡らす。

今、俺たちは……日本の大体地球の裏側にいて、そこの時間は午前3時だという。そして……さっき俺が問いかけたのは日本の時間だ。だが、そこのゴリラからは、同じ「3時だ」という答えが返ってきた。

いや、待てよ。ああ、そうか。ここってほぼ地球の裏側だもんな。ゴリラの言ってる「3時」で合ってる。単純計算で12時間違うから、日本は、今、午後3時なんだ。……ああ、そっかぁ。……そっか……。

俺は再び、新たな一つの疑念を胸に抱き、優しく目の前の動物に問いかける。

「なあ？　クソゴリ校長？　……時差って言葉、知ってる？」

「なんだ？　その、ジサってのは」

………………。

「おい、教えろ。ジサってなんだ？」

「こんの……クッソゴリラあああああ!?」

俺の悲鳴ともつかぬ絶叫が山々にこだまする。

「し、試合まであと1時間しかねえじゃねえかあああ!!?」

俺の絶望を滲ませた叫びに、校長は真顔で聞き返してくる。

「なんだ？　どういうことだ、そりゃ」

俺はゴリラの人類社会の常識の理解度に対してフツフツと湧いてくる怒りを抑えながら、とにかく試合が始まるまであと1時間もないことを強調して伝える。

「よくわからねえが…急げばいいのか？」

「そうだよッ!!　でも今から地球の裏側になんて行けるわけ……!!!」

「じゃあ、行くぞ」

そう言うと、ゴリラはいきなり俺をお姫様抱っこした。

「えっ？」

このゴリラは一体何を……まさか。

俺が思考を整理する間もなく、俺たちは夜明け前の星々が瞬く空に高く飛び上がったのだった。

31　代表戦1　赤井ツバサVS暗崎ユウキ

帝変高校と鷹聖学園の両代表選手は開始位置につき、広い闘技場内に選手は二人だけで佇んでいる。

ディスプレイには両選手のズームアップ映像がリアルタイムで左右半分ずつに表示されている。

「悪ィが……今回は負けられねェんだ。早めに医務室に送ってやるよ」

『では第1試合、帝変高校「赤井ツバサ選手」対　鷹聖学園「暗崎ユウキ選手」…　代表選、試合《バトル》、開始《スタート》!!!』

先に行動を起こしたのは帝変高校の赤井ツバサだった。

「速攻で行くぜ。『火ノ鳥《ヒノトリ》』」

赤井の両肩から揺らぐ炎が立ち上り、それは上空に対流するように大きくとぐろを巻いていく。その炎の大渦はだんだんと明るさを増し、一つの灼熱の塊となり始め、赤井の頭上に一つの生き物のような形を成していった。

赤井は右手を空に軽く上げ、頭上に上げた右手を軽く前に振る。それを合図に上空の巨大な炎の鳥は対戦相手のもとへと加速。灼熱の塊が暗崎を襲う。

「フヒッ……火傷はゴメンだねぇ」

暗崎がそう呟くと、暗崎の前に不気味な黒い膜が広がっていく。瞬時に足元の影が空中に伸び、あっという間に大きな楕円形に広がった。

「呑み込め……『影法師《シャドウ》』」

赤井の放った『火ノ鳥』は暗闇の楕円に突っ込み、ごぷり、と丸呑みされた。

「……チッ、まるっきり無効化かよ!?」

「フヒッ、お返しするぜ……？」

炎を呑み込んだ暗闇は蠢《うごめ》く軟体生物のように姿を変えて、無数の棘《とげ》のような形になり、一斉に赤井に向かって伸びていく。

「寄るんじゃねェ……『火ノ壁《ファイアウォール》』ッ！」

赤井はすぐさま自分の周りに強烈な炎を巻き起こした。瞬く間に赤井の周りに炎の壁が立ち上がる。

「……ヒヒ、無駄だよぉ……！」

しかし影の棘は炎の壁をすり抜けて、赤井に接近していく。

「影は焼けねェか……じゃあ本体《そっち》だ！『火球《ファイアボール》』！」

赤井は空に右手を突き出し、自分の頭上に直径1メートル級の炎の玉を量産し始めた。巨大な炎の塊がいくつも滞空し、見る間に数十個の灼熱の玉が溜まっていく。

「くたばれッ！」

影が赤井に到達するよりも早く、空中から降り注ぐ火球の雨が暗崎を襲う。

「フヒィッ……危ないねえええぇ」

そう言いつつ、彼の表情は冷静そのものだった。

暗崎は軽妙なフットワークで全ての火球を躱《かわ》していくが、赤井の攻撃は止まない。火球が地面と激突した爆風で暗崎の長い前髪がなびき、青白い顔が露わになる。

だが、暗崎が回避にまわっている間に、上空には大量の火球が溜められていた。

「焼け焦げても悪く思うなよ！」

赤井が空中に散らした火球が、一斉に暗崎に向かう。だが、今度は暗崎は何の身動きもしないまま火球に呑み込まれた。

「なっ⁉」

そしてその姿はボウッと紙切れのように燃えて消え、後には何も残らなかった。

「……チッ！　逃げたか……⁉　どこに行きやがった？」

赤井は舌打ちをして辺りを見回した。だが、声がしたのは予想外の方向からだった。

「ここだよおお‼『影法師《シャドウ》』ッ‼」

突然、真っ黒な手がにゅるりと赤井の両足を摑んだ。

見れば赤井の股の間、地面の影の中から暗崎ユウキの首が生えていた。

「フヒヒッ！　熱い熱い、地面の中まで煮えてやがるッ！　俺、熱いの苦手なんだよねえええ‼」

そう叫ぶと暗崎は、ずぽりと赤井を地面の影の中に引きずり込んだ。

「……フヒッ……」

笑みを浮かべる暗崎だったが、すぐさま足元の影から伸びた手が彼の足を摑んだ。影から出たその腕は赤い炎に包まれている。

「あッ‼　熱いッ⁉　放せッ‼　放せ放せ放せえええぇッ‼」

今度は、赤井ツバサが暗崎の足を摑んだまま地面の影から顔を出す。

「この距離なら外さねェな。『火球《ファイアボール》』ッ！」

ボウンッ‼　至近距離から放たれた火球の直撃を受け、暗崎は上空に吹き飛ばされ、宙に放物線を描いてそのまま地面に落下していく。そのまま地面に激突するかと思われたが……

「……『影法師《シャドウ》』……」

暗崎は、どぷり、と地面の影に呑み込まれた。そしてその影は地面で不気味に波打った後、爆発したように立ち上がり、大きな人の姿をなしていく。

『痛イ　痛イタ痛イ痛イ　痛イタイ痛イ痛イタ痛イ痛イタイタイ痛イ痛イ　』

金属を擦り合わせたような不快な音声が辺りに響き渡る。

『絶対ニ　ゆル　ゆルゆル　ゆルゆルゆル　サなイ　』

暗崎の言葉を代弁しているのか、その漆黒の巨大人形は赤井の方を向いてギチギチと言葉のようなものを発している。同時に、無数の触手のようなものが人影から立ち上がった。

「……マジかよ、イカれてるぜ……」

影から地面の上に這い出ながら、赤井は闘技場内で蠢く十数メートル級の漆黒の化け物を眺めた。

「完全にバケモンだな。非常識なモン生み出しやがって」

自分のことは完全に棚に上げ、赤井は眼前のそれにどう対策しようか考えを巡らせた。非常にまずい状況なのは明らかだった。暗崎は炎の効かなそうな暗闇の中に閉じこもったまま、出てくる様子がない。

『ゴロ　ゴロしデやルよオオオオオオオ　』

狂気を孕《はら》んだ大音声が会場にこだました。と同時に漆黒の巨体は無数の触手を振り回しながら猛スピードで赤井に向かって突進した。

それぞれの触手は狂ったように地面を叩いている。地面のえぐれ方から、一発でも当てられれば瀕死のダメージを負うのは必至だ。

「くそッ……こんなん、反則だぜ」

赤井は必死に飛び交う黒い触手をかわしていく。滅茶苦茶に繰り出される相手の攻撃は、冷静に避けていれば当たらない。だが触手の乱舞で土埃が巻き起こり、視界がどんどん悪くなっている。このままでは駄目だ。すぐにどこから攻撃が来るかもわからなくなり、いずれあの触手になぶられることになる。

「チッ……一か八かだッ！『火球《ファイアボール》』ッ！」

赤井は火球を地面にぶつけ、反動で高く上空に飛び上がる。

それは通常なら悪手。

だが今、相手は冷静な判断力を失っているように見える。上空からその隙をついて攻撃を仕掛ければ、或いは……。だがそれは、結論から言うとやってはならない判断ミスだった。というより、相手の誘導どおりの行動をしてしまったのだ。

「……フヒッ……それそれええぇ……それ待ってたよおお……狙い球だねぇ……」

「しまっ……!!!」

暗崎の声がしたかと思うと、同時に狂ったように波打っていた触手が一斉に空中の赤井へと向かった。赤井は空中で咄嗟に身を守る体勢をとるが、そのまま巨大な鞭になすすべもなく叩かれた。

バチイイイイン!!　会場に響き渡る打撃音とともに赤井の体は勢いよく跳ね飛ばされ、観客席へと突っ込んだ。悲鳴が上がり騒然となる闘技場内。

「フヒッ、キレたと思ったああぁ!?　ざんねえええええええええん!!!　フリでしたあああああああああ!!!」

暗崎ユウキの勝ち誇ったような絶叫が会場に響き渡り、赤井はそのまま血を吐いて動かなくなった。

『試合《ゲーム》、終了《セット》！　赤井選手、場外接触により失格！　代表選第1戦は鷹聖学園、暗崎ユウキ選手の勝利ですッ！』

32 最愛の素体《ひと》

「鷹聖学園《うち》が3勝……2敗？　これは何かの間違いではないのかね……？」

庭園《ガーデン》と呼ばれる地下の施設でテレビ中継を眺めながら、白髪の老人がスーツ姿の人物を問い詰めている。その人物は額に汗をかきながら必死に弁明を試みようとしている。

「か、会長。こ、これは教員たちにとっても想定外のことでして……」

「想定外……？」

会長と呼ばれた老人は、冷や汗が顎に溜まって滴りはじめた男を冷ややかな眼で睨みつける。

「想定外となんなのだ？　君たちが想定外に無能だったというだけの話だろう？」

設楽グループの会長、設楽応玄《シダラオウゲン》は椅子の脇に立てかけた杖に手をやり、その把手《とって》を撫でながら言った。

「……返す言葉もございません」

「……まあいい。だが万が一これ以上負けるというようなことがあったら、君も学長職をクビになるだけでは済まされんぞ」

　責められている男はさらに縮こまり、今にも卒倒しそうな顔色をしている。

「会長、ここにいましたか」

　そこに白衣に身を包む、能面のような青白い顔をした男が現れた。その男は脇に紙束を抱えて、いかにも研究者という風貌だった。

「ああ、桐生君かね。どうした」

「例の仲介者《ブローカー》……狭間キョウヘイがまた誰か連れてきたようです。顧客に紹介可能な仕入れ先の件だとは思いますが……」

　桐生と呼ばれた細身の男は淡々と抑揚のない調子で語り続けた。

「その件は任せるよ。良さそうな異能者《そざい》が入ったら教えてくれ」

　設楽応玄はそう言いながら庭園に設置された大型のディスプレイを目を細めて眺めている。ディスプレイからは試合場のアナウンスの音声が流れた。

『では、代表戦……第2試合の選手は闘技場の開始位置についてください！』

「……高校生のお遊戯ですか。会長もお好きですな」

　老人が熱心に目を向ける先、そこには現在開催中の『異能学校対校戦争』、帝変高校対鷹聖学園の中継が映し出されているようだった。

「桐生君、この際だ。君も観て行きたまえ。何か君の研究にも役立つものはあるだろう」

　設楽応玄はディスプレイを見つめながら自分の脇に置かれた椅子を指差し、そう誘い掛ける。

　白衣を纏《まと》った男はわずかに不快そうに顔を歪めたが、

「会長がそうおっしゃるのなら」

そう言って、つまらなそうに設楽の脇に座った。

『それでは、代表戦第2試合を始めます!!』

再び、ディスプレイからアナウンスの音声が流れる。

そして、桐生はふと画面に目をやり……そこで彼にとって信じられないものを目にする。それはあまりにも唐突。あまりにも偶然。だが、それは彼にとっては必然の運命だったとすら思われた。

その瞬間、能面のように無表情だった彼の顔は強く歪んでいく。

「あああぁぁぁあああぁぁぁあああぁぁぁあああぁぁぁあああぁぁぁ!!」

突如鳴り響いた奇声に周りの人間が一斉に桐生を見た。だがそんなことは全く意に介さず、彼は呻《うめ》き声ともつかぬ怖気《おぞけ》のある声を響かせながら嗤《わら》っていた。それは喜色と呼ぶには余りに悍《おぞ》ましい、引き攣《つ》った顔面。グロテスクに歪んだ内面をそのまま映し取ったかのようなひどく醜悪な笑み。

「……かハッ!　かハハッ……かハッ……!」

「……どうした……?　桐生君……?」

周囲の人間が奇異の視線を向けることにも構わず、彼は心のままひたすらに嗤う。傍目《はため》には、まるで狂った鬼が咳き込んでいるように見える。

「……見つけたあああぁぁぁあああぁぁぁ……!!!」

その時、彼は心の底から嗤っていた。これ以上のない幸福と宿命を感じていた。なぜならこの男、桐生が10年間ずっと探し求めていたモノが。「六号計画」の【番外個体】が。帝国陸軍時代、前の顔と名前だった時に主任を務めた研究プロジェクトの最終素体。終戦時に無惨にも打ち切られてしまった……自身の異能研究の失われた最高成果が。それが、そこに映《ディスプレイ》っていたのだから。

「……こんなところに……いたああああああ……！」

桐生が担当した他のナンバリング素体とは違い、施術を命じられた際に何故かその素体の名前や出自といった情報が彼に一切知らされなかった。さらに施術後には一切の接触を禁じられ、その素体の情報を得ようとしても最高の機密として全ての関連データがアクセス不能となっていた。

そして直後に終戦。彼が主任を務めた国家プロジェクト『異能者増産計画』は唐突に打ち切られ、莫大な予算と労力をつぎ込んだ設備も一切が破棄された。

結果として、彼女が彼の最終作品となってしまった。しかも彼としてはその研究は全くの途上であった。

そのため彼は帝国陸軍から失踪し、記憶に残った彼女の面影や想定する年齢を頼りに思いつく限りのありとあらゆる場所を探した。ありとあらゆる資料を読み漁り、ありとあらゆる情報を得て彼女を探し出そうとした。にも拘わらず、全く辿《たど》り着けなかった。

それでも、彼は彼女に辿り着きたかったのだ。時が経ち、いくつもの研究を経るほどにその思いは弥《いや》が上にも高まっていく。

今となってはもうどうしようもないぐらいに、恋い焦がれる。今なら断言できるからだ。あれはとてつもない幸運の巡り合わせがもたらした『奇跡の素体』だったのだと。

どうしてあの時の自分はそれがわからなかったのだ。彼女を早く見つけてやらないといけない。彼女を本当の姿に導いてあげられるのは、自分しかいないのだから。そう想い続け、今までの人生を過ごしてきた。

「……ああああああああぁぁぁ……!!!」

様々な想いが溢れ、桐生は目の前のディスプレイから目が離せない。涙を流し、嗤いながら目を見開き、それを目に焼き付けようとする。自分が探し求めて止まなかった、ひと時も忘れたことなどなかった愛する素体の成長した姿。それが、そこ《ディスプレイ》にいる。今、目の前に映し出されているのだから。

「おい、桐生君。一体どういうことだね、急に大声を出したりして」

設楽が再び咎《とが》めるように問いかけるが、桐生はその声に返事を返さない。

「……失礼、急用ができましたので」

そう言うと彼は席を立ち、急いで『庭園』の外へと歩いていく。

自身のここでの研究成果を全て持ち去るために。すでに金もデータも十分に蓄えられた。今が、それを動かす時だ。

そうして、設楽グループ異能開発研究所所長、桐生ヨウスケ……本名「八葉《はば》リュウイチ」はその日いずこかへ失踪した。

33 代表戦2 霧島カナメVS金剛ミナエ

『では、代表戦第2試合、帝変高校「霧島カナメ選手」対鷹聖学園「金剛ミナエ選手」の試合を始めます！ 選手は開始位置についてください！』

コロシアム内にアナウンスが響く。

私はそれに従い闘技場に足を踏み入れ、フィールドに向かって歩いていく。

「あれが……レベル3の異能者の戦い」

さっきの試合は今思い返しても、とんでもない戦いだった。

開始直後から、この広い会場全体を炎が覆い尽くし、火球による爆撃の嵐。黒い人型の化物が出現し、狂ったように地を砕きながら赤井くんに迫り……それすらも駆け引きの一部だった。相手の鷹聖学園の生徒は勝利した。私たちの頼みの綱だった赤井くんは負けてしまった。

「そして……次の私の相手もレベル3の金剛さん」

万年評定「レベル1」でしかなかった私が、さっきのような戦いの舞台に参加しようとしている。そう思うと、開始位置に近づくにつれて身体が小刻みに震え、試合用のブレードを持つ私の手がカタカタと震えているのがわかる。心臓の鼓動が速まり、口の中が乾燥していくのがわかる。

『では、代表選第2試合を始めます』

そして気づけば、私は開始位置に立っていた。

『試合《バトル》、開始《スタート》！』

アナウンスにより、試合が始まる。

その瞬間に相手高校の代表選手、金剛ミナエが粉塵を巻き上げながら猛スピードで突進して来るのが見えた。私は構えることもせずに、ただ立ち尽くしていた。

「……速い……」

彼女が私の立ち位置に辿《たど》り着くまで、あと3秒。

（……結局、あの人はまだ来ない）

私が控室が出る頃も、メリア先生が必死に彼を探していた。それでもあの人は必ず、来る。来るはずだ。最後の試合で戦うために。……でも、もし私がここで負けたら？　彼の到着自体が無意味になる。

「『水晶扇《クウォーツファン》』ッ!!」

金剛ミナエが至近距離まで迫り、攻撃を仕掛けてくる。

彼女の能力は【鉱物を操る者《ミネラルバイター》】。水晶《クウォーツ》という技で今、土中にあるケイ素成分を使って攻撃しているということだろう。地面から半透明の鋭い石柱が扇状に立ち上がり、私の体を突き破る勢いで迫ってくる。

私はそれを見定め、動きはじめる。

「『桜花《オウカ》　円盾《シールド》』」

私は小さな刃を無数に生み出し、細かなウロコ状の即席の盾を作り出す。それは彼女の生み出した水晶の塊《クラスター》とぶつかって、あっという間に私の即席の盾は砕かれる。でも、私はその際の衝撃を利用して後方に飛び退いて襲い来る水晶の群れを回避する。

「それで逃れたつもりか？　甘すぎるよッ！　『水晶壁《クウォーツウォール》』ッ!!」

彼女は地面に片手をつき、私の後ろに無数の水晶の壁を立ち上げる。囲んで逃げ場をなくそうとしているのだろう。私はその場に立ち止まらず、即座に右方向へと走る。だが、私のその動きに反応し。相手は即座に水晶の塊《クラスター》を弾丸のように発射して来る。

「『水晶弾《クウォーツバレット》』ッ！」

『桜花《オウカ》　小盾《ガーダー》』」

私は再び小さな刃をウロコ状に並べ、今度は飛んで来る水晶弾の勢いに逆らわずに、軌道を逸らした。いなされた無数の弾丸が背後の水晶壁に激しく当たって弾ける音がする。あれに一発で当たったら即、戦闘不能。それだけの速度と重量がある。

「逃げるのはなかなか上手いじゃないの、お嬢さまァ？　だが、もう囲まれてるのには気がついてるかァ!?『水晶弾《クウォーツバレット》』ッ！」

彼女が両腕を広げると、私の前後左右から水晶弾が飛来する。

『桜花《オウカ》　千の刃《サウザンドエッジ》』」

避けるのは不可能と悟った私は、自分を中心に回転する刃の渦を作り出す。その刃の渦は飛来する水晶の塊の群れを瞬時に砕き、弾き返した。

それを見た金剛ミナエは驚いた表情をして声をかけてきた。

「おいおい、それで『レベル1』……!?　レベル詐欺も甚だしいよ、それ」

「……そうね。私だって、ほんの2週間前まで自分がこんなことをできるなんて思ってもいなかった。想像もできなかったの」

「普通じゃそんなの、ありえない。それもアンタのお父様とやらがやってくれたのかい……？」

「……ううん、違う。……違う人」

「違う人？」

私はずっと焦っていた。

なぜ、私だけ優秀な姉たちと違うんだろう。姉妹だというのに、なぜ同じことができないんだろう。なぜ、彼女らと同じ親からこんな無能が生まれてきたのだろう。

私は彼らに追いつこうと必死だった。そして追いつけなくて苛立《いらだ》ち……焦りまくった結果、彼にとんでもない迷惑をかけてしまった。

「そう。……私が間違ってるって教えてくれた人がいたの」

でも彼はそんな私に、別に追わなくていいんだと。他にできることがあるんだと言ってくれた。そして……そのほんの些細な出来事がきっかけで、私は想像できるようになってしまった。自分が、いろんなことができるんだということが。

そうして一旦、想像《イメージ》ができるようになると……。

「そうかい……じゃあ、ここからは出力あげて行くよ！　死んでも文句は受け付けないからなッ……！　『水晶津波《クウォーツウェイヴ》』ッ!!」

私の眼前を覆わんばかりに巨大な水晶の壁が立ち上がったかと思うと、生き物のようにうねり、崩れるように私に襲いかかって来た。それはそのまま「水晶の津波」。あと数秒で私はあの波に呑まれ、全身が砕けて死ぬかもしれない。

そんな状況を目前にして、私の顔からは何故か自然と笑みがこぼれていた。

「ごめんね。今日の私、負ける気がしないんだ」

そうして私は、今の私にできる最大限のことをする。

「『桜花乱刃《オウカランジン》』」

それは私の生み出せる小指の先ほどの小さな刃を、ありったけ周囲に生み出し続けるという、技と呼べない強引な力技。絶え間なく消え去りながらも無尽蔵に生み出される極小の刃は、私の周りを嵐のように飛び交い、瞬時にその存在密度を上昇させていく。

「『無尽ノ刃《ビリオンエッジ》』」

そして高密度の嵐となった刃の群れを、私は対戦相手に向かって一気に収束させた。

瞬間、爆音がしたかと思うと地面から生み出された巨大な水晶《クウォーツ》の津波が砕け散り、対戦相手の金剛さんが闘技場の外まで吹き飛ばされていくのが見えた。

『試合《ゲーム》、終了《セット》!! 代表選第2戦は帝変高校、霧島カナメ選手の勝利ですッ!!』

すぐに試合終了のアナウンスが鳴り響いた。あたりに雪のようにふりそそぐ水晶の破片を眺めながら、私は呆然としていた。しばらくして、あたりに大きな歓声が起こっているのに気がついた。

「……勝てた。……本当に、勝てた……」

私は試合に勝った。勝つことができた。これで、彼にちゃんとバトンが渡せる。私は少し安堵した。でも……彼の次の相手は氷川タケル。「レベル4」。それがどんな相手か、想像もできない。それでも彼が来てくれたら、なんとかしてくれる。そんな気がする。そう……。

「芹澤くんは私なんかよりも、ずっと……何倍も強いんだから」

34　ある空軍中尉の目撃証言

太平洋の上空。とある南半球の国の管制空域の哨戒《しょうかい》任務にあたっている一機の戦闘機があった。安定した天候。いつも通りの空。見慣れた海と島々。熟練したパイロットは抜かりなく、しかし順調に任務にあたっていた。

気の抜けない仕事ではあるが、この男はこの操縦席からの空を見るのが何よりも好きなのだ。しかし、自分も飛行機乗りとしてはもう歳だ。後続も育ってきていることだし、上官に申し出て陸《おか》の任務に当たる頃合なのかもしれない。なに、空を飛びたければ故郷の海岸で自家用のセスナでも買って飛ばせばいい。

この戦闘機の独特の流れていくような空や雲を突っきる感覚も捨てがたいが、ゆったりとした空もまたいいものだ。

パイロットが慣れ親しんだ風景を前にそんなことを考えていると、レーダーに映る一つの影があった。レーダーの端に映ったその影は見る間にこちらに接近し、異常な速度で自分の操縦する戦闘機に向かってくる。このままだと数十秒しないうちに遭遇する。

『こちらホークワン。管制室《コントロールルーム》へ緊急連絡！』

「こちら管制室。何事だ？　ホークワン」

『何かわからないが非常に小さな物体が、後方から異常な速度で接近してくる。このままだと交戦コースだ。指示をくれ』

「なんだ？　そんなもの、こちらのレーダーには何も映って……いや、反応がある。なんだこれは!? こんな速度……巡航ミサイルか!? いや、ミサイルでもこんなに速くは……」

『撃墜するか!? 指示を！』

「待て、状況がつかめない。撃墜は許可できない…指示を待て」

『あと5秒で接触だ！ もう後方にいる！ 早く指示を!! なければ回避するッ!!』

そしてパイロットが回避行動に入った、数秒後。パイロットは見た。

自身の操縦する現在、世界最高速度を出せる最新鋭戦闘機を、おそらく数倍の速度で追い抜いていく人影を。

そして、その人影は目前の積乱雲をいくつもぶち抜きながら見たこともない速度で視界から離れていく。その現実離れした光景に、彼はしばらく我を忘れる。

そうして10数秒が過ぎ……そのパイロットはやっと自分の仕事を思い出す。

『……ホークワンから管制室へ』

「こちら管制室。機影が通り過ぎていくのを確認した。異常はないか？ 状況を知らせてくれ」

管制室の司令官の指示に、パイロットは目に残った残像を頼りに覚束ない言葉を続ける。

『……人……いや、人のようなものが……』

「人？ 人がどうした？」

『人が飛んできました。あれはおそらく、人間です』

「なんだそれは…!? まさか高レベルの異能者か!? 姿は見たのか？」

『……いえ……あまりにも一瞬で……』

「なんでもいい、思い出せるだけの情報が欲しい」

『……何か……オランウータンのような大男が、アジア人の少年を抱えていて……それが高速に飛行していました。……本当に、冗談《ジョーク》のような光景でした』

「……オランウータンのような大男……まさか……!?」

管制室の責任者はひとしきり考えると、言った。

「この件は極秘事項に設定する。本日ここで見聞きしたことの一切の口外を禁じる。ここにいる全員、軍事法廷にかけられたくなければ、今の出来事の一切を忘れることだ。わかったな？　ホークワン」

『……了解。これから、通常の哨戒コースに戻る』

そうして、パイロットは今見たことを「夢だったのだ」と自分に言い聞かせ、最新型の戦闘機は旋回し、自身の帰還すべき空母のある空へと消えていったのだった。

35　代表最終戦　芹澤アツシVS氷川タケシ

『代表選、最終戦を始めます。各選手は闘技場に入場してください』

先ほどから、会場アナウンスが選手入場を促していた。でも……。

『代表選、最終戦を始めます。帝変高校の選手は闘技場に入場してください』

鷹聖学園の氷川くんがその場に姿を見せ、開始位置についても肝心の、芹澤くんは姿を見せなかった。

『選手は闘技場に入場してください　帝変高校「芹澤アツシ」選手、いませんか？』

いつまでたっても現れない帝変高校の選手に、会場が騒然となる。私は祈るような気持ちで、天を仰いだ。

「お父さん、今、一体なにをしているの？　もう、時間になってしまう」

あなたたちが来なければ……帝変高校《うち》の廃校は決まってしまう。そうなってしまえば生徒たちを……この時代に残る様々な害意から護る重要な防波堤が一つ崩れてしまう。

『いなければ失格とみなし、鷹聖学園氷川選手の不戦勝と……』

そうして、悪夢のようなアナウンスの音声が響く。でも、その時——

「俺ッ!!!　いまああああああああすッ!!!　俺ッ!!　ここにいまあああああああああすッ!!」

待ち望んでいた人物……芹澤くんの声がした。しかしその声は、何故か闘技場の真上から響いてきた。そして彼は何故かお父さんにお姫様抱っこされた格好で闘技場に舞い降り……フラフラとした足取りで覚束《おぼつか》なくそこに立ったのであった。


『それでは、帝変高校の芹澤選手は開始位置についてください』

俺はゴリラにお姫様抱っこされて、ここ、対校戦の闘技場に降り立った。ギリギリ間に合ったことは間に合ったらしいが……。

なにこの羞恥プレイ。観衆からの熱い視線が痛い。会場みんなドン引きだよな???

ゴリラは俺を置いてさっさと観客席にすっ飛んでいった。あの野郎……大体アンタのせいだからな？

まあいい。今は呼吸だ。とにかく息を、コンディションを整えろ。今、とんでもなく気持ちが悪い。頭も痛い。あの野郎《ゴリラ》、急げとは言ったけど、まさか生身で遊覧飛行するとは思わないじゃん？

途中、なんか戦闘機みたいなの追い越した気がするけど……あっという間すぎてよく分からなかった。謎原理で風圧とか感じなかったのだけが救いだ。

しかしマジで頭痛いし吐き気がする。時差ボケ？　違うな。酸欠とか、乗り物《ゴリラ》酔いとか、急加速での内臓圧迫とか、色々……とにかく色々だ。

体調がヤバいなんてもんじゃない。このまま試合？　勘弁してよ……。

「相手は『レベル4』！　氷川くんよ!!　ここまでみんなが頑張って……この勝負で帝変高校の未来が決まるわ!!」

会場内のどこかからメリア先生の声がした。マジで？　俺の試合で全部決まる？　そ、そんなこといきなり言われても……!?　……いや。俺だって勝つために色々理不尽な特訓に耐えてきたんだ。男なら、まあそれぐらい、背負ってやっても……。

「………んん？　レベル4？」

今、「レベル4」って言った??　聞き間違いか???　確かにそう聞いた気がするが……いや、まさかね？　だって、これ高校1年生の試合だよ？

『今回は「レベル4」氷川選手の出場です。主催者判断により、本試合では安全確保のため、会場には特殊防護壁が展開されます。ご了承ください』

「え？　なにそれ？　防護壁？」

見ると、闘技場の端の方から半透明の分厚い壁が立ち上がり、グイイイン…という音を立てながらせり上がっていく。おいおい……どうなってんだ？　これ？　安全って……選手のためじゃないよね？

俺は四方に立ち上がる半透明な分厚い壁を眺めながら立ち尽くし……しばらくすると、そのせり出す壁は20メートルほどの高さで停止した。

見回してもどこにも出入り口はない。完全に逃げ場がなくなっている。

これはまるで見世物小屋の檻か何か……いや、違うな。これは「処刑場」だ。

『それでは、代表戦……最終試合、試合《バトル》、開始《スタート》!!!』

俺がそんなことを思っていた時、無情にも試合開始の合図が告げられた。

……急ぎすぎじゃないですかねえ？　地球の裏側からはるばるやってきた旅人に、もうちょっと優しくしてくれると嬉しいんですけどねえ???

「……そんなことも言ってらんないか」

俺は思考を切り替え、対戦相手を観察する。小柄な髪を綺麗に整えた、見た目超おぼっちゃまな男子生徒がそこには佇んでいた。あれが「超常レベル4」？

見れば冷気か何か知らないが、周囲にキラキラとした靄《もや》が漂っている。あれが強者のオーラかなんかなのか……。そうか、あれが俺の相手……レベル4、氷川くんねぇ……。

……。待て待て。無理無理無理。勝てっこないって。絶対、無理！

俺がいくら1週間ほどゴリラの無茶振りに耐える苦行をしたからといって、俺は元々が、「レベル1」。いくらメリア先生が故意に過小評価したからといって……俺の実力自体がそんなに変わるわけではない。レベル4？　核ミサイル単発級以上だろ？　そんな人外野郎に俺が勝てる道理があろうか。

そう考えている間に、奴は周囲に直径4～5メートルぐらいの氷塊をいくつも作り出し、上空に向かってどんどん投げ始めた。それは放物線を描いてちょうど、俺に向かって到達するコースだ。巨大な氷塊が俺に向かって次々と飛んでくる。さながら、氷の大岩の雨あられ。

「……当たったら死ぬぞ、アレ……」

だが俺は……あのゴリラを目にしすぎて、感覚が麻痺してるのか？

あの雨あられのように降ってくる氷塊がスローモーションのようにしか見えない。あのゴリラが特訓と称して1メートル級の大岩の雨を降らせた時は、落下速度はもっと速かったぞ？

……落下速度が、速い??

さてはあのゴリラ、『加速』してやがったな!?　マジで殺す気か!!　それで1メートル級の岩を大量に降らせて「よけろ」とかどんな拷問だよ!!!　剣道教室の鬼《せんせい》が可愛く見えるぐらいの外道っぷりだよ!!!

まあおかげで、と言っていいのかわからないが……俺はその氷塊を難なく躱《かわ》す。というか、躱すまでもない。

5メートルぐらいの、デカめの氷塊が俺の頭上に落下してくると俺はタイミングよく手のひらを当てて……。

「熱化《ヒートアップ》」

瞬時に温めた。すると、バガアアアアアアア……ン!!!　巨大な氷塊が爆散する。

氷なんて岩と比べたら沸点は低いし、楽なもんだ。要は電子レンジで卵が爆発《ボン》するようなイメージでやれば、なんてことはない。大きなものでも結構簡単に、ぶっ壊せる。

まあ、それに気がつくまでに、何度か死にかけたけど。……あのゴリラ……マジで、許さん。

俺が奴への復讐の炎に燃えていると……。

「『氷飛翔《アイスフライ》』」

俺の対戦相手の氷川くんは、背後に氷の粒を撒き散らしながらこちらに向かってすごい勢いで突進してくる。

飛べるの？　君？　そうか、やっぱアンタも人外か。プロ級選手が投げる豪速球かってぐらいの速度であっという間に距離を詰めてくる氷川くん。本当にすごいスピードだ。……まあ、あくまで普通の人間の範疇《はんちゅう》から見れば。

俺はやはり、この1週間の監禁生活の中で何かが大きく麻痺してしまったらしい。このものすごいスピードで向かってくる氷川くんが、やっぱりスローモションに見えて仕方がない。

それもこれも、あの人間辞めてる人外中の人外……いや、元々人じゃなかったわ。ゴリラだったわ。奴の異常とも言える速さの動き……それでも奴はゆっくりめに動いてるとは言ってたが……あれを目で追いながら「俺の時計が何時何分になってるか当てろ」だあ???

頭おかしいんじゃないかという無理難題をふられ続け、ついでに奴が空中でぴょんぴょんぴょんぴょん高速で飛び跳ねるというイレギュラーな動きを夢に見るまでに見せつけられ続けた。

他にも色々と……ああ、なにこれすごい。思い出すだけでも殺意がふつふつと湧いてくるわぁ……！

……あの苦悩の日々。苦行としか思えない、俺の貴重な青春の圧倒的浪費。そんな多大な犠牲を払いはしたが……俺は今、反撃を考えるだけの余裕があったりする。

「『点火《イグニッション》』ッ!!」

そうして、俺は背後の空気を瞬間的に温め、爆発させて推進力に変える。あの校長《ゴリラ》には遠く及ばないが、それなりの加速と移動スピードが得られる。

「ッ!?」

俺が向かってくるとは思わなかったのか、氷川くんの動きが一瞬硬直する。ああ、ダメダメ。こんなことでビビってたら、君、ゴリラに速攻で殺されるよ？

だがその時、油断していたのは俺の方だった。

「『氷鎧衣《アイスアーマー》』」

氷川くんは一瞬で体全体を氷の鎧で覆い、右手には鋭い氷の刃……いや、氷の剣を持っている。

「……なにそれ、ちょっとかっこいい」

俺がそんなことを考えていると、当然、奴はその手に持った剣で斬りかかってきた。危ないよ？君。刃物持って振り回しちゃあ……そうして、俺はその剣筋を見極めて、躱す。

「甘い甘い。そんな打ち込みじゃあ、あの剣道教室の先生《アークデーモン》に三刀は打ち返されてるぜ？」

俺は氷川くんの脇をするりと抜け、すれ違いざまに氷の剣と鎧に手を当て……思い切り温めた。

「熱化《ヒートアップ》ッ!!」

ボガアアアアン!!!　唐突に過度な熱量を与えられた氷はあっという間に気化し、水蒸気爆発を起こす。氷川くんは剣と鎧の残骸をばら撒きながら、勢いよく吹っ飛んでいく。

「……おお……？　結構飛んだな……」

やっべ、やりすぎた……？　死んでないよね……⁇

◆　◆　◆

観客席は闘技場《フィールド》内の光景に騒然としていた。

「おいおい、なんだ？　なんだよアイツ……」

「なあ、確かあの帝変高校の奴って……レベル1だったよな？」

「ああ。何でレベル4の氷川タケルと互角以上にやり合ってるんだよ……？」

「いや、実際……氷川くんが本気出したら、この会場全体がヤバいじゃん？　手加減はしてるんじゃや？」

「まあ、高レベル異能者にはそういう全力でやれない縛りがあるとも言えるけどさ……いくら何でも、対戦相手のレベル1評価がおかしくね？」

「ああ、どう見ても『無能』じゃないだろ……ものすごい勢いの攻防した上で氷川くんが吹っ飛んでったぞ」

「さっきの霧島三姉妹の三女といい……どうなってるんだ？　帝変高校のレベル1は!?」

「まあ、若い異能者のレベル評価はあくまで暫定的で変動はあるもんだからな……案外、当てにならないのかも……」

「でもそれを元に私立高校は入学者の選別してるんだろ？」

「ああ、その選別で漏れてあぶれた奴らが行くのが帝変高校みたいなFランク高校……のはずなんだけどな」

「たまたまか？　こんなことあるのか？」

「実際に見たことを信じるしかないだろ、とりあえず……」

36　代表最終戦　決着

「すごい……この短期間でここまで変わるものなの……？」

私は彼の試合の様子に戦慄していた。それは私の想像を遥かに超えるものだったからだ。彼はとても、信じられないぐらい強くなっていた。

元々、彼の潜在能力は折り紙つき……「根源系」の素質を持った特別な異能者。それでも、この成長はあまりにも早すぎると言わざるを得ない。

本来、異能の使用法は各自が時間をかけながら経験を積み、独自の技術として育てていくもの。試行錯誤を経て、自分の限界を見極め、折り合いをつけながらだんだんと身につけていくべきもの。

それを、彼は自分の能力を通常ではあり得ないほどの短期間で完全に自分のものにしている。

「コーチにつけたお父さんとの相性が良かったのか、それとも……？」

彼自身の、本来の素質だった？　彼はそうなるべくして今の状態になっている？　それであれば、いろんなことを急がなければならない。

このまま行けば彼はすぐにでも……あっという間に世界の最高峰、世界でたった9人しかいない「レベル5」に到達するだろう。

ここまでの実力をつけられたなら、もう大抵のことは跳ね返せる。彼の力を利用しようとする人間も、もはや安易に手出しはできないだろう。

今眼前で繰り広げられる試合を見れば分かる。もしかしたら今の彼は、あの南極の局地戦……私が12歳の時に放り込まれたあの地獄でも、生き残ることができるかもしれない。それぐらい、彼はすでに圧倒的な力をつけている。

「……本当に、自分の目が信じられないくらいね……」

でも、これが本当に良いことだったのかどうか……私は正直なところ判断がつかないでいる。

「どうだった、校長《お父さん》？　彼との訓練は……？」

私は、現役で世界最高峰のレベル5、すなわち9人のうちの1人の人物……玄野カゲノブに彼と対峙した率直な感想を聞いてみる。

だが、問いかけても、答えは返ってこなかった。

「……お、お父さん？」

「…………………」

とても長い沈黙。そうして、しばらくしてから彼は口を開いた。

「…………あいつは覚えるのが、早え。早すぎる」

「……え？」

彼の口からそんな言葉が出てくるのは予想外だった。でも、確かに早い。成長が、いくらなんでも早すぎる。

「あいつは、俺が覚えるのに5年かかったことをもう覚えた」

「……………」

そう、このままで行くと彼は一気に上り詰める。この世界の上層、国家という枠を超えた上位の枠組み……『サイト』の管理者たちの領域に。

「あいつらにも話を通しておく必要がある」

「彼らと？　……もうですか？」

「ああ。言っといてくれ。話し合いがしてえと」

校長《お父さん》はそう言うと、私が彼にプレゼントした時計を眺めた。

「じゃあ、行ってくる。もうチハヤと雪道は向こうに行ってんだろ？」

「……ええ。お願いします、校長《こうちょう》。きっと助けが必要なはず」

「おう」

そして、彼の姿が一瞬ブレたかと思うと……その場から忽然《こつぜん》と姿を消したのだった。

俺は結構な勢いですっ飛んで行く氷川くんを見ながら、違和感を覚えていた。

俺がやったのはあの氷の鎧と剣をぶっ壊した上で、軽く吹っ飛ばす程度の弱い「熱化」だ。それだけで、あんなに飛ぶはずがない。

実際、体ぶん殴って数十メートルも吹っ飛んでたら即死級だ。っていうか、きっとトラックに跳ね飛ばされてもあんなに飛ばない。あれだけ飛んでたら余裕で異世界転移だってできるだろう。

……ってことは自分で飛びやがったな？　今のじゃそんなにダメージは食らってないってことだな。まあ、さすがにそれぐらいの対応はしてくるか。

そんなことを考えている間に、すぐに氷川くんは立ち上がる。そして……

「アハハハハハハハハハハ!!　凄いな、今の!!!　いい!!!　いいよォ君ッ!!　アハハハハハハハ!!!」

彼は何故か腹を抱えて思いっきり爆笑していた。……やっぱ結構強めに頭打ったのか？　ご、ごめん、俺、そんなつもりじゃ……

「アハハハハ!!!　この痛みッ!!!　久々だよこんなのッ!!!　いいよ、いいよ君ィッ!!!」

「…………あっ…………」

あ、そう。そういうご趣味でしたか。それはそれは、元々の病気だったら全然俺の責任じゃねえな。ていうか、こっち指差して馬鹿笑いすんじゃねえよ？　それ失礼だよ、君？

「アハハハッ!!　行くよ！　『氷飛翔《アイスフライ》』ッ！」

そして爆笑しながらこっち飛んでくるんじゃねえよ！　それめっちゃ速えからドップラー効果出てさらに怖えんだよ!!

「『氷槍《アイスランス》』ッ！」

身体中から大量の氷の棘《とげ》を生やしながら突っ込んでくる氷川くん。それは急速に成長し、俺の体を貫こうとしてくる。いくら俺が氷でも岩でも蒸発させられるとはいっても、勢いよく突かれたら刺さるもんは刺さる。なので……。

俺はその先端を両手で薙《な》ぎながら丁寧に1本ずつ「熱化」させ、粉砕していく。次々と氷の槍をへし折っていくが、それでも奴はじゃんじゃん追加の槍を生成し、突きを繰り出してくる。高速の槍撃と無効化の応酬。だが、だんだんと俺はそれが面倒になってきて……

「『熱化《ヒートアップ》』ッ!!」

ボバアアアアアン!! 一点に大量の熱量を加えて水蒸気爆発を引き起こし、全部一気に吹き飛ばす。そして、また氷川くんは勢いよく吹っ飛ばされるが……。

「アハッ!! アハハハハハハハハハ!!! アハッ!!」

とっても楽しそうな氷川くん。本当……君、頭大丈夫……？ ホントに脳にダメージ行ってない？

「じゃあ、これはどうかなッ!? 『絶対零度《アブソリュートゼロ》』！」

彼がそう言うと周囲の空気が一瞬、張り詰めたようになり、地面に白い靄《もや》が立ち込めはじめた。そうして闘技場のフィールド内全域に霜が降り、四方の半透明の壁も一気に凍りついていく。

これは……ああ、俺が前に山でやったやつとほとんど同じだな、コレ。そう思いながら、俺は氷川くんに向かってゆっくりと近づいていく。

「『氷獄《コキュートス》』」

氷川くんは闘技場フィールド全体を氷で覆い始めた。凍りついた地面から、いくつもの太い氷柱が立ち上がり……首をもたげた巨大な氷の蛇が9匹、立ち上がった。

「行くよ」

そして、それらは9体同時に俺に襲いかかってきた。だが、俺は避けない。

「『保温《プリザーブ》』」

俺は体から30センチぐらいの距離にある空気だけを、「水が一瞬で蒸発するぐらいの温度」まで温め、その温度で固定する。

すると、ボボボボボボッ！　と、俺の近くまで到達した氷の蛇から弾けるようにして溶けて蒸発し、あたりに水蒸気を撒き散らすが、またすぐに周囲の低い気温で凍っていく。そうして、俺の周りには巨大な氷の華の彫刻のような風景が出来上がった。俺はそのままゆっくりと氷川くんに向かって歩いていく。

「アハハハハハハ!!　凄い!!!　面白いなァ!!」

とりあえず、相手の攻撃は俺に通じないわけだが……。さて、ここにきて俺は非常に困っていた。

「……どうすんだよ、コレ……」

実はもう、俺の目の前には対戦相手、氷川くんがいる。すでに握手でもデコピンでもガチンコの殴り合いでも何でもできそうな至近距離である。しかし……！

「凄いねえ！　君ッ!!　芹澤くんっていうんだっけ？　アハハハハハハ!!!」

俺の眼前にはこの満面の笑顔である。いや、ただひたすら爆笑してるんだけど。彼。ここでいきなりこのショタ顔野郎をぶん殴るってのもな……いや、俺的には全然やってやれないことはないんだが……。

　このタイミングでボコるとか、なんかコイツのファンクラブ的なものから要らぬヘイトを稼ぎかねない。何より、この敵意ゼロの清々しい笑顔。戦意を萎えさせるには十分すぎる。俺にはそんな属性なかったはずなんだが……。

　……なにこれ⁇　この試合、こんなところにハードルあるの？

　俺は今、一体なにを試されてるの？　この良い笑顔をぶん殴れるかどうか？　そういうとこ？

　……まあ、ＹＥＳ・ＮＯで言えば断然ＹＥＳだな。背丈はちんまくはあるが、余裕でモテそうな清潔系美少年ビジュアル。同年代はもとより、年上女子にもちやほやされそうな、絵に描いたようなショタ顔。それが「有名私立」「レベル４」というブランドと相まって、近い将来きっと壮絶なモテ男としてキャーキャー言われるのは想像に難くない。

　そこで俺は、目の前の彼の未来予想図をちょっとだけ想像してみた。

「…………なるほど」

　……おおっと！　戦意ゲージが回復してきたようだ。

　まさに今、世のため人のため俺の心の安寧のため、「この将来のイケメン候補の顔の造形をちょっとばかし作り替えること。それが万人にとって善なることである」とのお告げが俺の神《ゴッド》から伝えられた。きっとそう。そうに違いないね。

　それに彼は、ちょっとアレだ。きっと痛いのも悦《よろこ》んでしまう種類《タイプ》の人物だ。結果として、ＷＩＮ－ＷＩＮの関係。そう、何も問題はない。

「……じゃあ、やるか」

そうして俺がモチベーションをしっかり回復し、右手を思い切りグーにして構え、力を溜めていると……。

「これはもう僕の負けだな～、全く勝ち目ないねっ。降参だ!!」

…………ん??

「審判ッ!!! 降参《サレンダー》だ!!! 聞いてる!? 僕は降参するっ!!」

「…………は??? ……降参??」

「そうだよ！ 君の勝ちだ、芹澤くん！」

そうしてこの目の前のショタ顔少年は俺の手を取り……ボクサーのセコンドよろしく、俺の腕を空に向かってぐいぐい引っ張り上げるのだった。

いや、胸のあたりまでしか上がってないわけなんだけどさ。

37 強襲部隊

「こちらアルファサイド、所定のポイントに到着しました。ガンマサイド、応答願います……こちらの声が聞こえますか？」

携帯電波の通じない地下深く。

私は手のひらの上でゆっくりと回転する半透明の小さな正八面体に向かって話しかけていた。

「……ガンマサイド、デルタ先生、聞こえますか？　ポートを所定の位置に設置しました。準備はいいですか？」

『はいは〜い、ガンマサイド、感度良好。もちろん準備はおっけ〜ですよ〜！』

「では、お願いします」

『了解〜。1番から8番ポートまでを起動します。「次元変換《コンバート》」っ！』

そうして、九重《ここのえ》デルタ先生は彼女の特殊な異能【点と線を結ぶ者《ディメンジョンコンバーター》】を発動する。

すると、目の前の床に無数に設置された同じような半透明の正八面体が、ひとつひとつの辺を順々に折り畳まれ、次第に面となり、線となり、一旦点となったあと、今度は逆の手順で展開していく。

そうして先ほどよりも大きな正八面体が複数出来上がり、その中にはそれぞれ1人ずつの人間が佇んでいた。

『変換完了。問題なく転送されましたよ〜！』

彼女がそう言うと、すぐに八つ正八面体《ポート》から8人の人物が歩み出て、軍用のピッタリとした特殊強化繊維の戦闘服《バトルスーツ》に身を包んだ女性が私に近づいてきた。

「これが帝変高校の教師の能力……今すぐにでも軍に欲しいぐらいの逸材ですね」

そう言って私、鶴見チハヤに話しかけた女性。長い黒髪を後ろで束ねた彼女はどこか、私の知る一人の生徒の面影を感じさせた。それもそのはず……。

「霧島少佐。このことはご内密にお願いします。確かそういう約束だったはずですね？」

その女性は同性でも見惚れそうな魅力的な笑顔を浮かべた。これが帝国軍の次代のカリスマと目される霧島サツキ。強力な異能者たちを束ねる国軍の頂点、『軍将』霧島マサムネの長女。

「分かっていますよ、鶴見先生。それに可愛い妹の通う学校ですもの。それぐらいの能力のある先生がいてくれた方が、私としても安心というものです」

そこに、後ろから歩いてきた少女が口を挟んだ。

「姉さん、敵地でそんな雑談をしている場合じゃないでしょ」

その小柄な女性、霧島セツナは若干緊張した面持ちで姉の態度を咎《とが》めた。若く見える彼女もまた、軍用の黒い戦闘服《バトルスーツ》を着用して特殊カーボン製のブレードを持っている。

他のポートから出てきた人物もそれぞれ同様の軍用スーツに武器を持ったり持たなかったりと様々。だが、彼らは皆、歴戦を感じさせる落ち着きを持って辺りを見回していた。

「ふふ、そうね。……でも、上からの招集だからといって、本来学生の貴女はついてくる義務はないのよ？　きっと、見たくもないものを沢山見ることになるから」

「そのために私たちが呼ばれたんでしょ？　とっくに覚悟は済ませてるわ」

帝国空軍少佐霧島サツキは優しく彼女の妹に声をかけ、霧島セツナは毅然とした態度で答える。

「そうね。確かに今回貴女には作戦指揮官、軍将からの任意出撃要請が出ているわ。でも同時に『拒否権限』も与えられている。その意味は分かってるのよね？」

小柄な霧島セツナは、まっすぐ姉を見上げた。

「見たくないものを見てそれに立ち向かうのが軍の仕事だ、と。それは姉さんの言葉でしょ？私も来年から軍勤務ですから。私たちの『力』の成れの果てを見ておかなければいけない。そういう意味でも、行く必要があるの」

「……そうね。ふふ、期待してるわよ」

今回の現場指揮官である霧島少佐は緊張する妹に優しく微笑んだ。

「とはいえ、今回の私たちの主な任務は彼らの護衛だから。そう肩肘張ることないわ。ねえ、本宮先生？」

そうしてその声をかけた人物の方を向いたのだが。

「いえ、本官はこれで失礼します」

見ると本宮先生が正八面体の転送ポートに入り込み、なにやら敬礼のポーズをとっている。私は小さなため息をつくと彼に言葉をかける。

「……ダメですよ？　本宮先生。この先、あなたと雪道先生がいないとこの作戦自体成り立ちませんから。メリア先生とは、そういう契約だったんでしょう？」

私の指摘に本宮先生はやれやれ、といった感じのポーズをして大げさなため息をつくといつもより一段低い感じの声で語る。

「……冗談ですよ。じゃあ、ちゃっちゃと終わらせて、さっさと帰りましょうか～。こんな辛気《しんき》臭いところ、一秒でも早く出た方がいい」

「……それは、同感ですね」

今まで無言だった雪道先生が、黒い眼鏡の縁を指で押し上げ、低い声で同意する。そうして私たちは奥へと向かった。

程なくして、私たちは悲鳴のような呻《うめ》き声のような、不気味な音の漏れる部屋の前へと辿《たど》り着いた。そこで即座に戦闘服《バトルスーツ》に身を包んだ短髪の女性が扉を前に目を見開いたかと思うと、眼球をくるくると動かし、言った。

「壁内に『過異能化個体《エクストラ》』を複数確認。全て、『異形《ヴァリアント》』化しています」

その報告を受け、霧島サツキは低い声で宣言する。

「現場指揮権限により『第一種討伐対象』と判断。これより、記録と掃討に入ります。準備はいいですね？　先生方」

「……はい」

「いいですよ」

「やれやれ……ダメって言ってもやるんでしょ？」

そうして裏側の戦争、決して表には出すことのできない作戦がここ、地下深くの研究施設で開始されたのであった。

38　激戦の勝者

春だというのに氷点下まで気温の下がったコロシアム内。闘技場に近い観客席は凍りつき、会場内の至る所に霜が降りている。

観客席にいる人々は白い息を吐きながら、この状況を引き起こした小柄な選手が相手の腕を掴み、高く持ち上げるのを目にしていた。彼は大きな声で何かを叫んでいる。

そうして、凍てついた会場に試合終了を告げるアナウンスが鳴り響く。

『鷹聖学園、氷川タケシ選手、降参《サレンダー》!!!　代表戦、最終戦の勝者は芹澤アツシ選手です!!!』

会場はしばらくあっけにとられた後、にわかに熱気を取り戻し……割れんばかりの大歓声と怒号の入り交じった混乱の嵐となった。

「……マジか……これマジかよ……！」

「レベル４の氷川くんが手も足も出ずに……降参《サレンダー》だと!?」

「……多分、氷川くんも本気出してたよな？　隔離されてるはずの観客席まで凍りついてるんだぜ……？」

「芹澤……奴はマジでレベル１なのか？　……おかしいだろ！　どう考えても！」

「こりゃあ………荒れるな。騒ぎになるな、色々と」

「鷹聖学園も強豪校のメンツが立たないんじゃないか？」

「いや、それより今回はどう見ても……」

「ああ。あの帝変高校の１年組がヤバすぎだろ。あいつら、平気で強豪校を下せる実力があるってことだろ？」

「とはいえ……途中まではいい勝負してたよな？　むしろ鷹聖学園の方が優勢な場面の方が多かった気がするぞ」

「ヤバいのは代表戦に出てきた霧島カナメと芹澤アツシだろ？　あいつら、ちょっと色々おかしい。いや、代表選に出てくる奴らなんて大体がおかしいんだけど」

「誰だよ⁉　霧島三女は無能だなんてデマ流してた奴は……上の姉二人に並ぶ化け物じゃねえか」


「まあ、負けはしたけど俺としては氷川くんの全力バウトが見れて、感無量ってとこだな」

「個人的にインパクトあったのはあの赤井を倒した鷹聖の暗崎くんだけどな。彼には非常にマッドな素質を感じる」

「あと、最初の団体戦に出てきてたちっちゃい子な。もう色々とありすぎて記憶薄れてるけど、あれも結構ヤバいと思うぞ」

「団体戦といえば……あの巨大なモヤシ？　生やしてた奴もいたな。あいつもちょっと凄かったよな。最後の壮絶な自爆も含めて」

「知ってるか？　あの子もそいつも『レベル１〈無能〉』なんだぜ……？」

「もはや、何が何だかわからないな……」

「お前らなんか誤解してるみたいだけど……異能評価って、基本『S‐LEVEL１』から国に有用性を認められてだんだん上がってくシステムだからな？」

「活躍するほど評価が上がるってことか？」

「今回は評価改めのオンパレードだろうよ」

「異能評価更新祭《レベルアップ》りだな。次の『週刊異能』が待ち遠しいぜ……」

大騒ぎとなっている会場に再び、最終結果を告げるアナウンスが流れた。

『本日の対戦結果は…　団体戦の勝ち点「帝変高校2勝、鷹聖学園2勝」…
そして……代表戦の勝ち点「帝変高校2勝、鷹聖学園1勝」…
合計の勝ち点は「帝変高校4勝、鷹聖学園3勝」となります。したがって……』
一瞬、歓声が少しだけ静まる。そうして……
『今回の異能学校対校戦争の勝者は、帝変高校です!!!』
勝者の名前が宣言されると……
オオオオオオオオォ……!!!
コロシアム内は再び、怒号のような大歓声に包まれたのだった。

会場に響く大歓声を背に、俺はみんなの待つ選手控室に向かっていた。
でも、俺は控室にたどり着く前に足を止めた。屋外の廊下に俺の見知ったクラスメイトが何人も立ち並び、出迎えてくれていたからだ。

彼らと一緒だったのは実質、入学してからのたった数日で、そして俺が学校を離れていたのはわずか1週間だというのにその顔がとても懐かしく感じる。

「おかえりなさい、芹澤くん」

最初に出迎えてくれたのは、霧島さんだった。彼女は、さっきまで何やら泣き腫らしていたようだった。涙の跡が頬に残り、大きめの目が少し赤くなっている。やっぱ泣き上戸なのかな、この子……？

まあこういう普通ならみっともないような顔になる状況でも、可愛いと思えるのは美人さんたる所以だろう。……うん。むしろ、良いです。

「きっと……帰ってきてくれると思ってたよ」

「ああ、遅くなってごめん。心配させたよな？」

俺が遅れたせいで、危うく不戦敗という憂き目に遭うところだった。心配するのは当然だろうな……まあ、大体があのゴリラのせいなんだけど。

「試合、すごかったね。芹澤くんがあんなに強いなんて……知らなかった」

そう言って、彼女は俺の試合のことを称えてくれる。マジでいい子だ。この上目遣いも相まって、ちょっと本気で惚れてしまいそうになる。

「ああ、俺も自分でびっくりだよ。まさか、相手がレベル4だなんて知らなかったし。勝てるなんて思いもしなかったよ」

俺は少し照れながら、率直にさっきの試合の感想を話す。本当に、最初は勝てるなんて思ってもいなかった。それでも、俺は君がいる高校生活を守りたくって……。

「ううん、私は勝てると思ってたよ。だって……芹澤くんは……」

そう言って彼女が頬を染めながら何かを言いかけ、俺たちがちょっといい感じになりかけているところに、

「フフ、芹澤くん。君ならやってくれると信じていたよ」

本当に絶妙なタイミングで、サラサラヘアーの髪をなびかせた爽やかな邪魔者《インターセプター》が現れた。

「なにせ……君は僕の親友《せんゆう》であり、ライバルなのだからね」

そう言って、横から声をかけてきたのは俺の中学生時代からの同きゅ……いや。知らない。全然知らない人。俺はこんな人《ヘンタイ》には会ったこともないですから。こいつの親友だなんてとんでもない。名誉毀損も甚だしい。

……ライバル??? お前と何かで競った記憶なんてねえんだよ!!!

そういえば、こいつも多分試合には出たんだよな？　その試合は一体どんな結末になったのか……マジで嫌な予感しかしないから聞かないでおこう。

俺が「どなたかは存じませんがどうもありがとうございます」と軽く会釈をして奴を華麗にスルーすると、今度はあのモヤシ男、植木フトシが現れた。

俺は内心舌打ちし、早く霧島さんとの会話に戻りたくてソワソワしていたのだが……。

「芹澤、なかなかやるじゃねえか！」

どうやらこのモヤシ野郎も俺を賞賛してくれているらしい。そこは素直に嬉しい。だが一瞬、俺は一抹の寂しさを覚えた。

俺はもう、１週間前のお前とバカ言い合ってた頃の俺じゃあない。あのゴリラの非人道的な特《ごう》

訓《もん》を経て、俺はとてつもない力を手に入れてしまった。それは普通の人間からすればあまりにも強大な力だ。

こいつもさっきの試合で俺の実力を目の当たりにし、内心俺のことを少し恐れているのかもしれない。だからこそのこの賞賛なのかもしれない。

それも当然のことだ。俺は異常とも言える凄まじい能力を得たのだ。怖れたとしても植木《こいつ》に罪はない。これからは、俺もこいつに少しだけ優しくしてやる必要があるのかもしれないな……。

俺がそんな感傷にふけっていると、奴はこんなことを言い出した。

「まあそれでも所詮、お前は俺の足元にも及ばないんだけどな？」

……………。…………………は？　……………ん？　聞き間違いかな??　……………ちょっともっかい言ってくれる???

「………はははあ。俺はちょっと疲れているようだな。目の前のモヤシ人間の口から『俺の足元にも及ばない』などという幻聴が聞こえた気がするんだが……？」

「いや……だからお前、物をあったためられるだけだろ？　今の、対戦相手との相性良かっただけじゃん」

……………。

「……ほほう。言ってくれるじゃないか。このモヤシ野郎が」

……ピキィン。俺の頭に青筋が音を立てて浮かんだような気がした。

「へ～え。じゃあ、お前、勝てるんだ？　俺に？　あのレベル4氷川くんを倒しちゃったこの俺に？」

「当たり前だろ⁇　あっためるしか能のないお前に俺が負ける要素があるのか⁇?」

ピキピキピキィン。……俺はこの1週間、あのゴリラとの修行を続け、図らずも人間の限界を超えたような能力を身につけてしまった自覚があった。俺が本気を出せば、山の一つぐらい簡単に削って地形を変えられる。そんな奴が他の奴と一緒になって喧嘩したり、馬鹿やることなんてちょっと考えられない。だからもう、色々と自重しようと思ってたんだが。……ちょっとばかしこの馬鹿《モヤシやろう》に格の違いを見せつけてからでも遅くはないよな？　……うん。そうだ。そうしよう。

「覚悟はいいか？　このモヤシ野郎……！」

「ヘッ、そっちこそビビってんだろ？　このあっため野郎が」

……ピキピキピキィィィン。

俺は頭に青筋が音を立てて浮かぶのを感じ、無言で往年のブラジリアン柔術格闘家ばりのファイティングポーズをとった。

その俺に対して、奴は小さな種を軽く指で弾いて……ピインッ。絶妙なコントロールで俺の足元に着地させる。

アホか。知ってるよ、それ。もう手の内割れてるんだよ……!!!

「はぁーあ……全ッ然成長しねえな、お前。んなもん、見てから余裕だっつーの」

そうして俺が深いため息をつきながら、禁断奥義『超絶煽り指差しポーズ』に移行しようとしたその時だった。

「行くぜッ!!　試合で使い損なった最終兵器……出でよ『超薬漬モヤシ《グレートドラゴン》』ッ!!」

ドンッ!!　俺の足元から突如、反応不可能な速度で直径3メートルはあろうかというごんぶとのモヤシが現れ、それは急激に成長して俺の全身を強打した。

「おぅんッ！！？」

そのまま俺は興奮冷めやらぬ、コロシアム上空にロケット花火よろしく勢いよく打ち出され——そして、その日の俺の意識は途切れたのであった。

39 終着点

設楽応玄《シダラオウゲン》は焦っていた。

というより、混乱して訳が分からなくなっていた。

それは自らがオーナーである異能者高校が最底辺の格下だと思っていた相手に敗れたからでも、鳴り物入りでエースのつもりで獲得したレベル4の異能者の子供が対校戦争という見世物試合で全く役に立たなかったからでもない。外部の者が立ち入るはずのないこの庭園《ガーデン》のフロアに余所者……それも複数の組織の人間が入り込んでいたから、というのも一つの理由ではあった。

しかし、何より彼を驚かせたのは、数年前に帝国陸軍の研究施設から逃げ出してきて行き場を失っているところを拾ってやり、その後様々な目覚ましい成果を上げ続け、今や設楽がもっとも信頼する優秀な部下、異能開発研究所所長の「桐生ヨウスケ」が忽然《こつぜん》と姿を消し、同時に設楽が莫大な私財を投じて蓄積した重要な研究成果がそっくり丸ごと持ち去られていたことであった。

一体、何があったというのだ。桐生君は、彼は一体なぜ急にいなくなった？　なぜ彼と一緒に作り上げてきた研究成果がごっそりと消え失せているのだ？

「……ま、まさか……」

そうして設楽応玄はやっと気がつく。してやられたのだ。自分は、奴に完全に利用されたのだ。奴は最初から、利用するために私に近づいたのだ。

理解した瞬間、胸の奥から沸き起こる憎悪にむせ返りそうになり咄嗟《とっさ》に目の前のテーブルに置いてあったグラスの水を飲む。

一気にそれを飲み干し、そうして、一息ついていくらか冷静さを取り戻した彼は、目の前にいつか見た、忘れもしない、スーツを着込んだ巨躯の男が立っていることにはじめて気がついた。

「……もうやめろと言ったじゃねえか……」

殺意ともとれる怒気を孕《はら》んだその声色に、設楽応玄の体は緊張で縮こまり、今飲んだ水が全て一斉に流れ出ているのではないかというほどの大量の冷や汗が全身の至る所から吹き出るのを感じた。

この目の前の大男は以前……彼の大事な研究所を潰して回った悪夢の権化のような存在。そして自分の体の関節という関節を殴り潰し、杖なしでは歩けない体にした張本人。設楽にとってはこの上ない、恐怖と絶望の象徴。

どんなに調査しても名前と肩書以外不明だった男。帝変高校校長、玄野《クロノ》カゲノブ。

あれから自分はこの男を恐れ、この場所は何重にもセキュリティを増し、重厚な隔壁を増設し、どんな化け物も入れないようにした。そして、桐生という絶好の人材を引き入れ、誰にも知られないよう、細心の注意を払ってプロジェクトを再生させた。そのはずだった。そのつもりだった。

いや、対策は完璧だったはずだ。だからこそこの男は今まで入ってこられなかったのではなかったか？

「お、お前は……そんな馬鹿な……ここには誰も入り込めないはず」

そう言ってから、もうすでに複数の侵入者がこのフロアに入り込んでいたことを思い出した。

もう、取り返しがつかないほどに混乱していた。自らの頭の中も、この施設の中の状況も。

彼が人生をかけて積み上げてきた何もかもが音を立てて崩れていくのを感じた。だが、まだ終わったわけではない。まだ負けたと決まったわけではないのだ。そうだ、冷静になれ。まだ彼らがいたはずだ。

桐生のもたらした技術と設楽の提供したカネによって、数々の失敗作《バケモノ》を生み出しながらも最終的に成功作として生み出された「レベル4」の護衛が3人、ここにはいる。

この庭園《ガーデン》には、とてつもなく優秀な戦闘員が常駐しているのだ。三流高校の校長に留まっているような人物など、軽く捻《ひね》りつぶせるほどの絶大な戦力。それを自分は保持しているのだ。男がどんな異能を持っているのかはわからないが、彼らにかかってはひとたまりもあるまい。自分は何も恐れることなどなかったのだ。そう思った。

だが、混乱してよく回らない彼の頭は一つの違和感に辿《たど》り着いた。

待てよ。なぜ……なぜこの男はここにいる？　なぜここに平然と立っている？　あの優秀な護衛たちは何をしているのだ……？

そう思い、先ほどまで3人の護衛が立っていた場所を目にやると、そこには見るも無残に手足が異様に折れ曲がり、身体中の関節という関節を潰され、口から泡を吹いて倒れ伏している彼らの姿があった。

喉の奥から、奇妙な音が漏れた。

「ケヒッ」

そうして彼は自らの杖に手を伸ばす。そうだ。ついにこれを使う時が来たのだ。今が、その時なのだ。まさか使うことはあるまいと思いながら、どこまでも用心深い自身の性格がそれを作らせ、設置させた。この地下施設に複数配置された小型水爆と、その起動装置。それを使う時が来たのだ。

自らの人生の終焉がこんな形で訪れようとは。あまりにも無念。あまりにも口惜しい。

だがもう、軍の人間が複数ここに入り込んでいる。自分がこの国を作り替えようとしていたこと……国の構造を丸ごと転覆しようとしていた決定的な証拠がこの施設にはゴマンとある。彼らがそれにたどり着くのは時間の問題だ。いや、すでに見つけ出しているかもしれない。

脱出も、絶望的と言っていい。この目の前の男を倒す術はもうここにはない。頼みの綱は全て切れたのだ。そうして設楽応玄は自らの杖に手をやり、把手《とって》にある隠しスイッチに親指を置く。

これを押せば、全て終わる。自らの人生は自らの手によって潰《つい》える。

だが軍の異能警察に捕らえられ、拷問を受けながら廃人同様の搾りカスとなるまで全ての情報を抉《えぐ》り出されるのと比べれば、なんと潔い結末か。

自分の意思で進んできた自らの人生は、自分の手で終わらせるのだ。それが私、設楽応玄の生き様だ。最後は他の誰にもできないぐらい華々しく散ろうではないか。……それはそれで、一つの勝利なのだ。

そう思い、目の前の憎っくき男を睨みつけ……口に引き攣《つ》った笑いを浮かべながら、手に持った杖のスイッチを思い切り押した。


カチリ。そういう音がして沈み込むはずだったスイッチはあまりにも抵抗なく親指を受け入れた。いや、そこにあるべきものがないような、そんな指が空を切る感覚。

しまった、緊張のあまり手が滑ったか、そう思い手元に目をやると……そこにあるはずのものがない。杖が、大事な杖が自分の手の中から失われていた。

見れば、その杖は目の前の大男の手に握られていた。そうして、その男はその杖を投げ捨てる。

「ケハッ」

再び、声にもならない音が口の奥からした。もう、何も考えられない。体の全てから力が失われる。どこからか、複数の足音がする。黒い軍用特殊素材のスーツに身を包んだ男女が数人、こちらに走ってくるのが見えた。

そして、庭園《ガーデン》の中程……様々な庭木が生い茂るこの設楽応玄のお気に入りの場所まで来ると彼らは立ち止まり、長い黒髪を後ろで束ねた女が自分の側までゆっくりと歩いてくる。

その女は手にした紙の束から「極秘」と書かれたここの研究書類の一枚を取り出し、言った。

「設楽応玄。国家反逆罪容疑で緊急逮捕、連行します」

そうしてこの施設の主人《あるじ》、設楽応玄は軍服の人物らによって手足を拘束され、そのまま首に薬物のアンプルを差し込まれ……意識を昏《くら》い闇の中へと落としていったのだった。

閑話3 霧島三姉妹

「お姉ちゃん……私に剣術、教えて」

カナメがこんなことを言い出すのは初めてのことだった。

彼女の瞼には泣き腫らした跡があり、顔が少し赤い。また学校で何か言われてきたのだろうか？

「どうかしたの？　誰かに意地悪でもされた？」

「……違う、そうじゃない……けど……」

小学5年生になった妹は最近、誰かとケンカしてくることが多くなった。学校で男の子たちに何かを言われて言い合いになり、それがつかみ合いに発展するパターンだ。

その「何かを言われる」というのはどうやら……私たち、姉二人と比べられることのようだった。

私、霧島サツキは今年、18歳。春に私立黎明《れいめい》学園を卒業して空軍の准尉として勤務することが決まっている。学校での成績に対校戦争の結果も加味して、新人としては、かなり優遇された条件での入隊だ。

5つ下の妹のセツナは今13歳の中学1年生だが、成績も異能も優秀ということで同じ黎明学園に推薦枠で入学することがすでに決まっている。

終戦直後に霧島グループの出資で設立された『私立黎明学園』は、創立以来着実に実績を積み上げ、今では国内の有力な異能学校と見られるようになった。その評価と連動して、私たち二人も世間ではそれなりに『優秀』という評価になっているらしい。

一方、カナメは……ごく普通の女の子だ。私はそれでもいいと思っているのだけれど……

「べつに、人と比べられたからって気にすることなんかないのよ？　あなたはあなただし、自分ができることをすればいい」

それはずっと父がカナメに言い続けてきたことだった。でも……

「他人じゃないもん……それに同じだって、言ってた……なのに……」

「……そう……そうね……」

私たち三人姉妹は『同じ異能』を特別な方法で、父から引き継いでいる。

その特別な方法とは、戦時中の極秘の軍事研究で生まれた『異能者増産技術』のことだ。それを使って私たち三人は本来「２０００人に１人」という発現率の異能を揃って手にした。

その手術は危険なもので、大きなリスクもあったという。それでも当時軍の上級幹部だった父は私たちの手術に踏み切った。それが異能戦争という異常事態の中で必死に私たちが生きるには、と……悩み抜いた末の結論だということは理解している。

そうして、私たち姉二人は父譲りの強力な異能の力を手にすることになるのだが……

「……なんでいつも、私だけ仲間はずれなの!?」

唯一、カナメだけは私たち姉二人と違って異能がまともに発現しなかったのだ。５歳の時に同じ手術を受け、当時手術を担当した研究所の医師からは「成功した」と言われていたにもかかわらず。

ちょうど、それは戦争が終わるタイミングだった。終戦後、その担当者は失踪し、その後も原因は謎のままになってしまった。

それ以後、父は「もう戦争は終わったのだから、カナメには戦闘技術は必要ない」の一点張りで妹に剣術を含めた一切の戦闘技術を教えようとしなかった。

それは力を持たなかったカナメを荒事から遠ざけるための、愛情ゆえの判断だったのだと思う。

それでも、周囲は彼女を父から見放された『落ちこぼれ』とみなすようになった。

「……ううん。お父さんもお姉ちゃんも、カナメを仲間はずれにしたいわけじゃないの。でも、お父さんには言われてるでしょう？　カナメは危ないことはしちゃダメだって……」

父は私たち三人の姉妹をそれぞれ、とても愛してくれている。

戦争中、母がカナメを産んだ1年後に病気で亡くなったあと、ずっとひとりで私たちを真剣に育ててくれたのだ。仕事で忙しくてほとんど家に帰れない時も、常に私たちのことを気にかけ、学校行事なんかには必ず顔を出してくれていた。

特にカナメのことは……それこそ眼の中に入れても何の痛みも感じないというぐらいの溺愛ぶりだ。

小学校2年生の学芸会の時、カナメが出演する演目に間に合わせるために大型の軍用ヘリで学校に駆けつけたと聞いたときには、さすがにちょっとやりすぎなんじゃないかと思ったものだけど……それもある意味仕方がないのかもしれない。

父は私たち三人の中でカナメが一番、亡くなった母親に似ていると言う。表情、仕草なんかも瓜二つだと。父はずっと、母の病気を治してあげられなかったことを悔やんでいた。父は多分、本当に母のことを愛していたのだと思う。そんな母の姿を重ねて見ているのだ。

だからこそ、カナメをあんなに可愛がり、頑なに戦争から遠ざけようとするのだと思う。でも、当の本人はというと……

「……お父さんにはダメって、言われてるけど……でも……でも……」

目にいっぱいの涙を溜め、今にも大声で泣き出しそうな妹。私は何も知らないふりをして、真っ赤な顔の妹に問いかけた。

「そうよね？　それなのに……何でそんなことを教わりたいの？」

本当は私は知っている。カナメが毎日、一人隠れるようにして、見よう見まねの剣術で木刀を振っていることも。それを見かねたセツナが彼女なりに手ほどきをしてあげていることも。

「……強くなりたいから……お姉ちゃんみたいに……お父さんみたいに……！」

妹は引っ込み思案な割に、本当に強情だ。誰に似たのか一度決めたことは絶対に曲げようとしない。口に出した以上この子はやるだろう。……今のは私が言わせたようなものだけど。

「ふふ、わかったわ……仕方ないわね。教えてあげる」

「……ほ、ほんとにっ……!?」

カナメの顔がぱっと明るく輝いた。

「明日は学校も休みだし、お父さんも出張でしばらくいないし、ちょうどいいわ。でも、本当に基本だけよ？」

「………ありがとうっ!!　お姉ちゃんっ!!」

そう言って満面の笑みで勢いよく私の胸に飛び込んでくる7つ下の妹。この子は本当に泣き笑いの感情が顔によく出る。そういうところも母によく似ている、と父は話していた。

「ただいま～……お、何してんの、カナ。サツキ姉の部屋で」

そこに学校から帰ってきたセツナが顔を出してきた。

「セツナ、これからカナメに訓練をつけてあげようと思うの。あなたも一緒に来なさい」

「ええっ⁉　今から⁉　これから友達と映画観に行くって伝えにきたんだけど……⁉」

「カナメがね、剣術を教えてほしいっていうの。背丈の近いあなたがいてくれた方が訓練にはいいんだけど……」

「……そりゃあ、そうだけど……む～」

セツナは不満そうな顔をしたが、少し考えると表情をやわらげ、

「……わかったよ。カナからそんなこと頼むなんて珍しいもんね？　ちょっと友達に電話してくるから待ってて」

そう言ってリビングに歩いていった。セツナの背中を見送ったあと、私は私の胸に埋まったままになっているカナメを引き剥がし、再び問いかけた。

「私の訓練は、厳しいわよ？　覚悟はできてる？」

「……うん……！」

少し元気になったカナメは笑顔のまま頷いた。

「それと……これはお父さんには絶対に内緒だからね」

「……………うん、わかってる。絶対に絶対、秘密にするから」

最近、カナメはますます母に似てきたと思う。今の首を傾げて微笑む仕草なんか、昔の写真に写っている母さんそのものだ。上の二人もそれぞれ、似ているところはあると父さんは言うけれど……。

ふと思う。私はきっと当分、色恋沙汰とは無縁の生活を送ることになるから大丈夫として……セツナが男友達でも家に連れてきた日には、お父さんはどんな反応をするのだろう？　……それにもし将来、カナメが恋人を作ってきたりしたら？　……今からその相手が不憫《ふびん》でならない。

……いいえ、そんなこと今から気にしてもね。

この内気な子に恋人ができるなんて……もっとずっと未来《さき》の話だろうから。

エピローグ　好敵手

俺は朝、登校前に近所のコンビニで俺たちの異能学校対校戦争の記事が載っているという『週刊異能』最新号を見つけ、立ち読みしていた。

今号は『鷹聖総合病院の闇!? 設楽応玄の国家転覆計画!!』の見出しが大きく表紙を飾っているが、とりあえず、俺は自分たちの記事が出ていそうなページを探して開く。

あの後、奴……あの憎っくきモヤシ野郎は、大金星を挙げた俺のヒーローインタビューをしに来たという雑誌記者に「アイツは星になりましたから」と延々30分もモヤシ品種改良の苦労話を話して聞かせたと言っていた。だが、記事の隅々までチェックてみても一行たりともそのことは記事にはなっていなかった。

当たり前だがボツ記事となったのだろう……ざまあ（笑）！

ちなみに俺のことは、インタビュー時は本人不在ではあったが、『レベル4氷川選手を下した芹澤選手、巨大モヤシに倒れる！』という見開き2ページの記事で結構大きく扱われ、試合経過も割と詳細で丁寧に書いてくれている…………これ、タイトルおかしくね???

モヤシ入れる必要あった？　これじゃ氷川くんまであのモヤシ野郎以下みたいになってない??

俺は最後に全てをかっさらっていったあの馬鹿に軽く殺意を覚えつつ、ページをめくる。立ち読みし始めたついでだ。特集記事も読んでみる。まったく俺に無関係な話でもないからだ。俺たちの対戦相手だった鷹聖学園のオーナー、「設楽応玄」の顛末《てんまつ》が書かれているのだ。

設楽応玄は、設楽グループ系列の「鷹聖総合病院」の地下で異能者を使った違法な人体実験を繰り返し、さらには強制捜査しに来た軍に対し、なんと側近の異能者をけしかけて殲滅《せんめつ》を試みたということで「国家反逆罪」の現行犯。

プラス、押収された資料から遠大な「国家転覆計画」が判明し、現在その首謀者として軍施設の独房にブチ込まれている。

合わせ技で、戦後に天皇制が改められて天皇帝《ミカド》の治世が始まって以来の「戦後最大の大逆人」という扱いらしい。

こういう人体実験だとか失踪者だとかは前々から一種の都市伝説のようなものとして噂になっていたみたいだが、軍が「信頼性のおけるリーク情報」を元に調査したところ、ホントにやってて大量に証拠がザクザク出てきたという、なんだかオカルト趣味界隈《かいわい》がホクホクしそうなネタになっている。

その結果、ほぼ奴の私的資産となっていた「設楽グループ」全ての取り潰しが決まった。彼が一代で築き上げたその莫大な資産は国に丸ごと接収された上で、不要なものは民間オークションに掛けられるとのことらしい。

俺たちが対戦した鷹聖学園もとばっちりを受けて……というか運営母体が完全に同じであるので当然、経営的にも大きな衝撃を受けている。

さらに人体実験に学校経営陣が関与していたという、かなりブラックな証拠も出たということで保護者は元より現職教師からも声が上がり、選り取りみどりの様々な訴訟話が一気に燃え上がっている。

果ては学校認可取り消し騒ぎにまで発展し、大変なことになっているらしい。

ついこの間までは帝変高校《ウチ》の方が廃校だのなんだのと騒いでいたのだが、世の中わからないもんだ……。

そういえば、そっち関連の記事も一つ出ていた。

タイトルは『大物汚職議員を襲った覆面怪人マッスルキラー』。

メリア先生情報によると、裏で今回の理不尽な「帝変高校廃校」騒動の糸を引いていたらしい大物政治家、伊能タダヨシ。

奴の事務所を謎の覆面異能者、通称『マッスルキラー』が襲い、重要資料をごっそり盗んでコピーしまくり軍やメディアに速達で送りつけたのだそうだ。

それがきっかけで奴が国家反逆の大罪人、設楽応玄と深く繋がっていた証拠が見つかり、軍の異能警察に緊急逮捕されたという。

奴は文武科学省長官と異能学校連盟会長という立場を利用して、めぼしい異能学校の生徒の情報を入手し、「就職斡旋」もしくは「アルバイト」と称して人体実験の検体として設楽に融通していたようなのだ。

他にも真っ黒いビジネスをしていた証拠がゴロゴロと白日の下に晒《さら》され、大問題になっている。

ちなみに、その謎の覆面異能者は逃走中だ。超がつくほど目立つ風貌なのに、異能警察は彼を追いきれていないらしい。記事には「異能警察でなく無能警察だろう」とか書かれてる。結構根性あるよな、『週刊異能』の記者さんって……。

目撃者証言によるとその覆面異能者マッスルキラーの出で立ちは「筋骨隆々の筋肉マッチョで下は黒いタイツ、上は白いタンクトップに赤いマント、加えて真っ赤な目出し帽という絵に描いたような不審者ルックで、軍の重要施設ばりに配備された並居る異能者ガードマンを『ハハハッ！』と高笑いしながら張り倒し、あっと言う間に全滅させた上で職員たちに筋力トレーニングを推奨しながら去っていった」という。ちなみに死者は一人も出ていないらしい。……それってキラーじゃないよな？

……こういう言動する人、どこかで見た気がするんだが。

確かうちの学校の…………いや。

気のせいだな。忘れよう。

そんなことより俺は本日……超重要な案件を抱えているのだ。

俺は今日こそアレを、あのことを切り出さなければならない。そのことを頭いっぱいに浮かべながら、俺は学校に向かうため、足早にそのコンビニを後にした。

「それで用事って何？　芹澤くん」

俺は今、学校の保健室にいる。大事な――とても大事なことを話し合うためだ。

今日は学校自体はお休みだが、間違ってもあのゴリラに邪魔をされないためにここで待ち合わせをしたのだ。

「あのですね。前にもらったこれ……」

そうして俺は、我が校が誇る金髪眼鏡でかつ超絶美人の保健室の先生……玄野メリア先生に例の話を切り出そうと、少し緊張しながら例の手紙をポケットから出した。

「この手紙《メモ》のことなんですけど……」

そこにはこう書かれていた。

追伸
本当に、突然のお願いでごめんなさい。
もし、貴方が帰ってきたらちゃんとお詫びさせてね？
貴方が帰ってきたら、したいことなら自由に何でもさせてあげたいと思います。

そう、特訓プログラムと称しあのゴリラに地球の裏側に拉致られた時に渡された超重要アイテム《キー》。「何でも自由にさせてあげる」と書かれた、ドリームチケット。俺はコレのために今まで頑張ってきたといっても過言ではない。

「ふふ、芹澤くん……その手紙、大事にとっておいてくれたのね？　ほんとうに頑張ってくれたものね。いいわよ。なにか、したいことはある？　何でも、私にできることなら言ってね？」

その言葉に俺は力を得て……少したためらいつつも勇気を振り絞り、ずっと考えていたことを口に出した。

「……お……お風呂……ッ!!　俺ッ……一緒にお風呂に入りたいですッ!!!」

言った。ついに言った。俺は胸に抱えた野望をついに口にしたのだ。

そしてメリア先生はしばらく考え込んでいたが……

「そう……お風呂ね。ふふ、わかったわ！　それじゃあみんな、とってもいいところに連れてってあげる！」

なんと！　先生はまさかの快諾をしてくれたのだった。

「早速、手配をしてくるわね！」

彼女はそう言うと、足早に保健室を出て行った。

……そんな。そんなまさか。そんなに乗り気になってくれるなんて！

……すまない。霧島さん。俺は……君のことが好きになりかけている。でも、これとそれとは違うものなんだ。俺は、俺の義務を果たさねばならないんだ。

もらった手紙に「何でもさせてあげる」と書いてあったなら、それに対して何としても全身全霊で応えなければならないのが男というものなのだ。そう、これは必然。宿命とでも言うべきものなのだ。

俺はその来る《きた》べき「約束の刻《とき》」を胸に、あれやこれやを想定《シミュレーション》し始め……

……ん？　…………「みんな」……？

みんなって、どういうこと……？


ブオオオオオオオオン。

そして俺は今、左に変態、右に馬鹿という座席順でバスに揺られていた。

あの後メリア先生の取り計らいによって、俺たち1－Aと1－Bの面々は『異能学校対校戦争』の慰労会ということで、みんなで一緒に1泊2日の温泉旅行に行くことになったのだった。

…………。うん。違うんだ、メリア先生。

あれは、そういう意味じゃなくってですね……。

俺が少し泣き崩れそうな面持ちで俯《うつむ》いていると……。

「どうしたんだい？　芹澤くん。今日は絶好の観測日和だというのに」

隣の変態《御堂スグル》が話しかけてきた。

観測？　一体コイツは何を言っているんだ？

俺は窓の外に目をやり風景を眺める。外を流れるのは風光明媚な山々だ。確かに、日本的な悠然とした自然は美しい。でも、正直俺はこっちの山々じゃなくってメリア先生の二つの山々をですね……

そうして、俺はバスの車内を見回した。

車内では女子生徒に交じってメリア先生やチハヤ先生がワイワイと楽しそうに会話をしている。

ああ、こんなはずでは……俺のドリームチケットは、この温泉旅行で永久に失われてしまった。

こんな普通の修学旅行みたいなことしたってさぁ……。いいんだけど。いいんだけど……！

俺がまた失意の底に沈もうとしていると……。

「おい芹澤、見ろよあれ」

馬鹿《植木フトシ》の指差す先の座席には篠崎さんと弓野さんが横並びに座り、弓野さんはうとうとと寝入っているようだった。篠崎さんは窓の外を見やってなんだか楽しそうだ。

山道を走るバスは時々ガタン、と揺れ、それと一緒に篠崎さんと隣に座っている弓野さんの4つのお胸《やま》が仲良く、ぶるるん、と揺れた。

その時、俺の脳裏に電流が走った。

（……温泉……だと？）

「ハッ⁉」

「フフ……やっと、気がついたようだね？　僕らが向かう先はとても有名な天然露天風呂のある施設。では……旅館《げんば》に到着次第、同志を集めて作戦会議《ブリーフィング》を始めようじゃないか」

馬鹿な⁉　コイツは何を言っているんだ？　高校1年生にもなって、そんなこと許されるはずもない。だが……

「御堂くん。念のため、聞かせてもらおうじゃないか？　その作戦《プラン》とやらを……」

そうして、御堂スグルはあくまでも爽やかに口の端を吊り上げるのであった。

温泉旅館のとある一室。

この一室だけ男子生徒がぎゅうぎゅう詰めに集まり、熱気がすごいことになっている。

彼らの正面に何処からか持ち込まれたホワイトボードの前で、御堂スグルが口を開く。

「では……今までのおさらいといこうか」

そう言いながら御堂スグルはボード用のペンのキャップを外すと、サラサラとホワイトボードに人の名前を書き込んでいく。

大

篠崎ユリア　弓野ミハル　土取マユミ　春原ユメカ　メリア先生

中

神楽マイ　霧島カナメ

小
音無サヤカ　チハヤ先生
なし
黄泉比良ミリヤ

一通り書き終えると、御堂スグルは聴衆に向きなおり、その板書きの説明をする。

「これは僕の目視《スカウター》による調査によるものだが……概ね大きさの関係性としてはこういう風に並べることが可能だ。

「「おおお……！」」

部屋の中から小さな歓声が上がる。そこに一人のツンツン頭の男子生徒が手を挙げる。

「先生！　これは……全開時のステータスということでよろしいでしょうか⁉」

「良い質問だ、植木くん。その通りだよ。これは全開放時の戦闘力《パワー》を示している。僕の推測するところによると、これはおそらくそれなりの精度まで行っている表《チャート》だろう」

「「おおおお……！」」

部屋の中から感嘆するようなどよめきが起こった。

「だが……誤解しないでほしい。これはあくまで推測でしかない。空想上の番付とも言える。この裏付けを取るためには科学的な実地調査が絶対不可欠なんだよ。そのために、今日という日を活かさない手はない、と僕は思うんだ」

「「「おおおお……!!」」」

室内にひときわ大きな歓声が上がる。そして誰が一番大きい、いや違うなどという議論に華を咲かせ始める。

だが……やれやれ。奴ら、一番重要な部分を分かっていない。

俺はその問題点を指摘する。

「――だが、どうだろうな？　この話題で最も大事なのは量《アマウント》ではない。総合的な質《クオリティ》がどうあるか……だ。形状や張り、硬さや肌の美しさ……多角的な評価をしてこそ、こういう番付《ランキング》には意味がある。……違うか？」

俺の発言に部屋の中が静まり返る。そこで即座に口を開いたのはやはりあの男だった。

「ご名答だ、芹澤くん。理解ある同志がいてくれて僕も誇らしいよ。全くその通りだ。価値とは一辺倒で決まるわけではない。多様な評価軸があってこそ、その上位も輝こうというもの。だから……」

その男はサラサラの髪を掻き上げ、宣言する。

「これは偉大なる研究の第一歩。第一幕と捉えてもらいたい。まずは『大きさ』。その一点に絞って確認するための作戦だよ。作戦名称はこう定めよう。『豊穣の魔物《ベヒーモス》』、と」

「「「おおおお……!!!」」」

作戦コードネーム名の発表に室内の紳士《ケモノ》たちが感嘆の声を上げる。

「だが……あらかじめ彼女たちの名誉のためにこれだけは言っておこう。大きいだけが正義ではない。黄泉比良《よもひら》さんにも……敬意を」

御堂《へんたい》スグルは両手を胸に当て、祈るように呟く。その様子に倣うようにその場にいる全員が胸に両手を当てて、復唱する。

「「「黄泉比良さんにも敬意を」」」

そうして、その変態はここ一帯の地図《マップ》を広げ……

「では、早速具体的な作戦《プラン》の話をしようか」

作戦概要《プラン》を説明し始めるのであった。

「――という訳なので、変態のご対処お願いします」

俺は弓野さんをはじめとした女子たちに向かって、あの部屋で見聞きした情報を洗いざらい、一字一句逃さず話していた。

要するに密告である。変態を売り、俺は女子の好感度を稼ぐ。非常に割《レート》の良いトレードだ。

……仲間を売った？　野郎どもの好感度など知ったことかッ!!

そもそも、俺はあんな犯罪行為に加担するほど愚かではない。俺には心の恋人霧島さんがいるし、居候している家に帰れば金髪眼鏡美人のメリア先生がいる。冷静になってみれば事故を装ってお山を窺《うかが》うチャンスはいくらでもあるのだ。

今回の趣旨《メインコンテンツ》としては、あのモヤシ野郎供が女子に吊るし上げられている時に裏手から颯爽と登場し、奴らに指を差して「ざまぁ（笑）」と心の底から嘲笑して差し上げることにある。

正直、ちょっとばかし興味はある。あるにはあるが、どうしても見たいというほどでもない。

まあ……もし万が一奴らが観測とやらに成功した暁にはそのデータだけをしっかり盗み取ってやればよいのだ。実った果実だけ奪い取る。俺はリスクを背負わない。

じつに完璧《パーフェクトゥ》ッ！！！

これぞまさに完璧《パーフェクト》な作戦《プラン》だッ!!!


さて、奴らを……特にあのモヤシ野郎を罠に掛けるための舞台は整った。作戦バレしている状況で、どれだけブザマに足掻いてくれるのか……本当に楽しみですね（笑）。

俺がそんなことを考えてほくそ笑んでいると、不意に背後から声をかけられた。

「あの、芹澤くん」

振り向くと、そこには浴衣姿の霧島さんが立っていた。相変わらず可愛い。いつもの制服もいいけど、こういう温泉宿での浴衣姿ってのは色気がなんとなく増す。暫定で2割ぐらい増量する。

「ちょっと、外に出て……話さない？」

外に？　こんな山奥で何か外に面白いものがあるとも思えないけど……

「ああ、いいよ」

当然、俺は肯定の返事をした。

俺は霧島さんと一緒にいられるだけで至福の時を過ごせるわけだから。行きますよ、もちろん。

俺たちがバスでやってきたのは山梨の山奥にある温泉宿だ。

旅館はもはや文化財級とも言える古い木造の建築物で、戦前はこういう建物も多かったそうなのだが今やこんな辺鄙《へんぴ》な場所にしか存在しない。

温泉宿を出ると目の前には戦争時にできたという大きなクレーターがあり、真ん中にはどこか らか水が流れ込み、ちょっとした大きさの池になっている。周辺には草木が生い茂っていて、見ようによってはちょっとした公園のようにも思える。


「すごいよね……戦争の時って。こんなのがあちこちにできたんだよね」

「ああ。日本って、ちょうど国土の半分ぐらいいなくなったんだっけ？」

俺はうろ覚えの生半可な歴史の知識を持ち出し、霧島さんの言葉に相槌を打つ。

「……うん。戦争中、『世界の4分の1の都市が消滅し、陸地は3分の1が消え、人口は5分の1になった』って。そんな風に教わったね」

「まあ、俺たちにしてみりゃ今の5倍も人がいたなんて、そんなの想像もできないけどな？ 記録映像とかでは見るけどさ」

俺たちは旅館の前の木製の椅子《ベンチ》に並んで腰掛け、目の前に広がる草木の生い茂ったクレーターを眺めながら会話する。

「ねえ、芹澤くんは……強くなりたいって思う？ もう、すごく強いと思うけど……もっと強くなりたいって思うことはある？」

「……強く、かぁ……」

俺は少し考えると、思ったままのことを話す。

「正直、俺はこの異能を授かった時……いや、授かっていると知った時、ちょっとヒーローっぽく『無双してみたい』とか思ってたんだよな。男の子の夢っていうか憧れっていうか。でも……」

「でも？」

「今は、そんなに強くならなくてもいいんじゃないか？って思ってるよ。なんか、冷静に考えるとそうなる理由がないっていうか……なんて言えばいいかわからないけど」

いや、別に強くなりたくないってわけじゃなんだけどな？

かといって、特に誰かに勝ちたいってわけでもないし…………あのモヤシ野郎は別だが。

「そうなんだ……多分、私も同じ」

「霧島さんも？」

「うん。おかしな話なんだけどね……私は今まですごく、強くなりたいって思ってた。二人の姉に負けないぐらい……お父さんに認めてもらえるぐらい、強くならなきゃって。そう思ってた」

「そっか、確か霧島さんのお姉さんって有名なんだっけ？霧島三姉妹がどうのって聞いたことあるし」

確かお父さんもなんかド偉い人だったと記憶している。肩書き忘れたけど。

「うん。でもね……逆に言えばそれだけだったの。結局、それ以外の理由は全然なかった。だから、ああ追いつけるかも……って思った瞬間に、目標がさっぱり消えちゃった」

「……目標か……」

そもそも、俺には目標なんかなかったもんなぁ……。

いきなりアンデス山脈に連れて行かれて、入学したての高校が廃校になるとか言われて……その時、俺が頑張ったのってなんでだっけ？

確か、メリア先生のあの約束《ドリーム》……というのもあったけど、もう一つ理由があった気がする。

……なんだっけ？

「でもね。これも不思議なんだけど……私、今楽しくって仕方がないの」

「楽しい？」

「強くならなきゃっていう義務感が消えたのに……私、今ならものすごく強くなれちゃう気がするの」

そう言って彼女は微笑みながら、その結構大きめの瞳で俺のことをまっすぐ見つめてくる。参ったなぁ、ちょっとそんな目で見られると……なんかこう、すごくドキドキしてしまう。

…………だ、誰だ童貞とか言った奴は。誰もいないか。幻聴か？

「それはね、多分、芹澤くんがいるから」

「俺が？」

「芹澤くんが私に違う道を示してくれて……それで、私は強くなれたの。自分がなりたかった自分に近づけた。それでもう、私は結構強いんだって。前の代表戦で勝ったとき、そう思っちゃったの」

そういえば霧島さんも代表になってたんだよな。週刊異能の記事にも出てた。レベル3の対戦相手に圧勝だったって。

「でも……そのすぐ後に、芹澤くんと氷川くんの試合を見たら……もう、全然次元が違ったの。笑っちゃった。私なんかじゃ、まだまだだって。……そう思ったらね……」

霧島さんの目にうっすら、涙が溜まっていくのが見える。マジで泣き上戸、涙腺緩いのな、霧島さんって……

「なんだかすごく、嬉しくなってきて」

「……え？　嬉しい？」

「そう。すごく嬉しかったの。芹澤くんがあんなに強かったってことが。でも変だよね？　負けたくないなって思っちゃった」

「お、俺に？」

「そう。だから、私たち……」

わ、私たち…？　私たちが、何??

も、もしかして……こ、こい。こ、こ、恋び……

「好敵手《ライバル》ってことにしておかない？　今はまだ、全然追いつけないけど……」

うん。そうね。そうよね。ライバルだよね。俺もきっと絶対そう言うと思ってたよ。ぜ、全然そういうこととか、期待してないんだからね？

「ああ、いいよ。いつでも受けて立つぜ？」

俺は内心の動揺を隠しながら、軽くファイティングポーズをとってみせる。

「じゃあ、今から」

「え？」

彼女はそう言って俺の両手を細い指で覆い、急に顔を近づけて頭をコツン、と俺の額にぶつけた。

これは頭突き攻撃か……？　……でも全く痛くない。

むしろ、なんかいい匂いがするわけで……そして顔が、とても近い。

彼女の息が俺の顔に当たっているわけで……って言うか、何？　この状況。

なんかこう……ちょっと幸せです。

「……今の私には、こんな不意打ちが精いっぱい……」

彼女は俺に額をくっつけたまま、そう呟いてふっと笑顔を見せた。

（……ああ、そうだ……思い出した）

俺はあの時、別に誰のためって訳じゃあなく……この笑顔が俺の近くにある高校生活を。霧島さんが俺のクラスにいる高校生活を守りたくって、あの冗談としか思えない特訓を必死にやってたんだ。

「でも、いつか……あなたにちゃんと追いついてみせるから」

彼女はそう言うと、赤く染まった顔をゆっくりと押し付けてきて……俺の唇にキスをしたのだった。

To Be Continued

異能者FILE Ⅰ

帝変高校 1-A
帝変高校 教師

帝変高校1-A

01

NAME 芹澤アツシ [Atsushi Serizawa]

CLASS 【温度を変える者《サーモオペレーター》】 S-LEVEL 1 » 3 [評価更新《レベルアップ》]

とある田舎の地方都市生まれ。中学三年生の冬の大地震の際にアツアツの鍋物を頭から被り、なんともなかったことから自身の異能力を自覚する。

触れたものの温度を自分の任意の温度に操作できる能力。例としては、「冷めたお風呂を適温まで温める」「冷めたおでんをアツアツに温める」「蒸し暑い部屋を快適な程度にひんやりさせる」「夏場でも手に持ったアイスがずっと溶けない」など。"触れたものが触れたもの"ぐらいまでは能力の適用範囲内。

彼の異能は当初「実用性のない能力」として最低のレベル1に分類されたが、対抗戦争で氷川タケルとの戦いにより評価更新《レベルアップ》してレベル3評価となった。

特技 熱化《ヒートアップ》／冷化《クールダウン》／点火《イグニッション》／保温《プリザーブ》

帝変高校1-A

02

NAME 植木フトシ [Futoshi Ueki]

CLASS 【植物を成長させる者《プラントグロワー》】 S-LEVEL 1

中学二年生の時、「右腕が疼く気がする」と、火を出そうとしたり、邪眼を発動させようとしたり、いろんなことを試していたが別になんの変化もなく、平穏な日常を送っていた。しかし、ある日「モヤシとカイワレ大根のタネが突然大量発芽するイメージ」が湧き、園芸用品店に走って即座に実行したところそのままの現象が実現。家から近い異能高校の帝変高校に入学することになった。

植物の種を一瞬で発芽させることの出来る異能力者であり、植物操作系の能力者の中でも屈指の発芽・成長スピードを実現できるが、何故かカイワレダイコンとモヤシしか操作できない。

特技 成長促進《グロウアップ》／貝割壁《カイワレウォール》

帝変高校1-A

03

NAME 黄泉比良ミリヤ [Miriya Yomohira]

CLASS 【人形を操る者《ドールマニピュレイター》】 S-LEVEL 1 » 2 [評価更新《レベルアップ》]

黒髪ロングの根暗っぽい少女だが、お礼はちゃんと言える子。よく机の上で自作の人形達を動かして遊んでいる。長い髪が顔を覆っているために表情が分からず、その上ほとんど喋らないために何を考えているか分からない。

年齢は14歳。学業優秀のため二年飛び級しているが、昨年は家で人形遊びにかまけていたために留年し、現在二回目の高校一年生である。

彼女の能力は「人型」のものを操作できる異能。時間はかかるが人形自体を作り出すことも可能であり、相性の良い異能者と組んだりすると能力の有用性は跳ね上がる。

特技 人形操作《マニピュレイト》／人形創造《クリエイトドール》／人間操作《マニピュレイト》

帝変高校1-A

NAME **御堂スグル** [Suguru Midou] **04**

CLASS 【姿を隠す者《サイトアヴォイダー》】 S-LEVEL 1 »2 [評価更新《レベルアップ》]

アツシと同じ中学の同じクラスで彼の親友を自称する。アツシと同じく中学三年の冬に能力を自覚し、帝変高校に入学。美男子といっても良い容姿で頭脳明晰、スポーツも万能と、文武両道を体現する優秀児だが、生粋の変態である。数々の武勇伝に加え、周囲の批判的な目を意に介さない豪胆な性格から「変態紳士」「女の宿敵」「下半身の妖精」とも呼ばれる。知能テストでは驚異的なIQを叩き出しているが、その能力を変態行為にしか生かそうとしないところに彼の生き様が伺える。

異能は自身とそれに触れたものの「姿を消す」能力。仕掛けられた対象者の認識から消えるだけであり、実際に消えるわけではない。

特技 隠蔽《バニシング》／雲隠《ハイディング》

帝変高校1-A

NAME **篠崎ユリア** [Yuria Shinozaki] **05**

CLASS 【意思を疎通する者《コミュニケーター》】 S-LEVEL 1

いわゆるテレパシスト。しかし能力が不安定で、相手の思っていることが正確に読み取れなかったり、逆に知らせようと思っていないことを「伝えて」しまったりする。そのためにレベル1評価となっている。引っ込み思案で内気でテンパり屋。

ちなみに小柄で痩せ型ではあるが胸がとても大きい。テレパシー時のキャラと普段のキャラが違うため、二重人格疑惑と何かに憑依されてる疑惑がある。極度のコミュ障であるが、書の達人であり、メールを打つのも異様に速い。

特技 意思伝達《コミュニケイト》

帝変高校1-A

NAME **春原ユメカ** [Yumeka Harubara] **06**

CLASS 【未来を予見する者《プロフェット》】 S-LEVEL 0

天然能天気系のおっとり少女。異能は未来を見通すことの出来る能力とされるが、実際にその能力が発揮された実例は少ない。しかし、過去の重大事件を「あまりにも明確に」予知した実績から、彼女がこの先はっきりとした予知能力を持つことも「無視できない可能性」として、国によって「レベル0」という特殊な分類に置かれ、監視されることとなった。

全く当たらないものの、各種マニアックな占いが趣味である。怪しい黒魔術セット(初心者用)を通販で買っている。

特技 予見《フォーサイト》

帝変高校1-A

NAME **霧島カナメ** [Kaname Kirishima]

07

CLASS 【万物を切断する者《ディバイダー》】 S-LEVEL 1 »【刃を操る者《エッジメイカー》】 S-LEVEL 3 [評価更新《レベルアップ》]

帝国に君臨する霧島重工（霧島グループ）総帥の息女で三姉妹の三女。本人の希望と父親の方針もあり、帝変高校に入学。能力は【万物を切断する者《ディバイダー》】であるが、実は極秘の先端技術である「人工的な方法」で受け継いでいる。しかし、最弱のレベル1。同じ処置を受けた姉達は同じ能力で初期状態で超越レベル3以上の発現であり、周囲からはカナメは「失敗例」と見なされている。

しかしその評価は「刃一つあたり」の評価であって、同時に出現させることの出来る刃の数はカナメが桁違いに多いことが判明する。その扱いを身につけて臨んだ異能学校対校戦争の結果、評価更新《レベルアップ》してレベル3に。「異能評価」そのものも【刃を操る者《エッジメイカー》】に変更された。

特技 桜花《オウカ》／千ノ刃《サウザンドエッジ》／無尽ノ刃《ビリオンエッジ》／円盾《シールド》／小盾《ガーダー》

帝変高校1-A

NAME **神楽マイ** [Mai Kagura]

08

CLASS 【傷を癒す者《ヒーラー》】 S-LEVEL 1（元S-LEVEL 4）

とある神社の神主の娘で、赤井ツバサとは幼馴染。本来は高レベルの能力（レベル4相当）だったが、過去、事故で死んでしまった愛犬タロウを「蘇らせた」ことの影響で、著しく能力が低下している。その能力の特殊性と重要性から、芹澤アツシと同じ「特別保護対象者」に指定され、帝変高校に入学した。今の能力は触れた箇所の打撲や擦り傷の治りを早くする程度の弱い力しかない。それでも、喉から手が出るほどその力を欲するものが大勢存在する。

現在は弱い力しかないが、様々な出来事の中でだんだんと力を取り戻しつつある。

特技 癒手《ヒール》／蘇生《リザレクション》（※レベル4時点）

帝変高校1-A

NAME **赤井ツバサ** [Tsubasa Akai]

09

CLASS 【炎を発する者《ファイアスターター》】 S-LEVEL 3

中学生時代にとある大きな事件を引き起こし、全国ニュースになるなどの大騒ぎになった。強力な能力者であるが為に多くのエリート私立高校が獲得に乗り出したが、それらの誘いを悉く「興味ない」と一蹴し、最終的にはある理由で帝変高校に入学した。炎を操る能力は強力で、コンクリート造のビルを一棟、易々と焼失させるほど。

諸事情により家を出て、神楽家の所有する空き家を提供してもらい一人住まいをしている。神楽家の犬、タロウの散歩は赤井の日課。

特技 火球《ファイアボール》／炎壁《フレイムウォール》／獄炎《ヘルフレイム》／火ノ鳥《ファイアバード》

帝変高校1-A

10

NAME 弓野ミハル [Miharu Yumino]

CLASS 【見えないものを見る者《シーカー》】 S-LEVEL 1 » 2 [評価更新《レベルアップ》]

弓道女子。異能は人が見ることの出来ない可視外光や、音、風、温度なども視覚的に「見る」ことの出来る能力。

戦闘には向かない能力とされるが、弓野家は昔から武芸に優れた家系であり、その名の通り弓術や剣術、古流武術などを納めており、異能力との相乗効果で対人戦においては無類の強さを発揮する。異能の評価が低いのは、武術の師匠である祖父のアドバイスにより、意図して「あえてそう見える」ように巧妙に偽装している為。銃器、特にスナイパーライフルの扱いもできる。

ちなみに御堂スグルの天敵である。

特技 透視《シーク》

帝変高校1-A

11

NAME 山岡ジョージ [George Yamaoka]

CLASS 【料理をする者《ディッシュメイカー》】 S-LEVEL 1

「あらゆる食材を美味しく料理できる」という非常に珍しい異能を持つ、将来は一流のレストランを開業することを夢見る熱い男。異能持ちのため国の管理下となり帝変高校に入学させられることになったが、本人は料理学校に行きたかった為に最後まで反抗し続けた。本人の頑ななまでに非協力的な性格と異能の珍奇性から「軍事的な有用性は現状で皆無」と見なされた為、ランク1の最低評価での入学となった。

食材の研究に余念がなく、海腹ユウ、河原チキと口論しながらもいつも一緒にいる。能力の本質は「『どんなものでも』美味しく料理できる」であり、その気になれば銃弾でも爆弾でも美味しく料理するが、食べても大丈夫かどうかは別問題。

特技 調理《クッキング》

帝変高校1-A

12

NAME 海腹ユウ [Yuu Unabara]

CLASS 【万物を食べる者《ジェネラルイーター》】 S-LEVEL 1

「食べ物は腐る寸前のギリギリのところが美味い」と豪語する、自称美食家。あらゆるものを瞬時に「食べても大丈夫なものかどうか」見分けることが出来る。ちなみに上記の本人の哲学により味は保証されない。

正確には海腹が「食べ物である」と認識したものを本当に「食べ物」として胃の中で消化できるという能力。毒物は毒物として判定されるが、チキの能力と山岡の能力が合わさればほぼ無敵の胃袋を持つことになる。ちなみにカレーは飲み物に分類される。

特技 美食《ガストロノミア》

帝変高校1-A

13

NAME 河原チキ [Chiki Kawara]

CLASS 【毒を無効化する者《ポイズンイレーサー》】 S-LEVEL 1

戦災孤児で路上生活を余儀なくされていたストリートチルドレン。河原で明らかに腐ったようなものを食べて生き延びていたところを自治体の保健所職員が保護し、異能所持者であることが判明した。食べ物の毒だけでなく、身の回りのあらゆる毒物を無効化して無害なものに変えてしまう。出生不明で年齢は分からないが、14、5歳程度だと思われる。

名前は本人が小さな頃から食べていた大好きなコンビニ「ロミソン」の「ロミチキ」から。本人に選ばせたらこうなった。ちなみに廃棄された物ではなくコンビニバイトのお兄さんから貰っており、保健所に連絡したのも彼である。

特技 無毒化《デトキシネーション》

帝変高校 教師

NAME **玄野メリア** [Meria Kurono]（メリア・ヴェンツェル）

14

CLASS **【病を発する者《モーバスクリエイター》】** S-LEVEL **3**

帝変高校の保健室の先生（担当医）で、保健体育の教科を担当。二十四歳。異能研究センターの鑑定官も務めている。

世界異能大戦中、幼い頃に家族を失っている。いわゆる戦災孤児。戦争屋に拾われて傭兵として戦場を体験し、戦場で死にかけていたところを玄野に拾われた。現在、玄野の養子。

彼女の異能は「あらゆる病」を作成し、発生させることができるもの。空気中に散布することも、人体内の特定の部分に発生させることも自由にできる。そういった『病』のイメージから彼女を敬遠する者は多く、現在、彼女自身もほぼこの能力を封印している。

特技 感染《インフェクション》／壊死《ネクローシス》

帝変高校 教師

NAME **玄野カゲノブ** [Meria Kurono]

15

CLASS **【時を操る者《クロノオペレーター》】** S-LEVEL **5**

現帝変高校校長。四十三歳、独身。戦争終結の立役者で「終戦の真実」を知る一人。現在、とある理由により能力が大幅に制限されている。ステータスは例えるなら「武力999　内政0　外交1」の武力極振りの人。

彼の異能は、時間を加速することも遅延させることもでき、範囲も自らの意思で自由に操作できる。応用として、自らを極限まで「速く」し、周囲を極限まで「遅く」することで、擬似的に「時を止める」ことができる。

基本戦法は「時を止めて敵が降参する（or気絶する）まで一方的に殴り続ける」という非常に地味な戦い方だが、加速と遅延による時間差を利用してどんなものでも問答無用で断裂させるという反則級の「最強の剣」も持ち合わせる。

特技 加速《アクセラレーション》／遅延《スロウダウン》／時空断裂《クロノスティアー》

帝変高校 教師

NAME **鶴見チハヤ** [Chihaya Tsurumi]

16

CLASS **【万物を投げる者《ジェネラルスロワー》】** S-LEVEL **3**

帝変高校1-A担任。担当科目は国語、音楽。29歳、独身。

手に触れたものを超高速で飛ばす事の出来る能力を持つ。飛ばせるものは大小様々。小石程度のものから大型トラックぐらいのものまで。地面や建物に繋がれている様なものはダメらしい。チョークを投げると壁に穴が開く。

設楽応玄の異能研究所の被験者で、地下組織の用心棒のような仕事をしていたところを玄野カゲノブに拾われる。暗い過去を引きずりつつも、生徒たちの前では明るく元気に振る舞っている。趣味は居酒屋の一人巡りである。

特技 投擲《スロー》

帝変高校 教師

17

NAME 森本モリオ [Morio Morimoto]

CLASS 【筋肉を操る者《マッスルビルダー》】 S-LEVEL 3

帝変高校の体育教師。30歳、既婚。筋肉ムキムキである。異能もそのまま、『【筋肉を操る者《マッスルビルダー》】』。あらゆる筋肉を、瞬時に強化することができる。異能で強化された筋肉はアンチマテリアルライフルでも易々と貫けない。その筋力は通常の筋力を基準として強化されるため、筋力トレーニングに余念がない。「筋肉があれば何でも出来る」がモットー。素手の一振りで家屋を吹き飛ばしたり、突きの爆風で岩を破壊したりと色々と危ない技を持っている。

特技 筋力強化《ビルドアップ》

帝変高校 教師

18

NAME 本宮サトル [Satoru Motomiya]

CLASS 【記憶を操作する者《メモリーエディター》】 S-LEVEL 2

世界史・地理・帝国史の教師。32歳、独身。ことあるごとに生徒から金を毟ろうとしてくる。割と優秀で、かつて、より給料の良い私立高校の教師をしていたが、あまりにも金にがめつい性格が問題視されクビになったところを現校長に拾われた。

帝変高校には「本宮先生を怒らせると記憶を消されるが、お金を払うとちゃんと戻ってくる」という噂がある。好きな言葉は時短。いわゆる効率厨である。

特技 記録《メモリー》／消去《イレース》／編集《エディット》

帝変高校 教師

19

NAME 九重デルタ [Delta Kokonoe]

CLASS 【点と線を結ぶ者《ディメンジョンコンバーター》】 S-LEVEL 2

数学・物理・化学を教える女性教師。27歳、未婚。短髪で銀縁丸メガネをかけており、なぜかいつも厚着。いつもコンパスと定規を持ち歩いている。天才的な頭脳を持つが、自分の興味を持つことにしかそれを発揮しない変人。あらゆる事を計算式で処理しないと気が済まない。

異能は「点と線を結ぶ」という能力。点と点を線で結び面にすることで「障壁」を作り出すことができる。同様に点と線で立体を描くと結界になる。編み物と自分の結界の中に閉じこもるのが好き。

特技 点《ポイント》／線《ライン》／面《サーフェス》／次元変換《コンバート》

帝変高校 教師

20

NAME 雪道タカヒロ [Takahiro Yukimichi]

CLASS 【冷気を操る者《コールドメイカー》】 S-LEVEL 3 【風を操る者《ウインドメイカー》】 S-LEVEL 3

帝変高校1-B担任教師。数学と国語担当。いつも黒縁のメガネを掛け、青いスーツに身を包んでいる。2種類の異能を保持する、非常に珍しい「複数所持者(バイホルダー)」。広範にわたる繊細な温度変化を得意とする。

鶴見チハヤと同じく設楽応玄の地下の異能研究所に在籍していた経歴を持つ。玄野カゲノブに半ば拉致されるような形で無理やり帝変高校の職員に仕立て上げられたが、今はその職場環境をそれなりに気に入っている。

特技 吹雪《ブリザード》／豪雪《ヘヴィースノー》／冷凍睡眠《コールドスリープ》

あとがき

このお話は「下から数えたほうが手っ取り早い人たち」が、どうにか活躍の場を見つけていくという、モブキャラ大好きな作者の思いつきから生まれたものです。『クズ異能』というタイトルも、一応、主人公の能力のことでもあるのですが実際はいろんなところにかかっています。

こいつは「ダメだ」って言われてるけど、勿体無いな、実はこういう使い方したら意外と活躍できるんじゃ？　みたいな発想が根底にあります。

周囲からダメだ、無能だと言われていてもその評価はたぶん絶対ではないのです。きっと場所が変われば、環境が変われば、評価もガラリと変わるはず。今回書籍化するにあたって出番の圧縮された、海腹、山岡、チキなんかも「戦闘面では全然ダメ」だけど、食糧難の時代なんかには超絶に活躍する場面もあるかもしれません。異世界に行ったら、無双とかしちゃうかもしれない。

つまり、本書の例の場面で御堂スグルが語った言葉……「価値とは一辺倒に決まるわけではない。多様な評価軸があってこそ、その上位も輝こうというもの」。これが、本作に通底するテーマです（大事なことのはずなのに、アレな人がとても酷い場面で語っておりますが……）。

劣等が優等に必ずしも劣るわけではない。「小」は「大」より優れているかもしれない。無価値と言われているものは、もしかしたら単に価値を見過ごされているだけかもしれない……。結局、自分はそんな「脇役」たちがどこかで活躍するような物語を描きたくってこれを書いているのだろうと思います。

とはいえ、主人公の強さは恐らくこれからどんどんインフレしていくことでしょう。まだ色々と自覚のない少年ですが、彼もいつか自分と向き合わなければいけない場面に立たされます。その時、彼はどんなことを考えて進んでいくのか？
そういう岐路で、そもそも「強さ」って何だっけ？　と、軸が揺れ動くのも本作の特徴だと思っています。そうやってちょっとずつ経験を積み、周りの奴らと一歩一歩、成長していく物語。そんなのが描ければいいよなあ……なんて思っていたりします。

そういうわけで、２巻の機会をいただけましたら、次の第一歩は「温泉回」から始まる予定です。どうぞ安心してお買い求めください。それもあの荻ｐｏｔｅ様による挿絵が入るはず。きっと、買わなければ一生後悔することとなるでしょう。

最後に。
本書の出版にあたって多大な労力をかけてくださった担当編集山口様、魅力的なキャラクターデザインに加え、本当に素敵なイラストを提供してくださった荻ｐｏｔｅ様はじめ、本作に関わってくださった全ての方々に深く感謝申し上げます。
そして、本書をお買い上げ頂きここを読んでいただいた方には格別の感謝を。出来ればこれからもお付き合いいただければと思います。

二〇一八年　十二月吉日　鍋敷

この本を読んでのご意見・ご感想・ファンレターをお待ちしております。
〈宛先〉　〒104-8357　東京都中央区京橋3-5-7
　　　　（株）主婦と生活社　PASH！編集部
　　　　「鍋敷」係
※本書は「小説家になろう」(http://syosetu.com) に掲載されていたものを、改稿のうえ書籍化したものです。

PASH!ブックス

クズ異能【温度を変える者≪サーモオペレーター≫】の俺が無双するまで

2018年12月31日　1刷発行

著者　鍋敷
編集人　春名 衛
発行人　永田智之
発行所　株式会社主婦と生活社
〒104-8357　東京都中央区京橋3-5-7
03-3563-2180（編集）
03-3563-5121（販売）
03-3563-5125（生産）
ホームページ　http://www.shufu.co.jp
製版所　株式会社二葉企画
印刷所　大日本印刷株式会社
製本所　小泉製本株式会社
イラスト　荻pote
デザイン　BEE-PEE
編集　山口純平

ISBN978-4-391-15252-4

°C

°N

K

°De

°R

°Rø

°Ré

°F

K

°De

°Rø

°F

°Ré

°R

°C

°N